책과 열쇠의 계절

"HON TO KAGI NO KISETSU" BY HONOBU YONEZAWA

이 도서의 국립중앙도서관 출판예정도서목록(CIP)은 서지정보유통지원시스템 홈페이지(http://seoji.nl.go.kr)와 국가자료공동목록시스템(http://www.nl.go.kr/kolisnet)에서 이용하실 수 있습니다. (CIP제어번호 : CIP2019044946)

책과 열쇠의 계절

요네자와 호노부 지음
김선영 옮김

本と鍵の季節

엘릭시르

차례

913

1

도서실이 한적해졌다.

3학년 도서위원은 서로 아는 사이라 친해서, 방과후 도서실은 도서위원회의 놀이터였다. 실없는 잡담이나 간단한 게임으로 언제나 즐겁게 어울려서 문 닫을 시간까지 웃음소리가 끊이지 않았다. 그랬던 만큼 유월 들어 입시 준비로 선배들이 위원회에서 물러나자 도서실은 불씨가 꺼진 것처럼 쓸쓸해졌다.

그전까지 괜히 더 북적거렸던 탓에 남은 1,2학년들은 의욕이 사라졌는지 당번이 아니면 도서실에 오지 않는 위원이 늘었다. 그 당번마저도 다른 친구들에게 부탁하는 일이 늘었다.

시시해졌다고 투덜거리는 목소리도 들리지만 나는 그렇게 생각하지 않는다. 지금처럼 조용한 도서실도 안락하달까, 아무리 이용하는 사람이 없다고 해도 도서위원이 도서실에서 왁자지껄 떠드는 건 역시 어딘가 이상했다.

그날, 도서 당번은 나와 마쓰쿠라 시몬 둘이었는데 도서실에 다른 학생들 모습은 없었다. 이용자도 없는데 두 사람이나 붙어 있는 건 인력 낭비겠지만 마쓰쿠라가 상대라면 시간 때우기도 쉽다. 나는 대출 카운터 안쪽에서 쥐죽은듯 고요한 도서실을 바라보며 말했다.

"도서위원회가 멋대로 써서 아무도 오지 않게 된 걸까, 아무도 오지 않으니 도서위원회가 멋대로 쓰게 된 걸까? 어느 쪽일 것 같아?"

마쓰쿠라는 하품을 하고 있었다. 거리낌 없는 요란한 하품을 중간에 멈추려 하지도 않고 끝까지 마친 다음에 눈물이 글썽한 눈으로 나를 바라보았다.

"어느 쪽이면 어때. 이용자가 없다고 우리가 딱히 책임질 것도 아닌데."

그것도 맞는 말이라 나는 아무 말도 하지 않았다.

마쓰쿠라는 올해 사월, 도서위원회 1차 회의 때 알게 되었다. 물론 그전에도 얼굴은 본 적이 있었다. 키가 크고 얼굴도 괜찮은 마쓰쿠라는 눈에 띄는 존재라 복도에서 스쳐지나가도 어쩐지 기억에 남는다. 척 보기에 운동을 잘할 것 같고 책과는 인연이 없을 것 같은 인상이라 도서위원회에서 만났을 때는 내심 놀랐다.

이야기를 나눠보니 좋은 녀석이었다. 쾌활하고 잘 웃는 한편, 적당히 비꼴 줄도 안다. 운동부에는 들지 않았지만 어렸을 때는 수영 학원에 다녔고 성적도 그럭저럭 좋았다는 모양이다. 정말 같은 고등학생 2학년인가 싶을 정도로 입바른 소리를 하는가 하면 의외로 얼빠진 구석도 있다. 도서실이 놀이터였을 때, 모나지 않을 정도로 겉으로 웃어는 주지만 자기가 먼저 소란을 떨지는 않는 그의 태도에 공감해 종종 이야기를 나누게 되었다.

마쓰쿠라가 도서 반납함에 손을 뻗었다. 반납된 책은 하교 시간까지 서가에 돌려놓아야 하지만 아직 시간이 있어서 그런지 손이 느렸다. 반납함은 비어 있을 때도 많지만 오늘은 세 권 정도 들어 있었다. 맨 위에 놓인 책을 한 권을 집어 든 마쓰쿠라가 문득 쓴웃음을 지었다. 옆에서 들여다보니 댄 시몬스의 『히페리온』이었다. 나는 읽어보지 않았고, 마쓰쿠라는 번역서를 어려워하니 역시 읽지 않았으리라. 그래도 나는 쓴웃음의 이유를 알 수 있었다. 예상대로 마쓰쿠라는 이렇게 말했다.

“역시 시몬은 별로야.”

나도 평소대로 대답했다.

“그래? 그 정도는 아닌데.”

마쓰쿠라 시몬은 자기 이름을 싫어한다. ‘시몬’이 부끄럽다고 생각한다. 하지만 나는 더 굉장한 이름을 가진 녀석을 알기 때문에 그 정도는 별로 이상하다고 여기지 않는다. 물론 마쓰쿠라는 이 문제에 관해서 내게 동의를 구하는 게 아니다.

“시몬은 아무리 봐도 기독교잖아. 나는 크리스천도 아닌데 실례야.”

“그래?”

“어른이 되면 개명할 거야.”

“전에도 들었어.”

“몇 번이고 말할 거다.”

마쓰쿠라의 결심은 확고했다. 하지만 달리 말하면 마쓰쿠라는 어른이 될 때까지는 개명하지 않기로 결심했다는 뜻이 된다. 그 이유도 전에 들었다. 부모가 지어준 이름을 따르는 것도 속세의 도리라고 생각하는 것이다.

대화를 하다 보면 마쓰쿠라의 아버지가 이미 돌아가신 건 아닐까 싶을 때가 있다. 그가 시몬이라는 이름을 인내하는 이유는 부모에 대한 예의가 아닐까. 본인에게 물어본 적은 없고, 앞으로도 물어볼 일은 없으리라.

마쓰쿠라만큼은 아니지만 나도 내 이름이 썩 마음에 들지 않는다. 호리카와 지로. 차남次男이니까 지로次郞. 요상하게 꼬아놓는 이름보다야 낫지만 조금 더 고민해줘도 좋았을 텐데.

『히페리온』을 카운터에 내려놓은 마쓰쿠라가 반납함에서 꺼낸 두 번째 책은 『신명해 국어사전』이었다. 사전은 대출 금지 도서다. 도서실 안에서 자습할 때 썼다가 돌려놓을 자리를 찾지 못했거나 제 손으로 돌려놓기 귀찮았던 것이리라.

마지막 세 번째 책이 심각했다.

표지에 코팅도 되어 있지 않은 낡은 문고본이었다. 이와나미 문고에서 나온 시가 나오야 책으로, 『소승의 신 외 10편』. 책을 손에 든 마쓰쿠라가 대번에 얼굴을 찌푸렸다.

"너무하네."

표지는 중간에서 접혀 있고, 전체적으로 마른 진흙에 뒤덮여 있었다.

"어떻게 하면 이렇게 되지?"

마쓰쿠라가 그러기에 대충 떠오르는 대로 말해보았다.

"읽다가 진창에 빠뜨린 거 아닐까?"

"다이내믹한 독서네. 좋은 취미야."

"좋은 취미야? 도서실 책을 더럽혀서 반납했는데?"

"그러네. 괘씸하군."

마쓰쿠라나 나나 말처럼 화나지는 않았다. 둘 다 어느 정도는 책을 읽지만 사물인 책을 신격화하기에는 애정이 부족한 것이다. 들고 다니다 보면 더러워지기도 하고 찢어지기도 하겠지. 구하기 어려운 책이 아닌 게 불행 중 다행이다.

마쓰쿠라가 페이지를 팔락팔락 넘겨 내지 상태를 확인했다.

"어때?"

그렇게 물어보았다.

"아직 읽을 수 있겠어."

"닦아보는 게 나을까?"

"그것도 그런데, 한 가지 더."

마쓰쿠라가 보여준 책등 표지는 작가명 아래쪽이 무참하게 갈린데다 분류표까지 벗겨져 있었다.

"제법 중상인데. 그냥 폐기하는 게 낫지 않을까?"

그렇게 말하자 마쓰쿠라는 귀찮다는 듯이 눈썹을 찌푸렸다.

"우리가 정할 문제가 아니야. 나중에 왜 멋대로 버렸느냐는 소리를 듣긴 싫어."

"그도 그러네."

"일단 고쳐보자."

마쓰쿠라는 운동도 공부도 잘하지만 손재주는 놀라우리만큼 없다. "내가 하면 찢을 것 같아"라며 겁을 내기에 보수 작업은 내가 하기로 했다.

흙은 물로 닦아내고 싶지만 재질이 종이다 보니 박박 문지를 수도 없다. 물티슈가 있으면 좋겠지만 도서실 대출 카운터에 그런 비품은 없기 때문에 화장실에서 휴지를 적셔서 물기를 짜내고 깨끗해지는지 시험 삼아 흙을 닦아내보았다.

한차례 닦아내고 마른 휴지로 물기를 훔친 다음 상태를 살펴보았다.

"별 차이 없네."

내 솔직한 감상에 마쓰쿠라도 고개를 끄덕였다.

"소용없나."

"더 하면 종이가 상해."

"그러고 보니 책에 뭐가 묻었을 때는 지우개가 좋다는 말을 들은 적이 있어."

너무 태연하게 말하기에 억울해서 살짝 화가 났다.

"빨리 말해."

마쓰쿠라는 별로 잘못했다고 생각하지 않는지 가볍게 "미안"이라고 했다. 물기가 완전히 마르기를 기다려 들은 대로 지우개로 지워보자 확실히 조금 깨끗해졌다.

"남은 건 갈린 부분인가. 그냥 두면 거기서부터 찢어질 것 같아."

"필름으로 보강하면 되지 않을까?"

"그런 방법은 어디서 들었어?"

마쓰쿠라가 웃었다.

"지금 떠올랐어."

코팅 필름은 한번 붙이면 다시 벗겨 붙이기 어렵다. 약간 망설였지만 달리 좋은 방법이 있는 것도 아니니 마음을 굳혔다. 대출 카운터 서랍에서 두루마리 필름을 꺼내 작게 잘라내서 비뚤어지지 않도록 신중하게, 갈린 부분에 붙였다.

다시 한번 상태를 살펴보았다.

"……오오. 괜찮은데?"

무심코 흘린 자화자찬에 마쓰쿠라도 "해보길 잘했네"라고 동의했다.

떠오르는 대로 한 것치고는 의외로 자연스럽게 고쳐졌다. 분류표를 덧붙이면 손상은 거의 눈에 띄지 않으리라. 분류표는 재고가 있다. 분류표 정도는 손재주를 따질 것도 없고 글씨도 마쓰쿠라가 더 잘 쓴다.

"분류표는 네게 맡긴다."

그렇게 말하자 마쓰쿠라는 고개를 끄덕이고 서랍에서 재고

라벨을 찾아내 볼펜을 쥐었다. 일단 일본 십진분류법에 따라 일본 소설임을 나타내는 분류 기호 '913'을 기입하고, 작가는 시가 나오야니까 '시'를 덧붙였다. 못 쓰게 된 분류표 위에 새 라벨을 붙이고 내가 필름으로 고정시켰다.

그다음은 책 세 권을 서가에 돌려놓기만 하면 끝이라 삼 분도 지나기 전에 작업을 끝마쳤다. 그러고 나니 달리 할 일도 없다. 어디에 숨겨놓은 트럼프 정도는 있겠지만 마쓰쿠라나 나나 이제 와서 도서실을 놀이터로 삼을 생각은 없었다. 이럭저럭 한 시간은 이러고 있었는데 이용자는 한 명도 들어오지 않았다. 아무리 우리 도서실이 인기가 없다고 해도 이 정도로 조용한 날도 드물다.

지루함에 먼저 백기를 든 것은 마쓰쿠라였다.

"호리카와, 뭐 할 일 없냐."

물론 다양하게 있다.

"도서실 소식 원고는 빠를수록 좋겠지. 미반납 도서 독촉장을 써도 되고."

"야. 그런 걸 말하는 게 아닌 줄 알잖아."

"아아. 숙제 말하는 거야?"

마쓰쿠라는 상대 못 하겠다는 듯이 고개를 돌려버렸지만 "그러네. 그럼 독촉장부터 쓸까" 하고 중얼거렸다.

그렇게 그후로는 묵묵히 작업하는 사이 방과후가 지나갈 예정이었다.

하지만 그날은 그걸로 끝나지 않았다. 마쓰쿠라가 독촉장 용지를 꺼냈을 때, 굳건히 닫혀 있던 도서실 문이 열렸다. 안으로 들어온 학생을 보고 첫눈에 책을 빌리러 온 게 아닌 줄 알았다. 잘 아는 사람이다.

"아, 안녕하세요."

나는 작게 고개를 숙였고 마쓰쿠라도 시늉 정도지만 나를 따라 인사했다.

도서실에 들어온 사람은 얼마 전 도서위원회에서 은퇴한 3학년 우라가미 마리 선배였다. 손에 작은 페트병을 두 개 들고 있다. 선배는 우리를 보고 당장이라도 찡긋 윙크하지 않을까 싶을 정도로 장난스럽게 웃었다.

"안녕. 한가해 보이네."

은퇴 후, 이래저래 핑계 삼아 도서실을 살피러 오는 선배는 몇 명 있었지만 우라가미 선배를 본 것은 오늘이 처음이었다.

우라가미 선배는 마지막으로 보았을 때보다 조금 햇볕에 그은 것 같았다. 어깨까지 오는 머리카락은 살짝 안쪽으로 말려 있고, 늘 그랬듯 약간 졸린 눈빛이다. 뭘 발랐는지 도톰한

입술이 반짝거려 무심코 눈길이 갔다.

“보다시피, 한가합니다.”

내가 그렇게 말하자 마쓰쿠라가 바로 덧붙였다.

“독촉장을 쓰려던 참이었어요.”

“그래. 그럼 한가하겠구나.”

우라가미 선배는 대출 카운터에 기대더니 손에 들고 있던 페트병을 우리 앞에 놓았다. 소켄비차爽健美茶였다.

“자, 위문품.”

기쁘긴 하지만…….

“갑자기 왜 그러세요?”

그렇게 물어도 선배는 그저 웃을 뿐. 마쓰쿠라가 주머니에서 손수건을 꺼내 물방울이 살짝 맺힌 페트병 바닥에 깔고 씨익 웃었다.

“위문품이 아니군요. 매수 아니면…… 착수금?”

우라가미 선배는 선뜻 “들켰나” 하고 두 손을 들었다.

“시몬, 역시 제법 예리해.”

“이런 걸 사주실 이유가 없으니까요.”

“오오, 귀여운 맛이 없네, 없어. 후배들하고는 원만해?”

대답은 들을 생각도 없는지 선배는 비밀 이야기라도 하듯 목소리를 낮추었다.

"실은 맞아. 조금 괜찮은 이야기가 있는데."

"저희한테?"

"응."

그렇다면 선배는 우리가 오늘 도서 당번인 줄 알고 왔다는 뜻이다.

"갑작스럽지만 아르바이트 해볼래? 너희한테 딱 맞는 일인데."

우리에게 맞는 일이라고 하면서 선배는 왠지 내 쪽만 보며 말했다. 마쓰쿠라가 끼어들었다.

"왠지 수상한데요."

"뭐. 일단 들어나 봐. 아니면 전혀 관심 없어? 바빠?"

"그런 건 아니지만요."

"그럼 괜찮지?"

그렇게 어물쩍 넘기더니 아직 들어보겠다고 대답도 하지 않았는데 이야기를 꺼냈다.

"우리집 일인데, 할아버지가 돌아가셨어."

"그러셨군요."

"아, 꽤 오래전 일이니까 그렇게 안타까운 표정 짓지 마. 그래서 말이야, 좋은 할아버지였는데 이상한 면에서 외골수라서 지금 조금 난처해. 부끄러운 이야기지만……."

부끄럽다고 하면서 선배는 약간 기뻐 보였다.

"금고를 잠가둔 채로 돌아가셨어."

"금고?"

"그래. 이런 거."

선배는 팔을 크게 벌려 금고의 크기를 설명했다. 만약 정말 그런 크기라면 사람도 들어갈 것 같다. 선배는 이어서 꼭지를 돌리는 시늉을 했다.

"이렇게 다이얼을 돌려서 번호를 맞추는 금고인데…… 뭘 부탁하고 싶은지 이제 알겠지?"

설마 싶긴 한데.

"우리더러 금고 번호를 맞혀달라는 건……."

"정답!"

선배는 생긋 웃더니 엄지손가락을 세웠다.

내가 하고 싶은 말은 마쓰쿠라가 대신 해주었다.

"농담이죠?"

"뭐가?"

"일단 '할아버지가 남긴 열리지 않는 금고'라는 게 그렇고, 그걸 저희더러 열어달라는 것도 그렇고."

그러자 선배는 잠시 침묵했다가 이윽고 작위적인 미소를 지었다.

"어떤 일이든 일어날 수는 있잖아. 할아버지도 열리지 않는 금고로 만들 생각은 없었을 거야. 다만 생각보다 일찍 돌아가신 것뿐이지. 누구에게도 알려주지 못하고."

선배의 미소는 몹시 씁쓸해 보였다.

하지만 그건 한순간이었고, 바로 눈을 빛내며 몸을 내밀었다.

"너희한테 부탁하는 건 왜, 언제였더라, 암호를 풀었잖아. 그게 인상 깊어서 금고가 열리지 않는다는 걸 알았을 때 그 애들이라면! 하고 생각한 거야."

"아아……."

마쓰쿠라가 한숨을 쉬듯 수긍했다.

우라가미 선배 말대로 나와 마쓰쿠라는 일전에 암호를 푼 적이 있다. 도서위원회에서는 평소 아무도 책 이야기는 화제로 삼지 않는데 어느 날, 무슨 흐름이었는지 선배 하나가 에도가와 란포의 단편 「흑수조黑手組」를 가져왔다. "이거 암호인데, 누구 풀 수 있어?" 그 말을 듣고 나와 마쓰쿠라가 도전했다. 그 자리에서 바로 풀지는 못했지만 하교 시간 직전에 마쓰쿠라가 돌파구를 찾아내 해질녘 도서실에서 우리는 크게 체면을 세웠다.

"그건 뭐, 우연히."

913

“우연이라도 상관없어. 밑져야 본전, 맞히면 대박.”

나는 은근히 흥미를 느꼈다. 하지만 마쓰쿠라는 떨떠름한 표정으로 영 내키지 않는 기색이다.

“다이얼식 금고라면서요. 요컨대 저희는 정답의 숫자를 찾아 하염없이 다이얼을 돌리는 게 다잖아요. 닥치는 대로 해본들 재미고 뭐고 없고 얼마나 걸릴지도 모르는데.”

“눈치가 없네. 누가 닥치는 대로 돌려보래? 당연히 단서가 있지.”

확실히 암호 소설을 풀었다는 이유로 우리를 선택했다면 뭔가 단서는 있겠지. 암호 같은 게.

“어쨌거나 도전하겠다면 저녁밥 쏠게. 그리고 만약 금고를 열면 내용물에 따라 아르바이트 비용도 줄게.”

거기까지 말하고 우라가미 선배는 살짝 짓궂은 미소를 지었다.

“미리 말해두는데 우리 할아버지, 꽤 부자야.”

2

우라가미 선배의 입담에 넘어가 나와 마쓰쿠라는 정말로 ‘열리지 않는 금고’와 맞서게 되었다.

돌아온 일요일 오후 2시, 우리는 우라가미가의 거실에 있었다. 우리에게 내준 방석이 너무나 두툼하고 폭신해서 오히려 앉기 불편했다. 왠지 검게 빛나는 테이블은 척 보기에도 비싸 보인다. 테이블 맞은편에 여성스러운 디자인의 원피스를 입은 우라가미 선배도 앉아 있었다. 내가 가장 아끼는 폴로셔츠를 입고 왔지만 지극히 평범한 티셔츠 차림의 마쓰쿠라가 더 멋져 보이는 건 자격지심일까?

도코노마■에는 노인이 바위산을 오르는 수묵화가 걸려 있다. 꽃병도 큼직해서 제법 비싸 보이지만 꽃은 없었다. 나는 정교하게 투각된 교창交窓의 용을 보며 말했다.

"선배, 굉장한 집에 살고 있네요."

"그런가?"

우라가미 선배는 고개를 갸웃거렸다.

"그냥 낡은 집이야. 아니면 값나가 보이는 게 있었니?"

"아뇨, 그런 건 모르지만."

나와 선배가 시답잖은 이야기를 하는 사이 마쓰쿠라는 부루퉁하게 입을 다물고 있었다. 역시 이번 일은 전혀 내키지

■ 일본식 방의 윗자리에 바닥을 한층 높게 만든 곳으로 벽에는 족자를 걸고 바닥에는 꽃이나 장식물을 꾸며놓는다.

않았던 모양이다. 싫으면 나 혼자 갈 테니 무리하지 말라고 몇 번이나 말했는데 "아니, 뭐……" 하고 말을 흐리더니 결국 함께 왔다. 그리고 내내 무뚝뚝한 표정이니 무슨 생각을 하고 있는지 모르겠다.

정사각형 문양이 교차로 들어간 장지문이 스르르 열렸다. 한 손에 쟁반을 들고 서 있는 사람은 낯설지만 우라가미 선배와 어딘가 닮은 여성이었다. 무릎길이 치마에 연분홍색 블라우스를 입고 있었는데 어머니라고 할 만큼 연상으로 보이지는 않았다.

선배가 말했다.

"고마워, 언니."

언니라 불린 사람은 우리 둘을 흘깃 훑어보았다. 한순간이었지만 값을 매기는 듯한 예리한 눈빛이다. 선배가 직접 불렀다고는 해도 일요일에 남자 둘이 들이닥쳤으니 당연할지도 모르지만.

쟁반에는 찻주전자와 찻잔이 놓여 있었는데, 그녀는 입가에 미소를 머금고 찻잔을 나눠주었다.

"마리가 이상한 부탁을 했다면서. 쉬는 날에 일부러 오게 해서 미안하네."

약간 달콤한 목소리였다. 사정은 들은 모양이다.

"괜찮습니다. 별 도움은 안 되겠지만."

"뭘, 그런 말 말고 꼭 좀 도와줘. 나도 기대하고 있어. 그럼 편하게 살펴봐."

그렇게 말하더니 앉지도 않고 거실에서 나갔다. 선배는 그 모습을 뚫어져라 지켜보더니 우리에게는 질렸다는 표정을 지었다.

"미안해. 내가 설명을 잘못했는지 언니는 정말로 기대하는 모양이야. 너무 부담 갖지 말고 편하게 생각해."

그때까지 잠자코 있던 마쓰쿠라가 불쑥 말했다.

"내용물이 궁금해 안달이 나신 것 같은데요."

조금 짓궂은 말투였기 때문에 '돈을 원하는 것 같군요'라는 말처럼 들리기도 했다. 식은땀이 났지만 선배는 흘려 넘겼다.

"할아버지 유품이니까. 빨리 보고 싶은 건 나도 마찬가지야."

안도와 동시에 역시 오늘의 마쓰쿠라는 태도가 이상하다 싶었다.

선배가 차를 따라주었다. 초여름에 뜨거운 차라니 좀 그렇지만 약간 탈수 기미가 있었는지 마셔보니 의외로 수분이 반가웠다. 집이 훌륭하니 어떤 차가 나올지 궁금했는데 의외로 평범하달까, 익숙하고 친숙한 맛이다. 선배도 입은 댔지만 겨우 한 모금만 마시고 화제를 꺼냈다.

"그래서 본론인데, 일부러 와줬는데 미안해. '이거다!' 하고 단서가 확실하면 그걸 보여주기만 하면 될 텐데. 음, 어디서부터 얘기할까."

시선이 살짝 허공을 맴돌았다.

"……응, 그럼 이것부터. 난 어렸을 때부터 할아버지를 꽤 따랐고, 할아버지도 나를 아껴주셨어. 고등학교에 들어갔을 때 교복 입은 모습을 보여드리려고 찾아갔더니 굉장히 기뻐하셨지. 그래서 언제였더라, 이런 말씀을 하셨어.

마리에게는 뭔가 좋은 걸 주마. 마리가 어른이 되면 다시 이 방에 오렴. 그러면 분명 할아버지의 선물이 뭔지 알 거야.

그때는 대충 들었지. 내가 어른이 되었을 때도 할아버지는 이 집에 계실 줄 알았으니까. 그랬는데 갑자기……. 얼이 빠졌다가 정신을 차려보니 열리지 않는 금고만 남은 거야."

선배는 알고 있을까? 할아버지 이야기를 할 때 우라가미 선배가 아무리 밝게 행동하려 해도 목소리가 조금 차분해진다.

할아버지가 남겼다는 메시지를 생각했다. 좋은 걸 주마, 어른이 되면 다시 이 방에. 나는 도코노마를 갖춘 다다미방을 둘러보며 물었다.

"'이 방'이라는 건, 이 방을 말하는 건가요?"

선배는 고개를 저었다.

"이제부터 안내할 건데, 서재를 말하는 거야."

"금고도 거기에?"

"응."

그렇다면 빨리 보러 가고 싶었는데 거의 이야기를 듣지도 않는 것 같았던 마쓰쿠라가 갑자기 "질문 있습니다"라고 말했다. 고개도 들지 않고 찻잔을 바라본 채로.

"언제였더라, 라고 말씀하셨는데 기억 안 나십니까?"

"응? 뭐?"

"할아버님이 그 말을 남긴 시기요. 그리고 결례 같아서 별로 묻고 싶지 않았지만 할아버님이 언제 돌아가셨는지도 알려주세요."

"아아, 그거."

그렇게 끄덕거리더니 선배는 한참 기억을 더듬는 것 같았다.

"으음. 이야기를 들은 건 1학년 여름이었으니까 거의 이 년 전이야. 할아버지가 돌아가신 건 올해고."

"알겠습니다. 그럼 할머님은?"

"우리 할머니? 말 안 했던가. 내가 태어나기 전에."

"……그리고 한 가지 더."

역시 눈길은 찻잔에 떨어뜨린 채로.

"'어른이 되면 안다'고 하셨던 거죠?"

"응."

선배는 억지로 웃는 표정을 지었다.

"이상한 말이지?"

마쓰쿠라는 선배를 보려 하지 않았다.

"그럼 어른이 되기를 기다리면 되잖아요."

다분히 도발적인 말이었다.

우라가미 선배는 화내지 않고 오히려 몹시 냉정하게 대답했다.

"어른이라고 해도 그게 스무 살이 되어 술을 마실 수 있게 되는 걸 말하는 건지, 아니면 뭔가 추상적이고 정신적인 건지, 그것도 알 수 없고. 난 이런 성격이잖아?"

한순간이었지만 자조 어린 미소가 스쳤다.

"정신적인 걸 말한다면 언제 어른이 될지. ……게다가 만약 할아버지가 기대하는 어른이 되지 못한다면 금고는 영원히 열리지 않을지도 모르잖아. 그런 건 싫어."

"할아버님의 유지가 선배가 어른이 될 때까지는 금고 내용물을 넘기지 않는 거라 해도요?"

"할아버지는 이미 내가 어른이 됐는지 안 됐는지 판가름할 수 없어. 나는 지금 보고 싶어. 그게 만약 내게 아직 이른 거라면 다시 잠가두면 돼."

양쪽의 말이 다 타당하게 들렸다. '어른이 되면 알 수 있는' 일을 알지 못한다면 아직 우라가미 선배는 금고 내용물에 적합하지 않은 것이리라. 하지만 세상을 떠난 사람에게 얽매여 언제 올지, 정말로 올지도 알 수 없는 시기를 하염없이 기다리기는 싫다는 마음도 이해할 수 있을 것 같다.

나는 마쓰쿠라를 달래는 쪽으로 돌아섰다.

"마쓰쿠라, 우리도 아직 어른이 아니잖아. 선배에겐 미안하지만 아마 열리지 않을 거야. 일단 보기만이라도 하는 게 어때?"

반론이 돌아올 줄 알았다. 마쓰쿠라는 얼굴도 모르는 우라가미 선배의 할아버지에게 의리를 지키려는 거라고 생각했으니까.

하지만 마쓰쿠라는 나를 보더니 태연히 "그도 그러네"라고 말했다.

마음이 놓여 찻잔을 입으로 가져갔다. 그나저나 역시나 이 차, 맛이 익숙하다.

3

거실에서 서재까지는 건물을 둘러가듯 툇마루를 지나갔다.

913

덧문이 열려 있어 정원이 잘 보였다. 연못이 있지만 물은 탁한 색으로 흐렸다. 정원 손질은 돌아가신 할아버지의 역할이었을지도 모른다.

전체적으로 일본식으로 지은 우라가미가에서 서재로 이어지는 문은 여닫이문이었다. 색이 바랜 놋쇠 손잡이에서 시대가 느껴지고 중후한 문에는 어디로 보나 사적인 공간으로 이어지는 입구 같은 품격이 있어, 열기가 꺼려지는 느낌마저 들었다.

우라가미 선배는 물론 그런 망설임 없이 벌컥 문을 열더니 우리를 불렀다.

"자, 들어와."

안에는 짙은 적자색 카펫이 깔려 있었다. 문은 물론이고 창문도 서양식이었는데 들창에는 두꺼운 커튼이 쳐져 있었다. 방 한가운데에는 안락의자가 놓여 있었는데 그 의자와 벽 쪽에 붙은 책상, 그리고 벽 한 면을 차지하는 책장이 똑같은 다크브라운색으로 통일되어 있었다. 벽지는 모스그린색으로 대체로 차분한, 서재 주인의 취향이 잘 스며든 방이었다. 지금도 청소를 하는지 먼지는 없었지만 이 계절에 문을 닫아놓은 탓인지 축축한 습기가 감돌았다.

금고는 책상 옆에 있었다. 새까만 색으로 손잡이는 방 손잡이와 똑같이 빛바랜 놋쇠였다. 숫자판은 내 손바닥만큼 컸다. 절대적인 안도감을 주는 튼튼한 금고였지만 자물쇠가 열리지 않는다면 확실히 애가 타겠지.

"어른이 된 우라가미 선배가 이 방에 들어오면 금고가 열린다는 거지요?"

재차 확인했다. 선배는 끄덕였지만 마쓰쿠라가 옆에서 끼어들었다.

"아니야. '금고가 열리는' 게 아니라 '할아버지가 남긴 선물을 알 수 있는' 거야."

"……그랬나?"

"그래. 아까 선배가 그렇게 말했어."

나는 무심코 선배를 똑바로 쳐다보았다. 마쓰쿠라의 말을 듣고 보니 그랬던 것 같다. 그렇다면 선배의 할아버지가 남긴 말씀이 꼭 금고 번호의 단서를 가리킨다는 보장은 없다.

거북한 곳을 찔렸는지 선배는 불쾌한 표정을 지었다.

"응. 맞아."

천장에서 카펫까지 구석구석 시선을 던지며 마쓰쿠라가 말을 이었다.

"이건 가정이지만 선물이라는 건 금고 내용물이 아니라 안락의자일지도 몰라요. 이 안락의자는 북유럽에서 수입한 빈

티지 가구이고, 굉장히 안락하지만 진가는 어른밖에 모른다 거나."

새삼 쳐다보니 안락의자의 등받이가 무척 아름다웠다. 의자는 그저 비유인 줄 아는데도 묘한 설득력이 있었다.

선배는 답답한지 발이라도 동동 구를 기세였다.

"그, 그럴 리 없잖아! 그럼 '선물'하고는 아무 상관없는 이유로 우연히 불운하게 금고 번호도 모르게 됐다는 거야? 그런 우연이 있을 리 없어!"

"'어떤 일이든 일어날 수는 있다'고 선배가 말했잖아요."

마쓰쿠라는 능청스럽게 말했다. 하지만 금고를 가볍게 쓰다듬더니 이렇게 덧붙였다.

"뭐, 저도 금고를 가리키는 거라고 생각하지만."

선배가 어떤 표정을 짓고 있을지 보기가 무서워서 나는 금고 앞으로 몸을 숙였다.

다이얼에는 0부터 십 단위로 90까지 숫자가 새겨져 있었다. 옆에서 몸을 숙인 마쓰쿠라에게 나는 눈에 보이는 대로 말했다.

"숫자는 백 가지."

한편 마쓰쿠라는 가만히 금고를 바라보더니 어려운 말을 중얼거렸다.

"세 자리 아니면 네 자리로군."

"그게 뭐야?"

"평범한 금고라고."

아무래도 마쓰쿠라도 눈에 보이는 대로 말한 것 같다. 내가 조금 어이없어하는 것을 느꼈는지 씨익 웃더니 덧붙였다.

"세 자리 금고의 경우 알아야 할 숫자는 세 개야. 네 자리라면 네 개."

"오호라."

웅크린 채로 작은 소리로 말해서 목소리는 아마 선배에게는 들리지 않을 것이다. 마쓰쿠라는 아무래도 이 일이 내키지 않는 모양이지만 나는 굳이 평소처럼 물었다.

"그래서 어떻게 생각해?"

마쓰쿠라도 여기까지 와서 불평하지는 않았다.

"'어른이 되면 알 수 있는 것'을 찾아야지."

"우리가 그걸 알 수 있어?"

마쓰쿠라가 짓궂은 미소를 지었다.

"글쎄? 어쩌면 이 세상에는 어른에게만 보이는 도료가 있을지도 모르지. 만약 그렇다면 방법이 없어."

"굉장하네."

"어른이 되면 그게 일본을 뒤덮고 있는 게 보이는 거야."

"굉장하네."

"교과서를 다시 읽으면 그 도료로 적힌 다른 글자가 떠오르는 거지. '……그렇다고들 하지만 그렇지만도 않다는 것을 깨달아도 입 밖에 내지 않는 것이 무난하다.'"

"굉장하네. 진지하게 좀 하자."

"정보가 있는 곳을 찾아야 해."

갑자기 화제를 바꾸는 바람에 그만 따라가지 못했다.

"어? 뭐라고?"

"정보 말이야."

금고 다이얼을 지그시 쳐다보며 마쓰쿠라가 말했다.

"정보라는 건 '차이'야. 새하얀 종이에는 아무 정보도 없어. 완벽하게 규칙적으로 검은 점을 찍어도 역시 정보가 되지는 않아. 어느 곳에는 많이, 어느 곳에는 적게 점을 찍어야 비로소 정보가 돼."

오호라. 그래서 무슨 말인가 하면…….

"점 외에 선도 그으면 모스부호가 돼."

"정답."

고개를 끄덕이는 마쓰쿠라에게서 무뚝뚝한 표정이 사라졌다. 에두른 비유를 단번에 이해해주니 싫지 않은 거겠지.

신이 나서 더 응용해보았다.

"그럼 이 금고는 새까마니까 정보가 없어."

"어른에게만 보이는 도료가……."

"그건 그만 됐어. 바닥에도, 천장에도, 벽에도 없어."

"있을지도 몰라."

"그만 됐다고 했지?"

마쓰쿠라는 고개를 저었다.

"아니, 자세히 조사하면 뭔가 있을지도 몰라. 벽에 압정 자국이 쭉 있다거나, 카펫을 걷어내면 사실은 글자가 있다거나."

그것은 논리적으로 말했을 때 그렇다는 것이다. 마쓰쿠라 본인도 실제로 그럴지 모른다는 생각은 하지도 않을 것이다. 왜냐하면…….

"선물은 '방에 들어가면 알 수 있는' 거야."

마쓰쿠라는 다시 만족스럽게 끄덕였다.

"그래. 그러니까 굉장히 작게 적어놓거나 꽁꽁 숨겨놓은 게 아니야."

"단지……."

나는 웅크린 채로 우라가미 선배를 돌아보았다.

"선배, 할아버님이 돌아가신 뒤로 이 방에 있는 걸 뭔가 옮기거나 치웠나요?"

심심했는지 머리카락을 만지작거리고 있던 선배는 손을 멈추지 않고 대답했다.

"아니, 아무것도. 이 방은 할아버지 전용이야."

그렇다면 얻어야 할 정보는 아직 남아 있을 것이다.

금고는 매끈하니 까맣고 가구는 다크브라운 일색이다. 안락의자 등받이에는 정교한 세공으로 덩굴식물이 조각되어 있지만 거기서 뭔가 의미가 있는 패턴을 찾을 수는 없었다.

그렇다면 이제 봐야 할 곳은 한 군데밖에 없다.

이 방에서 가장 눈에 띄는 존재, 책장이다.

벽 한 면을 차지하고 있는 책장은 높이도 이 미터 가까이 됐다. 여섯 단으로 나뉜 선반에는 한 권도 더 들어갈 틈새 없이 책이 빼곡하게 꽂혀 있었다.

마쓰쿠라는 정보가 있는 장소를 찾으라고 했다. 그건 당연히 책장을 봐야 한다는 뜻이 분명하다. 그렇게 정확하게 말하지 않은 이유도 알 수 있다. ……책이 너무 많아 가능하면 뒤로 미루고 싶었던 것이다.

아까까지 나눈 수다도 완전히 잡담은 아니었다. 얻어야 할 정보를 굉장히 작게 적어놓거나 꽁꽁 숨겨놓았을 가능성을 배제하는 역할은 했다. 즉 수백 권의 책 중에서 무작위로 한 권을 골라 메모를 끼워놓았다거나…… 하는 일은 없다. 일일이 한 페이지씩 찾지는 않아도 된다. 아마도.

한 가지 생각이 떠올랐다.

"마쓰쿠라, 책을 찾자."

"어떤 책?"

"제목은 『어른이 되면 읽는 책』."

맥빠진 웃음이 돌아왔다.

"바보 같은 생각을 하네."

그렇게 우리는 책장의 책을 샅샅이 훑어보았다.

맨 윗단에는 와카和歌■ 책이 가지런히 꽂혀 있었다. 『만요슈萬葉集』■■나 『고킨와카슈古今和歌集』■■■, 그 해설집 같은 게 즐비하게 늘어서 있다.

두 번째 단에는 지역의 역사책이 가지런히 꽂혀 있었다. 책등에 검은 글자로 『기타하치오지 시 통사』라고 적힌, 상자에 든 세 권짜리 전집이 특히 눈에 띄었다. 소중하게 다뤘는지 아니면 한 번도 읽지 않았는지, 상자는 깨끗하고 흠집도 구겨진 곳도 전혀 없었다.

■ 5음절, 7음절로 구성된 일본의 전통 정형시.

■■ 일본에서 가장 오래된 시가집.

■■■ 일본 최초의 칙찬 와카집.

세 번째 단과 네 번째 단에는 소설이 꽂혀 있다. 전집뿐이라 이 역시 상자에 들어 있었다. 시바 료타로■ 전집, 야마모토 슈고로■■ 전집, 시모자와 간■■■ 전집, 가이온지 조고로■■■■ 전집이라니, 우라가미 선배의 돌아가신 할아버님의 취향이 어땠는지 너무 잘 보여서 거북할 정도였다. 다만 선반 전부가 그걸로 차 있는 건 아니고 잡다한 책을 모아놓은 자리도 있었다.

다섯 번째 단에는 어학사전이나 백과사전 종류가 들어 있었다. 국어사전은 물론 영일사전, 일영사전, 식물 백과사전 외에 시조 계절어 사전이나 역사 용어 사전 같은 것도 있다.

한차례 훑어보고 나는 익살을 떨었다.

"『어른이 되면 읽는 책』은 없나 봐. 이상하네."

"솔직히 있다고 생각했지?"

"응."

"실은 나도."

공범자 같은 미소를 주고받았다. 우라가미 선배가 어이없다는 듯이 뭐라 중얼거렸지만 무슨 말을 했는지는 모르겠다.

■ 일본식 역사소설의 황금기를 연 작가.

■■ 일본의 시대소설 작가.

■■■ 신선조 시리즈로 유명한 일본 작가.

■■■■ 『덴쇼 여인 전쟁』 등의 작품으로 나오키상을 수상한 역사소설 전문 소설가.

마쓰쿠라가 문득 진지한 표정으로 돌아왔다.

"야. 이거 어떻게 생각해?"

마쓰쿠라가 가리키는 건 책장 세 번째 단. 소설만 꽂혀 있는 가운데 다른 책을 모아서 꽂아둔 자리다. 확실히 나도 조금 마음에 걸렸다.

"선반 속에 선반을 넣었네."

"맞아."

다크브라운색 책장에 베이지색 책장이 꽂혀 있다. 책장이라기보다 상자라고 불러야 할지도 모른다. 단순히 북엔드 대용인 것 같기도 하지만.

"이 안만 이상하지 않아?"

이상하다기보다는…….

"분위기가 달라."

상자 안에는 실용서가 들어가 있었다. 소설 전집 사이에 끼어 『속전속결 상법』이나 『일본의 관광, 세계의 관광 '여행대리점'을 뛰어넘어』, 『현대의 방목』이 나란히 꽂혀 있는 건 확실히 조금 어울리지 않았다. 책등의 색조도 요란하기 그지없어 갈색이나 베이지색이 많은 책장 안에서 그곳만 화려했다.

"분위기도 그렇지만……."

마쓰쿠라는 연방 고개를 흔들었다.

"책장을 보면 주인을 알 수 있다고 해."

"그럴싸한 얘기네."

책장을 가만히 바라보며 마쓰쿠라가 혼잣말처럼 말했다.

"선배의 할아버님은 와카하고 지역사, 시대소설에 관심이 있었어. 그건 알 수 있어. ……그런 사람의 책장에 뜬금없이 『확률론 개론』이 있을까?"

그러더니 선배를 돌아보며 물었다.

"선배. 한 번만 더 묻겠는데, 이 방에 있는 물건은 아무것도 건드리지 않았죠?"

"응."

"그럼 이 책장도 줄곧 이 상태였겠군요."

선배는 조금 망설이다가 자신 없는 태도로 끄덕였다.

"그럴 거야. 꺼낼 이유도 없고."

"그런가요……."

마쓰쿠라는 턱에 손을 대고 신음했다. 이 상자에 집착하는 이유는 알 수 있다. 잘 정돈된 방안에서 이 상자와 내용물은 이질적이라 눈길을 끈다. 바로 마쓰쿠라가 말하는 정보라는 뜻이다. 침묵하는 마쓰쿠라를 곁눈질로 보면서 선배가 내게 말했다.

"저기…… 상관없는 얘기일지도 모르지만 저거, 할아버지

책이 아닐 거야."

"그런가요?"

"응. '반납 필수'라고 적은 포스트잇도 붙어 있었고."

"포스트잇? 어디에 있어요?"

"어……. 어디로 가버렸네."

아까까지 이 방 물건은 아무것도 건드리지 않았다고 했으면서. 나는 어이가 없었고, 마쓰쿠라도 노골적으로 불쾌한 표정을 지었다. 우리 반응이 거슬렸는지 선배는 눈썹을 치켜세웠다.

"어쩔 수 없잖아, 우리도 단서가 없는지 이것저것 뒤져봤으니까. 포스트잇 한 장쯤 없어질 수도 있지. 내용을 기억하고 있으니 문제없잖아?"

마쓰쿠라는 싸늘한 목소리로 말했다.

"그러네요. 문제는 없습니다. 그 밖에도 사라진 게 없다면 말이죠."

오늘의 마쓰쿠라는 역시 어딘가 이상하다. 조금 달리 말할 수도 있을 텐데, 일부러 우라가미 선배의 화를 돋우는 것 같다. 옆에서 듣고만 있는 내가 알 정도니 선배도 눈치챘을 것이다. 선배가 입을 벙긋 열었다.

우라가미 선배에게 참을성 강한 사람이라는 이미지는 없었다. 오히려 도서위원으로서 최소한 처리해야 할 업무가 있을 때라도 놀고 싶으면 놀고, 돌아가고 싶으면 돌아가는 자유분방한 사람이었다. 하지만 지금 선배는 하려던 말을 삼키고 마음을 가다듬으려는 듯이 작게 한숨을 쉬었다.

"……알았어. 지금은 기억나지 않지만 생각나면 말할게."

마쓰쿠라는 맥이 빠졌다는 듯이 짧게 말했다.

"그래주세요."

나는 문득 닫혀 있는 들창에서 무겁게 스며드는 열기 때문에 잊고 있던 어떤 욕구를 느꼈다.

"저, 선배."

"이번엔 뭐야?"

"아뇨, 저기……."

어쩔 수 없는 일이지만 조금 민망했다.

"죄송해요, 화장실 좀 쓸 수 있을까요?"

선배는 얼굴을 찌푸렸다.

"지금?"

역시 마쓰쿠라의 태도가 불쾌하지 않았던 건 아닌 모양이다. 선배의 그 말에는 가시가 돋쳐 있었다. 기분이 확 식었지만 선배는 바로 자기 말투를 부끄러워하듯 살짝 웃었다.

"아아, 미안. 안내할게."

선배는 마쓰쿠라를 힐끗 쳐다보았다. 마쓰쿠라는 턱에 손을 대고 생각에 잠긴 채로 우리 쪽은 쳐다보지도 않았다.

"이쪽이야."

앞장선 선배를 따라 나는 서재 밖으로 나갔다.

화장실에 가는 길에 아까 차를 얻어 마신 거실 앞을 지났다. 장지문 안쪽을 향해 선배가 "부탁해"라고 속삭였다.

아무리 큰 집이라도 성처럼 큰 건 아니다. 화장실쯤이야 가는 길만 알려주면 갈 수 있을 텐데, 선배는 힐끔힐끔 돌아보며 내가 따라오고 있는지 확인하면서 끝까지 안내해주었다.

집안은 조용했다. 복도는 모래벽이었는데 천장 구석에 거미집이 있었다. 목조 바닥은 군데군데 삐걱거렸고, 한낮인데도 어두컴컴해서 초여름인데 으슬으슬한 기분이었다. 서재에 있었을 때는 그런 생각도 하지 않았는데.

화장실까지 가는 길은 확실히 조금 복잡했다. 새것 같은 슬라이딩 도어 앞에 멈춰 서더니 선배는 새침하게 "여기야" 하고 가리켰다.

새것처럼 반짝거리는 문을 보고 눈치챘지만 화장실은 개축한 곳이었다. 환한 LED 전구 밑에서 양변기에 볼일을 보면서 나는 아까 보았던 책장을 생각했다. 그 서재에서 신경쓰이는 것은 묵직한 금고와 벽 한 면을 가득 채우는 책장이다. 금고에는 아무것도 수상한 점이 없었다. 그렇다면 역시 열쇠는 책장 쪽에 있지 않을까. 그중에서도 책장 속 책장이라 불러야 할 그 '상자'에.

그나저나 차분히 생각해보니 우리는 뭘 찾고 있었더라. 어른이 되면 알 수 있다느니, 정보를 찾아야 한다느니, 여러 이야기를 들었지만 결국 찾는 것은 금고 번호다. 세 자리 아니면 네 자리라고 한 마쓰쿠라의 말이 옳다면 숫자는 세 개 아니면 네 개.

"……혹시나."

혼잣말을 중얼거렸다.

볼일을 마친 뒤 손을 씻고, 길을 잃지 않고 서재로 돌아갈 수 있을까 고민하면서 화장실에서 나왔다.

우라가미 선배가 서 있었다.

저도 모르게 외마디소리가 튀어나왔다. 화장실에 안내해주는 건 그렇다 쳐도 설마 일을 마칠 때까지 기다리다니. 무슨 농담이라도 할 줄 알았는데 선배는 "그럼 돌아가자"라는 말만 하고 몸을 돌려 걸음을 뗐다. 살짝 힘이 빠졌다.

안내를 따라 서재로 돌아가자 마쓰쿠라 말고 한 명이 더 있었다.

크림색 셔츠를 입은 중년 여성으로, 생김새는 많이 닮지 않았지만 곧바로 선배의 어머니인 줄 알았다. 마쓰쿠라와 편하게 대화하고 있었던 건 아닌지 서재에는 어색한 분위기가 가득해, 방으로 돌아온 우리를 보더니 마쓰쿠라는 뚜렷하게 얼굴에 안도를 드러냈다.

"어라, 엄마? 언니는 어쩌고?"

선배가 물었다.

"전화하고 있어."

그렇게만 말하더니 우리에게 노골적인 거짓 웃음을 짓고는 "내가 방해했네" 하고 서재에서 나갔다. 작은 묵례로 배웅한 마쓰쿠라는 나를 향해 고개를 갸웃거렸다. 뭘 하러 왔을까, 그렇게 말하고 싶은 거겠지. 그것도 마음에 걸리기는 하지만 내게는 빨리 말하고 싶은 사안이 있었다.

"야, 마쓰쿠라. 뭐가 떠올랐는데."

"응."

"그 상자 속 책은 '반납 필수'였지? 어디에 반납하려고 했을까?"

"그야…… 빌린 상대겠지."

그렇게 말하는 마쓰쿠라의 목소리가 점점 수그러들었다. 이 서재의 주인이 『확률론 개론』을 읽는 모습이 상상되지 않는다. 마찬가지로 그것을 빌리는 것도 묘하다는 걸 깨달은 것이리라. 나는 선반에서 『확률론 개론』을 꺼내 말했다.

"혹시나, 혹시나지만…… 417에 반납하려 했던 건 아닐까?"

"417?"

마쓰쿠라는 무슨 소리를 하느냐는 듯이 눈썹을 찌푸렸지만 그건 짧은 찰나였다. 눈을 부릅뜨더니 "아아!" 하고 외쳤다.

"그건가."

"어떻게 생각해?"

"가능해……. 아니, 맞지 않을까? 굉장해, 호리카와, 어떻게 알아냈어?"

흥분 어린 우리의 대화에 우라가미 선배도 끼어들었다.

"뭐야, 뭐야, 왜 그래? 뭐 알아냈어?"

나는 선배를 돌아보았다. 아마 얼굴은 실실 웃고 있었을 것이다.

"예. 아닐 수도 있지만 이건……."

말할 수 있었던 건 거기까지였다.

"아직 모릅니다."

마쓰쿠라가 가로막았기 때문이다.

"호리카와가 좋은 발상을 했지만 아직 조금. 야, 호리카와,

그래도 조사해봐야 하지 않겠어?"

"뭐, 그건 그렇지만."

"여기서 가면 역 앞 도서관까지 십 분이면 돼. 답을 확인하고 돌아오자."

선배는 지극히 불만스러운 표정이다.

"어? 왜 지금 안 가르쳐주는 거야?"

나는 마쓰쿠라에게서 심술 맞은 태도가 싹 사라진 것을 깨달았다. 그는 몹시 유쾌한 웃음을 머금고 이렇게 말했다.

"그야 당연히…… 즐거움은 마지막으로 남겨두는 게 좋잖아요?"

4

우라가미 선배의 집은 도로 폭이 좁은 주택가에 있다. 일요일 오후, 아직 늦은 시간도 아닌데 거리에는 인적이 없었다.

"그나저나……."

주머니에 손을 찔러 넣고 걸으며 마쓰쿠라가 그렇게 입을 열었다.

"그런 걸 잘도 기억하고 있었네."

"숫자 책이라면 도서실에도 있으니까."

잠시 대화가 끊겼다.

스쳐가는 초여름 바람은 아직 서늘하고, 집들을 에워싼 벽돌담 너머로 꽃을 틔운 수국이 보였다. 주변은 조용했다.

나는 아직 이해가 안 가는 점이 있었다.『확률론 개론』이 가리키는 번호는 417이지만 금고 다이얼은 0부터 99까지만 돌아간다.

"금고 번호는 두 자리잖아. 그냥 41이면 될지도 몰라."

그렇게 말하자 마쓰쿠라는 씨익 웃었다.

"아니, 세 자리가 필요해. 금고를 열 때는 '다이얼을 빙글빙글 돌려서 41을 여섯 번 맞추고, 일곱 번째 41에서 멈추는' 방법을 써."

"허. 처음 알았네."

"오른쪽으로 돌릴지 왼쪽으로 돌릴지도 중요한 요소야."

"과연. 어느 쪽일까?"

"이걸 봐. 책장에 꽂혀 있던 순서야."

마쓰쿠라는 주머니에서 작은 쪽지를 꺼냈다. 거기에는 마쓰쿠라다운 단정한 글씨로 서지 정보가 적혀 있었다.

우치야마 가즈노리,『일본의 관광, 세계의 관광 '여행대리점'을 뛰어넘어』

사토 도시오, 『확률론 개론』

우키타 나쓰코, 『속전속결 상법』

사가와 신, 『현대의 방목』

오호라.

"네 권이니 네 자리인가. 이걸로 돌리는 방법도 알아낸 거구나. 책이 꽂힌 순서대로 돌리면 되는 걸까?"

"그럴 거야. 선배들이 뒤적거리느라 책 순서를 바꾸지 않았다면."

그 말투에는 역시 가시가 있었다.

마쓰쿠라하고는 올 사월에 처음 만난 사이라 아직 이 녀석을 잘 안다고 말할 수는 없지만 오늘의 마쓰쿠라는 역시 조금 이상하다. 처음에는 풀 수 있는지 없는지도 모를 암호에 억지로 도전하는 게 아무래도 내키지 않는 줄 알았다. 그런데 해법을 찾은 지금도 여전히 마쓰쿠라는 뭔가 속내가 있는 태도였다.

나는 물었다.

"야, 왜 선배한테는 말하면 안 되는 거야?"

마쓰쿠라가 살짝 눈길을 들었다.

"뭐야. 눈치챘어?"

"그야 당연하지."

이렇게 나를 밖으로 끌어낸 이유는 내가 암호 해법을 입 밖에 낼 뻔했기 때문이다. 마쓰쿠라는 그것을 방해한 것이다. 그건 알겠다. 하지만 이유는 모르겠다.

마쓰쿠라는 멍하니 위를 올려다보았다. 뭉게구름이 둥실 떠 있는 하늘이었다.

"어디서 차분히 이야기하고 싶었는데…… 뭐, 상관없나."

"역시 뭔가 하고 싶은 말이 있었구나. 그 자리에서 하면 됐잖아."

그렇게 말하면서 나는 마쓰쿠라가 지금까지 잠자코 있었던 이유도 이해했다. 우라가미 선배에게는 들려주기 싫었으리라. 마쓰쿠라는 나를 보지 않았다. 표정 없는 옆얼굴로 이윽고 입을 열었지만 말투는 어디까지나 담담했다.

"야, 호리카와. 우라가미 선배가 어째서 우리한테 부탁했는지 알아?"

"본인이 말했잖아. 전에 「흑수조」 암호를 푼 걸 봤으니까."

"그렇게 말했지. 그럼 달리 물어보자. 어째서 전문가에게 부탁하지 않았을까?"

"전문가?"

"도둑 말고. 자물쇠를 전문적으로 따는 업자 말이야. 자동차 키를 차 안에 두고 문을 잠가버리거나 여행지에서 집 열쇠를 잃어버렸을 때 전화하면 달려와서 자물쇠를 열어줘. 번호를 잊은 금고도 열어주지."

마치 경험이 있는 것처럼 말한다. 그런 전문가의 존재는 지금까지 생각도 해보지 않았지만 듣고 보니 있는 게 당연했다. 다만…….

"선배도 그런 업자가 있는 줄 몰랐을지도 몰라."

"우라가미 선배는 우리하고 같은 고등학생이야. 확실히 자물쇠를 따주는 전문가는 모를 수도 있지. 하지만 방금 선배의 언니가 차를 내줬지? 네가 화장실에 간 사이 선배의 어머니도 상황을 살피러 왔어. 그 사람들도 우리가 무슨 부탁을 받았는지 알아. 가족이 한통속이야. 그런데 아무도 전문가에게 부탁할 생각을 하지 않았을까?"

나는 말문이 막혔다.

"그건…… 돈이 들잖아. 만약 우리가 열면 공짜로 끝나고."

"만약 그렇게 생각했다면 유쾌하지 않네. 하지만 뭐, 그건 그렇다 쳐."

말이 잠시 끊겼다. 하지만 마쓰쿠라의 의문은 끝나지 않았다.

"화장실이라고 하니 말인데 선배가 따라갔지? 함께 돌아온 걸 보면 선배는 볼일을 마칠 때까지 기다렸겠지. 왜? 네가 화장실에서 혼자 돌아오지 못할 정도로 미덥지 않았을까?"

"친절함 아니겠어?"

"그렇군. 그럼 너희랑 교대하듯 어머니가 들어온 이유는 뭘까? 그때 선배는 분명 '언니는 어쩌고?'라고 했어. 즉 원래는 선배의 언니가 올 예정이었고 그런 준비도 미리 해놓았다는 뜻이야. 어째서 그런 걸 정해놓을 필요가 있을까?"

"그야……."

잠시 고민하면서 어떻게든 답을 찾아내려 했다.

"서재에는 금고가 있어. 아무리 후배라도 혼자 뒀다가 들고 달아나면 큰일이라고 생각했겠지."

"그것도 유쾌하지 않은데. 그렇다 해도 이상해. 만약 서재에 우리만 두고 싶지 않았다면 네가 화장실에서 나올 때까지 선배가 기다린 이유는 뭘까? 금고를 지키고 싶다면 나만 감시하면 되잖아."

마쓰쿠라는 즉각 반론하더니 계속 몰아붙였다.

"그 금고 내용물도 그래. 돌아가신 할아버지는 '어른이 되면 알 수 있다'고 하셨댔지. 네가 생각해낸 해법은 훌륭해. 아마 그게 맞을 거야. ……그런데 그게 '어른이 되면 알 수 있는' 걸까? 너는 어떻게 417이라는 숫자를 알고 있었지? 어른이라서?"

물론 마쓰쿠라는 알면서 내게 묻는 것이다.

"아니. 내가 도서위원이라서."

"그래. 분명히 말해서 우리 엄마는 어른이지만 417은커녕 913도 모를 거야. 그렇다면 할아버지의 말씀은 '어른이 되면 알 수 있다'는 것만으로는 충분하지 않아. 그렇다면……?"

치자 향기가 흘러왔다. 습한 더위 속에 한순간 상큼한 바람이 불었다.

마쓰쿠라의 옆얼굴을 보았지만 여전히 아무 표정도 없었다. 이 녀석이 나하고 같은 고등학교 2학년이라는 사실이 문득 굉장히 부자연스럽게 느껴졌다. 나는 이 일요일을 어떻게든 평범한 하루로 되돌리고 싶었다. 천진한 선배의 부름으로 친구와 어울린 하루로 만들고 싶었다. 그래서 거의 무의미한 줄 알면서도 이렇게 말하지 않을 수 없었다.

"생각이 지나친 거 아니야?"

당연히 마쓰쿠라는 한마디로 그 말을 물리쳤다.

"그렇게 생각해?"

아니.

마쓰쿠라는 걸음을 멈추더니 내 쪽은 보지도 않고 발밑에 시선을 떨어뜨리고 중얼거렸다.

"이 얘기는 원래 유쾌한 농담이었어. 할아버지가 귀여운 손녀에게 친 장난이야. 하지만 지금은 달라. 아이를 위한 장난은 끝났고, 훨씬 한심하고 탐욕스러운 이야기가 되었어. 호리카와, 그 집에서는 뭔가가 벌어지고 있어. 역시 우리는 타인의 금고에 얽혀서는 안 됐어."

"그래서 선배한테 알려주는 걸 방해한 거야?"

"그래."

나는 우라가미 선배의 얼굴을 떠올렸다. 언제나 즐겁게, 때때로 장난스레 웃는 얼굴을. 탐욕스러운……. 그럴까?

"탐욕스럽다고 생각했으면 어째서 받아들인 거야? 일요일에 일부러 외출할 필요 없이 거절했으면 그만이잖아."

억누를 수 없는 쓴웃음이 흘러나오는 것처럼 마쓰쿠라가 웃었다.

"그러기도 좀. ……너, 우라가미 선배 좋아하잖아."

"아니야."

"그 선배는 그걸 알아. 아니까 너라면 자기 말을 들을 거라고 생각한 거야. 옆에서 보면 일목요연해, 호리카와."

좋아한다고 할 정도는 아니다. 내가 갖지 못한 밝고 화사한 모습을 조금 동경했을 뿐이다.

"친구가 나쁜 여자한테 속을 판국인데 어떻게든 도와주고 싶지 않겠어?"

뭐라고 맞받아치려 했다. 그건 아니라고 말해주고 싶었다. 하지만 아무 말도 떠오르지 않았다. 우라가미 선배는 나쁜 여자가 아니라고 변호해야 했나?

"그 집에서 뭔가가 벌어지고 있다고 했지?"

결국 내가 한 말은 그런 것이었다.

"응."

"그게 뭐야?"

마쓰쿠라가 시선을 쓱 피했다. 얼버무리려는 건가 했는데 그게 아니었다. 마쓰쿠라는 모퉁이에 있는 자판기를 보고 있었다.

"아, 마침 잘됐네."

서두르는 기색도 없이 자판기로 다가가 동전을 꺼낸다. 마쓰쿠라는 덜커덩 소리를 내며 떨어진 페트병을 내 쪽으로 던졌다.

"자."

시원한 소켄비차였다.

"뭐야?"

"마셔봐."

“내가 왜?”

“그냥 얼른.”

뭐가 뭔지 모르겠지만 마시라고 하니 순순히 마셨다. 익숙한 맛이다. 특별한 구석은 없다. ……그렇게 생각했는데.

갑자기 혀가 저릿한 느낌이 들었다. 음료에 뭐가 들어 있었던 건 아니다. 충격이 혀끝까지 치달은 것이다.

“이거, 그거지?”

손에 든 페트병을 바라보며 “어떻게 된 일이지?”라고 중얼거렸다. 그런 내 등을 마쓰쿠라가 툭 쳤다.

“할말이 있어. 걸어가면서 들어도 돼. 끝까지 한다.”

5

한 시간 뒤, 나는 우라가미가로 돌아왔다. ‘우라가미’라는 명패가 걸린 현관에서 “실례합니다” 하고 부르자 선배가 기다렸다는 듯이 튀어나왔다.

“아, 어서 와. 돌아가버린 줄 알았어.”

구김살 없이 사람을 끌어들이는 환한 얼굴이다. 마쓰쿠라는 우라가미 선배가 욕심 때문에 우리를 이용하고 있다고 했다. 하지만 웃는 얼굴을 본 순간 마쓰쿠라가 착각하고 있다는 생각이 들었다. 선배는 고개를 갸웃거렸다.

"혼자? 시몬은?"

"돌아갔어요."

선배는 흐음, 하고 중얼거리더니 다시 한번 생긋 웃어주었다.

"그래, 뭔가 마음에 안 드는 일이 있었나 보네. 됐어, 호리카와가 혼자서도 열어주겠지."

우라가미가로 돌아오는 길에 마쓰쿠라는 내게 몇 가지 충고를 했다. 그 말을 떠올렸다.

—우라가미 선배는 자기 미소가 매력적이라는 걸 알아. 아양으로 보이지 않도록 비위를 맞추는 기술이 뛰어나. 조심해.

그리고 또 한 가지. 나는 현관 바닥으로 시선을 떨어뜨렸다.

—돌아가면 현관의 신발 숫자를 세어봐. 우리가 들어갔을 때도 나왔을 때도 신발은 세 켤레였어. 늘어나거나 줄었다면 나름대로 꾀가 필요해.

펌프스와 스니커와 샌들. 분명 세 켤레다.

물러서려면 지금이다, 아직 늦지 않았다. 그렇게 생각했지만 이미 시작해버린 일이라 마쓰쿠라를 믿기로 결심했다. 선배의 안내를 따라 집으로 들어갔다.

“뭔가 알아냈지? 이번에야말로 알려줘.”

선배는 그렇게 말하면서 앞장서서 나를 서재로 데려갔다. 마쓰쿠라는 이런 말도 했다.

—선배는 너를 곧장 서재로 데려가려 할 거야. 그건 굳이 거스르지 않아도 돼.

햇빛이 쏟아지는 툇마루를 지나 놋쇠 손잡이가 인상적인 서재로. 안으로 들어간 나는 선배에게 질문할 틈을 주지 않고 몹시 심각한 태도로 말했다.

“선배. 실은 지금 밖에서 암호를 풀고 왔어요.”

“어? 풀었어? 굉장해!”

선배는 두 손을 가슴 앞에 기도하듯 포개고 얼굴 한가득 기쁨을 드러냈다. 그만 넘어갈 뻔한 마음을 간신히 억눌렀다.

“그게, 금고 번호를 알아내려고 했는데 어떻게 해석해야 할지 모를 메시지가 되어버려서. 지금 가족분들도 계시지요? 중요한 일이니 다들 함께 들으시는 게 좋을 것 같은데.”

“어…….”

선배의 얼굴이 대번에 어두워졌다.

“메시지라니 어떤 내용인데?”

“아뇨, 우연일지도 모르지만. 뭐라고 할까…….”

말을 끊고 무의식적으로 반응을 살폈다.

"어쩌면 누군가 할아버님을 노리고 있었는지도 몰라요. 짐작 가는 바가 없는지 가족분들께 여쭤보는 게."

아주 잠깐이었지만 나는 분명히 선배의 눈이 허공을 맴도는 것을 보았다. 그것만으로 모든 것을 단죄할 생각은 없다. 하지만 '돌아가신 할아버지의 수수께끼'를 풀려 했던 느긋한 일요일이 결정적으로 변질된 것은 이 순간이었다고 생각한다.

꽤나 한참을 망설였지만 결국엔 선배도 가족을 부르는 데 동의해주었다.

우라가미 선배. 선배의 언니. 그리고 어머니.

신발 세 켤레의 주인이 서재에 모였다. 아버지가 안 계시는 이유는 뭘까. 신발을 숨기고 이 집에 숨어 있는 게 아니라면 다행인데.

"자, 불렀으니까 이제 말해줘."

선배는 달콤한 목소리로 말했다.

해가 조금 기울었다. 기분 탓인지 서재에 비쳐드는 햇빛도 여리다. 나란히 모인 우라가미가 세 사람은 우라가미 선배의 언니도, 어머니도, 선배 자신도 다들 똑같이 생글거리는 얼굴로 '무슨 말을 해도 상냥하게 받아들일 테니 얘기해보렴' 하고 말하는 것 같았다. 정말 이 사람들을 의심해도 되는 걸까? 꺼림칙한 마음에 뱃속이 차갑게 굳었다.

하지만 이미 상황은 굴러가고 있고, 이제 와서 아무것도 아니라고 말할 수는 없다. 선배네 가족과 눈이 마주치면 마음이 꺾일 것 같아 나는 살짝 고개를 숙이고 입을 열었다.

"일부러 오시라고 해서 죄송해요. 꼭 들어주셨으면 하는 이야기가 있어서."

먼저 책장으로 다가갔다. '상자' 속에 든 네 권의 책을 손에 들어 다크브라운색 책상에 쌓았다. 책상에 한 손을 짚고 선배네 가족을 돌아보았다.

"이 방에서 뭔가 메시지가 숨어 있을 법한 장소는 책장뿐이었는데, 그중에서도 책장 속에 든 상자가 의미심장했습니다. 그래서 차분히 관찰하다 보니 이 책을 숫자로 변환할 수 있다는 사실을 깨달았습니다."

말을 끊고 선배네 가족의 반응을 살폈다. '어떻게?'라거나, 뭔가 질문을 유도할 셈이었다. 하지만 선배네 가족은 미소를 머금은 채로 아무도 입을 열지 않았다.

나는 말했다.

"도서 분류 기호입니다."

그제야 우라가미 선배가 반응했다. 어리둥절한 표정으로 눈썹을 찌푸렸다.

"도서 분류 기호라니, 책등에 적혀 있는 숫자 말이야?"

"맞아요."

마쓰쿠라의 말을 떠올렸다.

—우라가미 선배는 도서위원이었어. 다만 나는 그 사람이 제대로 작업하는 모습을 본 적이 없어. 아마 분류 기호는 전혀 기억 못 할 거야. 단지…… 만약 기억하는 것 같으면 애드리브로 헤쳐나가는 수밖에 없어.

입술을 축였다.

"저는 도서위원이에요. 도서실에서는 책을 분류할 때 분류 기호라는 숫자를 씁니다. 선배에게 이 상자에 '반납 필수'라는 포스트잇이 붙어 있었다는 말을 듣고 도서실 반납함을 연상했어요. 도서실에서는 그 숫자를 보면서 책을 원래 있던 서가에 돌려놓습니다. 금고를 열 숫자를 찾을 때, 분류 기호라는 숫자를 떠올린 건 행운이었어요."

"그럼 그 네 권의 분류 기호가……."

"예. 금고 번호가 아닐까 싶었어요."

그리고 덧붙였다.

"처음에는요."

선배의 입가는 누그러졌지만 눈썹은 바짝 일그러졌다. 해법을 들은 기쁨과 그것을 보류한 나에 대한 의혹이 뒤섞인 것처럼.

"처음에는? 왜? 이 책장은 나도 수상하다고 생각했어. 숫자로 변환할 수 있다면 그게 정답 같은데."

"그뿐이었다면 가족분들까지 부를 필요는 없었어요."

주머니에서 아까 역 앞에서 산 메모장을 꺼냈다.

"분류 기호를 조사해서 숫자로 바꾼 다음, 숫자를 오십음으로 바꿔보았어요."

"숫자를 오십음으로 바꿨다니, 무슨 뜻이야?"

"그러니까 말이죠. 책장에 꽂혀 있던 순서대로 해독하면……."

이제부터가 가장 위태로운 줄타기다. 아랫배에 힘을 주었다.

"『일본의 관광, 세계의 관광』은 사회과학 책이에요. 사회과학 번호는 4. 사회과학 중에서도 산업으로 분류되니 두 번째 자리는 1. 관광사업 관련이니 세 번째 자리는 3. 이 책의 분류 기호는 413입니다.

다음 『확률론 개론』은 자연과학 분야가 3, 숫자 관련이 2, 확률론은 4니까 324.

『속전속결 상법』은 사회과학 분야가 4, 법률 관련이 4, 상법이 2.

마지막 『현대의 방목』은 자연과학 분야가 3, 동물학이 9, 축산동물이 4입니다."

조심하려고 하는데 아무래도 말투가 조금 빨라졌다. 숨이 막힌다. 심호흡을 하고 싶다. 꾹 참고 태연한 표정과 목소리를 지어냈다.

"번호를 나열하면 413 324 442 394입니다. 이걸 오십음으로 바꿀 겁니다."

"잠깐."

그렇게 말한 건 선배의 언니였다.

"금고 번호를 알아낸 거잖아? 어째서 그걸 오십음으로 바꾸려는 거야?"

지당한 말씀이다. 마쓰쿠라는 뭐라고 했더라.

—왜 오십음으로 바꿨냐고 물으면 내가 반쯤 장난삼아 시작했다고 해. 나는 그 자리에 없어. 없는 녀석 책임으로 돌리면 대부분 어떻게든 돼.

"마쓰쿠라가⋯⋯ 친구가, 전에 이런 암호를 봤다면서 반쯤 장난삼아 시작했어요. 엉뚱한 짓을 한다고 생각하면서 지켜봤는데, 나온 문장이 너무 이상했습니다."

선배의 언니는 석연치 않은 기색이었지만 우라가미 선배가 "무슨 문장이었는데?" 하고 뒷이야기를 재촉해준 덕분에 넘어갔다. 책상에 메모장을 놓고 볼펜을 꺼냈다.

"이걸 좀 보세요."

선배네 가족이 책상 주위로 다가왔다. 메모장에는 미리 아까 말한 숫자를 나란히 적어놓았다.

"잘 들으세요. 분류 기호는 세 자리지만 철자로 바꿀 때는 두 개씩 쓸 겁니다. 먼저 처음 41. 이걸 오십음의 네 번째 행, 다시 말해 타(た) 행의 첫 단으로 읽었어요. 첫 번째 글자는 '타(た)'입니다."

"아. 그 방법, 나도 알아."

선배의 언니가 몸을 내밀었다.

"어, 그러면 두 번째 글자는 33. 오십음대로 따지면 사(さ) 행 세 번째 글자. '스(す)'겠구나. 다음은…… '케(け)'."

목소리가 점점 줄어들었다. 내가 그 뒤를 이어받았다.

"네 번째는 '테(て)'. 다섯 번째는 '쿠(く)'. 마지막은 '레(れ)'. '타스케테쿠레(たすけてくれ, 살려줘)'라는 말이 되었습니다. 이걸 단순한 우연이라고 생각해도 될지, 아니면 할아버님께 뭔가 위험이 있었는지. 저는 그걸 의논드리고 싶어서……."

그렇게 말하며 고개를 들었다.

오싹한 감각이 온몸에 퍼졌다.

방금 전까지 생글거리며, 따스하기까지 했던 세 사람의 표정이 일변했다. 선배의 언니는 완전한 무표정. 어머니는 낭패한 기색이 완연한 얼굴로 문 쪽을 돌아보고 있다.

우라가미 선배는 탁하고 어두운 눈으로 나를 노려보고 있었다. 입가는 씰룩거리고 손은 뭔가를 움켜쥐려는 듯이 어중간하게 앞으로 뻗어 있다. 같은 사람일까? 내가 아는 선배는 언제나 눈매가 환했다. 주위까지 즐겁게 만드는 사람이었다. 그런데 지금, 선배는 무섭기만 하다.

누가 그랬는지, 혀를 차는 소리가 들린 것 같았다.

"저……."

침묵을 참다못해 그렇게 입을 열었을 때 사이렌 소리가 귀에 닿았다.

순식간에 다가온 소리는 가까이서 멈추더니 바로 현관 쪽에서 강한 목소리가 들려왔다.

"구급대입니다! 환자는 어디 있습니까!"

온몸에서 힘이 빠졌다. 무릎이 떨려서 그대로 바닥에 주저앉고 싶었다.

6

돌아가는 길을 마쓰쿠라와 함께 걸었다. 해질녘이었다.

"살아 계셨네."

내가 말하자 마쓰쿠라는 힘없이 끄덕였다.

"그래."

마쓰쿠라는 그 집이 우라가미 선배의 집이 아닐지 모른다고 의심했다.

일본 십진분류법을 조사하려고 갔던 역 앞 도서관에서, 마쓰쿠라는 소리를 낮춰 설명해주었다.

—'어른이 되면 알 수 있다'는 숫자가 분류 기호였다면, 어떤 대화를 나누었을지 상상이 가. '나는 어른이 되면 사서, 아니면 적어도 도서관 직원이 될 거야.' 그런 말이 있어야 비로소 '그래. 그렇다면 이 방에 남겨둔 번호는 어른이 되면 알 수 있어'라는 말이 나오지. 그런데 우라가미 선배는 뒷부분만 말했어. 왜?

그건 이 대화를 나눈 게 선배가 아니기 때문이야. 선배는 남을 통해, 아마도 할아버지와 그 이야기를 나눈 당사자에게 뒷부분만 들었겠지. 알겠어? 할아버지가 금고 내용물을 넘겨주려고 했던 건 우라가미 마리 선배가 아니야. 다른 사람인 거야. 아마 다른 손주겠지. 우라가미 선배와 금고 이야기를 나눌 정도로 사이가 좋고, 실제로 할아버지가 아꼈던, 다른 사람이야.

그렇게 생각하면 어째서 전문 업자에게 자물쇠를 열어달라고 부탁하지 않았는지도 알 수 있어. 업자는 '이건 당신 금고입니까?'라고 묻겠지. 증명할 만한 걸 요구할지도 몰라. 돈만 주면 남의 자물쇠든 뭐든 열어주는 일이 합법적으로 성립될 리 없으니까. 그 자리는 넘길 수 있어도 기록은 남아. 선배…… 아니, 선배네 가족에게 그건 피해야 할 일이었어. 그래서 다루기 쉬운 아이인 우리에게 눈독을 들인 거야. 우리가 금고를 열면 만만세, 못 열어도 손해 볼 건 없지.

다시 말해 선배네 가족은 금고 내용물을, 원래 그걸 받을 사람에게서 가로채려 한 거야. 그렇다면 어째서 선배는 네가 화장실에서 나올 때까지 기다렸는지, 선배와 네가 나간 뒤 바로 어머니가 서재로 왔는지도 알 수 있어. 둘 다 우리를 감시했던 거야. 우리를 이용해 금고는 열고 싶지만 우리가 집안을 돌아다니기라도 하면 큰일이야. 큰일날 이유는 뭘까?

그 집은 우라가미 선배네 집이 아니야. 명패에는 우라가미라고 적혀 있었으니 할아버지 댁이긴 하겠지. 선배네 가족도 몇 번 들어가보긴 했을 거야. 하지만 선배네 가족은 그 집에 살지 않아. 그렇다면 들켜선 안 되는 게 뭔지도 상상이 가지. 그 집의 진짜 주인은 달리 있다는 사실을 강하게 가리키는 무언가…… 아마도 주인 본인일 거야.

나는 마쓰쿠라의 말을 망상이라고 부정할 수 없었다. 선배의 언니가 내준 차의 맛이 아무래도 마음에 걸렸기 때문이다.

당연히 익숙할 수밖에 없는 게, 그건 소켄비차의 맛이었다.

선배네 가족이 그 집에 산다면 어째서 시판 곡물차를 끓여서 찻주전자에 담아 올 필요가 있을까? 그것밖에 없다면 그대로 찻잔에 따라 가져와도 되고 페트병째로 내놓아도 됐다. 그러지 않은 이유는 주방 어디에 찻잎이 있는지 파악하지 못했지만 차 정도는 당연히 내줄 수 있다는 것을 보여주고 싶었기 때문이리라. 그 집에 사는 사람이라면 그 정도는 할 수 있을 테니까.

하지만 한 가지, 도저히 이해할 수 없는 점이 있다. 모든 게 거짓말이라고 하기에는 너무나.

"할아버지 얘기를 할 때, 선배는 쓸쓸해 보였어."

마쓰쿠라는 오히려 그런 내게 놀란 듯했다.

"연기야. 굉장히 티 났는데."

나는 할말을 잃었다. 지금까지 무엇을 보고 있었는지 기가 막혔고, 밝은 면을 동경했던 선배보다 유별난 친구가 하는 말을 자연스럽게 믿는 스스로가 이상했다.

진짜 주인이 그 집에 있는데 선배네 가족이 들어앉아 있다면 상황은 위험하다. 마쓰쿠라는 한 가지 꾀를 냈다.

—네가 선배네 가족을 붙잡고 있어. 시간을 버는 사이 난 집안을 찾아볼게. 진짜 주인을 만날 수 있으면 선배네 가족의 계략은 부술 수 있어.

—시간을 벌라니 어떻게?

—할아버지가 남긴 메시지를 위조하는 거야. 그 집에 들어앉은 선배네 가족이 신경쓰여서 자리에서 떠나지 못할 만큼 강렬한 내용을.

—왜 그렇게까지 해야 해? 남의 집이잖아.

—물론 그래. 하지만…….

그때, 마쓰쿠라는 주저하면서도 이렇게 말했다.

"선배 할아버지는, 정말 돌아가셨을까?"

돌아가셨다고 말한 건 우라가미 선배였고, 우리는 당연히 죽음을 확인하지 않았다. 그 집의 진짜 주인이 달리 있다면 그건 돌아가셨다는 할아버지이리라.

"살아 있는데 선배네 가족의 침입으로 저항할 수 없는 거라면 위험해. 남의 집 일인 건 맞아. 하지만!"

차마 말을 잇지 못하는 마쓰쿠라는 평소의 짓궂고 어른스러운 마쓰쿠라가 아니었다. 자기가 할 일이 아니라고 등을 돌리는 마쓰쿠라가 아니었다. 어린아이 같았다.

나는 그때만큼 마쓰쿠라를 친구라고 느껴본 적이 없다.

"알겠어. 여기서 아무 행동도 하지 않으면 죽음을 못 본 체하는 꼴이야. 그런 건 나도 참을 수 없어."

이리하여 우리는 메시지를 위조했다. 오십음으로 변환하면 '살려줘'라는 말이 되도록 엉터리 분류 기호를 붙인 것이다. 유일하게 염려되었던 건 도서위원이었던 우라가미 선배다. 하지만 제대로 일을 하지 않았던 우라가미 선배는 분류 기호가 틀린 줄도 모르지 않을까. 우리는 그 가능성에 걸었고 승부에 이겼다. 위조 메시지로 선배네 가족을 붙들어두는 사이 마쓰쿠라가 들어와 비쩍 마르고 의식도 흐릿한 노인을 발견했다. 마쓰쿠라는 구급대에 이렇게 말했다고 한다.

"잊은 물건이 있어 선배네 집에 돌아갔는데 집이 넓어서 길을 잃었습니다. 두리번거리는 사이 할아버지를 발견했는데 몹시 쇠약하셔서 바로 구급차를 불렀어요."

선배네 가족은 노인이 쇠약한 틈을 타 금고 내용물을 빼돌리려 했다. 유산을 받을 때까지 기다릴 수 없었는지, 배분에 불만이 있었는지, 그 점은 모르겠다. 마쓰쿠라가 구급대를 불러 우라가미 선배네 가족의 계략은 무너졌지만, 선배네 가족이 한 짓은 어떤 죄가 될까? 어쩌면 방해받지 않으려고 수면제 정도는 먹였을지도 모르지만, 쇠약한 노인을 안정시키려고 그랬다고 하면 그만이다. 아무 죄도 되지 않는다면 마쓰쿠라에게는 어떤 보복이 기다리고 있을까. 내게는?

마쓰쿠라의 추측이 옳다면 원래 금고 내용물을 받아야 할 손주는 따로 있다. 그 인물이 이번 일을 알았을 때 우라가미가에는 무슨 일이 벌어질까.

어쨌거나 이제 우라가미 선배가 내게 미소를 지어줄 일은 두 번 다시 없다.

전부 털어내듯이 마쓰쿠라가 유난히 쾌활하게 말했다.

"그나저나 금고 내용물은 뭐였을까?"

앞날에 대한 불안은 있다. 하지만 지금, 나는 웃었다.

"열었어. 구급대가 왔을 때 소란을 틈타서."

진짜 번호는 내가 예상한 대로였다.

우치야마 가즈노리, 『일본의 관광, 세계의 관광 '여행대리점'을 뛰어넘어』

산업(6) 운수 · 교통(8) 관광사업(9)

689 우

913

사토 도시오, 『확률론 개론』

자연과학(4) 수학(1) 확률론(7)

417 사

우키타 나쓰코, 『속전속결 상법』

사회과학(3) 법률(2) 상법(5)

325 우

사가와 신, 『현대의 방목』

산업(6) 축산업(4) 축산역사 · 현황(2)

642 사

68을 우, 즉 오른쪽으로 아홉 번, 41을 사, 왼쪽으로 일곱 번, 32을 오른쪽으로 다섯 번, 64를 왼쪽으로 두 번.■ 이것으로 금고는 열렸다.

"그래서 내용물은?"

마쓰쿠라가 짓궂게 씩 웃으면서 물었다. 금고 내용물이 뭔

■ 분류 기호에서 저자명 첫 글자인 '우'는 오른쪽(右), '사'는 왼쪽(左)의 일본어 발음과 같다.

지 눈치채고 있었나?

아마 나도 실실거리는 표정이었을 것이다.

"크레용으로 그린 '우리 할아버지'하고 사진 앨범."

주택가의 한적함에도 아랑곳없이, 마치 쾌재를 부르듯이 마쓰쿠라는 오른발을 힘차게 차올리며 큰 소리로 외쳤다.

"그럴 줄 알았어, 처음부터!"

록 온 로 귀

1

마쓰쿠라 시몬과 어울리면서 그전에는 생각도 하지 못했던 일들을 보고 듣게 되었다. 모든 것이 마쓰쿠라 때문은 아니다. 오히려 마쓰쿠라에게는 기묘한 체험에서는 한 걸음 물러나려 하는 구석이 있었다. 하지만 내가 이상한 일에 얽힐 때, 그 녀석이 대개 곁에 있었던 것도 사실이다.

고등학교 2학년 여름이 시작될 무렵, 우리는 어느 사건의 방관자가 되었다.

나도 이상한 표현이라 생각한다. '어느 사건의 목격자가 되었다'라고 하면 안 되는가? 방관과 목격, 두 가지 말을 중얼거려보았다. 그래, 이게 '퇴고'란 건가. 그럼에도 역시 그건 방관이라 표현하는 게 알맞다. 우리는 우연히 본 것이 아니라, 보다 능동적으로 그저 보기만 하는 길을 선택했던 것이다.

일의 발단은 우리 머리카락이 자라면서 시작되었다. 날이 갈수록 더워지고 이제 곧 덮쳐올 견디기 힘든 열기가 예감되는 계절, 나와 마쓰쿠라 시몬은 거의 동시에 머리를 자르기로 했다. 그뿐이었다면 주말에라도 따로 단골 가게에서 이발을 하고, 월요일에 각자 후련한 기분으로 등교하는 것으로 이야기는 끝났을 터였다. 우리는 서로 이발했다는 사실을 깨닫지도 못했을 것이다. 하지만 잡담중에 우연히 마쓰쿠라가 자주 가던 이발소가 문을 닫아 난처하다는 이야기를 들었다. 한편 내 지갑 속에는 우연히도 '호리카와 지로 님, 친구를 소개해주시면 본인과 친구분 모두 커트 요금 40% 할인' 쿠폰이 들어 있었다.

즉 마쓰쿠라는 새로운 가게를 찾을 수고를 덜고, 나는 이발료를 사십 퍼센트나 절약할 수 있다. 어떻게 생각해도 이득이라 이 기회를 놓칠 이유가 없었다. 마쓰쿠라 시몬도 "고맙네" 하고 기뻐했다.

하지만 나는 멍청하게도 할인 적용 조건을 확인하지 않았다. 쿠폰 구석에 "친구분과 함께 오실 경우에 한함"이라고 적혀 있는 것을 한참이나 몰랐던 것이다. 알고 나서는 내가 생각해도 집요하게 주말까지 불평을 해댔다. 먼저 방과후 도서관에서.

"이발이야, 이발. 다른 게 아니잖아. 머리를 자르러 가는 거라고. 그걸 어째서 단체로 가야 하는 거야?"

도서위원이 도서실에서 잡담을 하다니 한심한 이야기지만 어쨌거나 우리 도서실은 정말 사람이 없고, 특히나 그날은 이용자가 하나도 없어 우리는 이때다 하고 큰 소리로 입씨름했다.

당연히 마쓰쿠라는 짙은 이목구비에 평소와 다름없는 짓궂은 미소를 띠며 반론했다.

"꼭 가야 하는 건 아니지. 사십 퍼센트 할인을 포기하면 그만이야. 네 쿠폰이니까 선택권은 네게 있어. 나로서는 부디 포기하지 말기를 바랄 뿐이지. 이번 달은 빠듯하거든."

"사십 퍼센트 할인은 아까워. 생각을 바꿔보자. 둘이서 갔을 때의 가격이 정가고, 혼자서 가면 할증 요금을 내야 한다고 생각하는 거야."

"오호라. 몇 퍼센트가 더 붙는 거야?"

"사십 퍼센트 아냐?"

"아니, 그건 아니지."

"거기는 커트만 하면 사천 엔이니까 그걸 전제로……."

둘 다 수학 성적은 나쁘지 않았다. 나는 그렇다 쳐도 마쓰쿠라는 머리도 나쁘지 않다. 재능을 발휘하는 상황이 다소 특수할 뿐이지, 상당히 똑똑할 것이다. 하지만 이때 우리는 '할증 요금'이 몇 퍼센트인지 계산하는 방정식을 세우지 못해 공책을 펼치고 샤프를 굴리며 사칙연산을 구사하게 되었다. 몇 분 뒤, 겨우 얻은 답에 나는 감탄의 한숨을 쉬었다.

"약 1.67배야."

"칠십 퍼센트 할증인가."

"사십 퍼센트 할인을 포기하면 칠십 퍼센트 할증이 되다니. 부조리하네."

그때 마쓰쿠라가 불쑥 흘린 말을 잊을 수 없다.

"우리, 상당히 바보일지도 몰라."

다음으로 불평을 흘린 건 이발 당일이었다. 낮이 긴 계절이었지만 마쓰쿠라와 늦은 시간에 합류해서 주위가 거의 어스레했다. 옷단이 긴 셔츠를 입은 마쓰쿠라와 나란히 화려한 번화가를 걸으며 나는 말했다.

"지금 여기서 생활지도에 걸린다고 쳐."

"응."

"심야에 어슬렁거렸다고 할 정도로 늦은 시간은 아니지만 대략 밤이지. '어디 가는 거야' 하고 야단을 맞았다고 치자."

"응."

“그때 어떻게 대답하면 될까? 싱긋 웃으면서 ‘저희, 지금 둘이서 미용실에 가는 길입니다’라고 하면 될까?”

마쓰쿠라의 웃음은 조금 독특하다. 뭐랄까, 어른스럽게 가만히 웃는 것이다.

“사실이 그렇잖아, 호리카와.”

“사실이지. 슬픈 사실이야.”

이건 가치관의 문제다. 내 경우는 이렇게 된다. 친구와 영화를 보러 간다, 문제없다. 친구와 카페에 간다, 그렇군. 친구와 도서관에 간다, 그런 일도 있을지 모른다. 친구와 이발하러 간다…… 왜?

“생각을 바꿔보자.”

방과후 도서실에서 내가 했던 말을 이번에는 마쓰쿠라가 했다.

“호리카와, 머리카락은 우리 체내에서 생성되는 것이고 내버려두면 자라.”

“우리 할아버지는 안 자라는데.”

“우리 외할아버지도 그래. 삼촌도 그렇고. 야, 호리카와. 유전될까?”

“심각한 문제로군. 하지만 하던 얘기를 하자.”

“옆으로 샌 건 너잖아.”

"책임을 통감하고 있어. 그래서?"

정면에서 달려오는 자전거를 양쪽으로 갈라져서 피했다. 다시 돌아온 마쓰쿠라는 연극적인 헛기침을 했다.

"다시 말하자면 체내에서 생성된 물질이 과잉되었기 때문에 외부로 폐기하러 가는 거야. 따라서 둘이서 머리카락을 자르러 가는 행위는 나란히 화장실에 가는 것과 유사하지. 때문에 딱히 이상한 일은 아니야."

"오호라."

당연히 그 말을 받아들여서 그렇게 말한 건 아니다. 너무 어리석어서 대꾸를 해야 하나 망설였기 때문이다. 결국 나는 이렇게 덧붙였다.

"하지만 너하고 나란히 화장실 간 적도 없고, 가고 싶지도 않고, 네가 아무리 그럴싸한 말을 해도 이발은 나란히 화장실 가는 것하고 달라."

"지당한 말씀."

그리하여 우리는 나의 단골 미용실 앞에 섰다.

예약은 저녁 7시. 일 분도 어긋나지 않고, 예정대로 도착했다.

2

찾아간 미용실은 번화가 한구석에 당당하게 선 이 층짜리 건물이다.

1층만 해도 의자가 스무 개는 넘고, 그와 별개로 샴푸대도 몇 자리 준비되어 있다. 2층도 비슷한 구조라면 동시에 사십 명 이상 머리를 자를 수 있겠지만 과연 미용사가 사십 명이나 될지는 의문이다. 건물은 외벽에 벽돌 타일을 발라 중후한 존재감이 느껴진다.

외부 조명이 비추는 가게를 올려다보며 마쓰쿠라는 얼빠진 표정으로 입을 떡 벌렸다. 이 녀석의 이런 표정은 좀처럼 보기 힘들다.

"크네."

"크지?"

"세련되었네."

"그럴지도."

"왜 이런 가게가 네 단골집이야?"

그 질문은 무시하고 문을 잡았다. 사촌누나에게 끌려와 회원 카드를 만든 후로 그냥 다니게 되었다고는 아무래도 말하기 어려웠다.

가게는 문도 컸다. 높이 이 미터가 넘는 목제다. 중량감이 묵직했는데 실제로도 무거워서 살짝 미는 정도로는 열리지 않았다. 처음 온 손님의 '한번 들어가볼까' 하는 용기를 꺾기에는 지나치게 충분한 무게지만 나는 처음 오는 게 아니니 힘껏 밀어서 열었다.

가게 안은 밝고, 높은 천장에는 황당할 정도로 큰 실링팬이 달려 있다. 마침 손님이 끊겼는지 카운터 안에는 직원이 몇 명, 한가하다는 듯 모여 있었다. 우리가 가게에 들어가자 잘못 들어온 게 아닌가 판단하는 듯한 짧은 침묵 뒤에 모두 활달하게 한목소리를 냈다.

"어서 오십시오!"

마쓰쿠라가 움츠러든 것을 보지 않아도 알 수 있었다. 이 녀석은 다소 속을 알 수 없는 남자지만 유행이나 멋쟁이, 최신 스타일, 그런 말과 인연이 없다. 미용사들의 미소를 앞에 두고 분명 당황했을 것이다.

누구에게랄 것 없이 적당히 고개를 돌리고 "예약한 호리카와입니다"라고 이름을 밝히자 대열에서 한 사람이 걸어나왔다.

"기다리고 있었습니다. 전화를 받았던 곤도입니다."

패치워크 무늬 셔츠를 입은 남자였다. 눈빛이 왠지 묘하게 흐리멍덩했다. '웃고 있지만 눈은 웃고 있지 않다'는 표현은 흔히 보는데, 그런 식으로 표현하자면 곤도 씨는 '웃고 있지만 눈은 졸려 보이는' 사람이었다.

"예약해주셔서 감사합니다. 이쪽이……."

곤도 씨는 끝까지 말하지 못했다. 갑자기 큰 소리가 울려 퍼졌기 때문이다.

"호리카와 님! 이거 이거 이거 이거, 오랜만입니다!"

빨간 셔츠를 입은 남자가 곤도 씨 뒤에서 다가왔다. 늘씬하니 호리호리하고 키가 크다. 환한 미소로 팔을 벌리고 있는 게 유난스럽다. 눈에 익은 사람이다. 하지만 딱히 사적인 대화를 나눈 적은 없었을 텐데. 누구지?

"어, 저, 안녕하세요."

그렇다 보니 거동이 수상해졌다. 남자는 눈앞까지 성큼성큼 걸어오더니 우뚝 멈췄다. 손을 잡고도 남을 기세에 살짝 긴장했다.

"안녕하십니까. 오늘은 동행도 계시다고 해서 기다리고 있었습니다. 이거, 정말로 감사합니다."

깊이 머리를 숙인다.

"저, 예, 천만에요."

"종종 찾아주셨는데도 자기소개가 늦어 죄송합니다. 저는 점장인 후나시타라고 합니다."

“아, 점장님이셨어요?”

“예.”

꽤나 소탈하달까, 친근감이 느껴지는 가벼운 분위기의 점장이다.

후나시타 점장은 이어서 마쓰쿠라를 향해 반짝거리는 웃음을 던졌다.

“호리카와 님 동행이시지요. 예약 성함은 말씀해주셨습니까?”

마쓰쿠라는 대단히 예의 바르게 고개를 숙였다.

“마쓰쿠라라고 합니다. 오늘은 잘 부탁드리겠습니다.”

당혹감이 가시고 차분해진 모양이다. 하지만 뭐랄까, 묘한 차분함이다. 미용실에서 저렇게 허리를 굽히고 인사하는 사람은 처음 본다.

“예, 저야말로. 저, 오늘은 어떻게 해드릴까요?”

흐리멍덩한 눈빛의 곤도 씨가 옆에서 끼어들었다.

“커트 예정이십니다.”

“커트인가요, 알겠습니다. 취향은 담당자가 여쭤볼 겁니다. 마쓰쿠라 님, 죄송하지만 먼저 회원 카드를 만들어주시겠습니까?”

후나시타 점장이 계산대 쪽으로 손을 뻗자 직원 하나가 완벽한 타이밍으로 클립보드를 건넸다. 그것을 받은 마쓰쿠라는 근처에 있는 의자에 앉지도 않고 그대로 서서 자기 이름을 기입했다.

"예, 감사합니다. 마쓰쿠라 님, 이걸 인연으로 앞으로도 자주 찾아주십시오."

어느새 곤도 씨가 손에 작은 비닐 가방을 들고 있었다.

"점장님, 안내는?"

곤도 씨가 조심스레 묻자 점장이 밝게 "아아, 내가 하지"라며 가방을 받아들었다.

"호리카와 님은 저희 가게 시스템을 알고 계시지요?"

"예."

"로커는 이 안쪽입니다. 그럼."

우리는 검은 비닐 가방을 하나씩 받았다. 가방 손잡이에는 열쇠와 번호표가 붙어 있었다.

점장은 웃음을 전혀 무너뜨리지 않은 채로 우리 얼굴을 똑바로 쳐다보았다.

"소지품은 로커에 넣어주십시오."

그리고 또박또박 이렇게 덧붙였다.

"귀중품은, 반드시, 직접 소지해주세요."

3

로커룸이라고는 하지만 메인 플로어와 문으로 구분되어 있는 것은 아니고 단순히 구석에 있을 뿐이다.

좁고 긴 공간 좌우에 번호가 붙은 하얀 로커가 쭉 늘어서 있다. 문득 로커가 몇 개나 될까 궁금해서 번호를 보니 가장 큰 숫자가 40번이었다. 그렇다면 역시 한꺼번에 마흔 명의 손님을 받을 수 있는 걸까?

마쓰쿠라가 갑자기 요란한 한숨을 쉬었다.

"살면서 지금까지 마쓰쿠라 님이라고 불린 적은 없었는데."

이상한 걸 신경쓰는 녀석이다.

"'님'이라고 불릴 만큼 대단하지 않아. 고등학생인데다가……."

"생각하기 나름이지. 고등학생일 뿐인데 '님'이라고 불리기 죄송하니 제게는 매뉴얼을 바꾸어 다른 호칭으로 불러주십시오, 라고 하는 사람이 더 귀찮은 손님 같은데."

"궤변이야. 뭐, 마쓰쿠라 짱이라고 안 불러서 다행이지만."

그러더니 손에 든 비닐 가방을 가만히 쳐다보았다.

"그래서 이건 뭐에 쓰는 거야?"

"점장이 말했잖아. 귀중품을 넣는 거야."

"아아, 그렇군."

역시 이해가 빠르다. 소지품은 로커에 넣지만 지갑 같은 귀중품은 비닐 가방에 넣어 직접 소지하고 머리를 자르는 시스템이다. 로커 열쇠는 가방에 붙어 있어, 가방을 들고 다니는 한 소지품도 지갑도 안전한 구조다. 로커 속에는 옷걸이가 있어 겨울철에는 방한복도 걸어둘 수 있다.

닫힌 로커를 보면서 마쓰쿠라가 중얼거렸다.

"뭐, 넣을 물건도 없지만."

마쓰쿠라의 지갑은 얄팍해서 주머니에 들어가고도 남는다. 가방 같은 것도 들고 오지 않아 마쓰쿠라가 로커에 넣을 물건은 아무것도 없다. 나는 보디 백을 쓰기 때문에 일단 넣어두었다. 그리고 지갑을 비닐 가방으로 옮겼다.

"귀중품은 직접."

내 지갑은 반지갑이라 주머니에 넣으면 불룩 튀어나온다.

좁고 긴 로커룸 막다른 벽에 화장대가 놓여 있다. 심심했는지 마쓰쿠라는 그 화장대 앞에 섰다. 테이블에는 커다란 꽃병이 있었는데 색색의 꽃에 거울이 반쯤 가려 있었다. 꽃 중에서 일단 장미는 알아볼 수 있었다.

"생화?"

그렇게 묻자 마쓰쿠라는 꽃잎을 한 장 문질러보더니 "오오" 하고 소리쳤다.

"생화야."

"대단하네."

거칠게 문지른 걸 보면 마쓰쿠라도 조화로 예상했을 것이다. 천천히 손가락을 떼더니 민망한 기색으로 손가락을 바지에 닦았다. 뒷북인데.

마쓰쿠라가 불쑥 물었다.

"야, 호리카와. 점장하고 친해?"

그게 이상하다.

"아니……. 물론 얼굴은 알아. 안내를 받은 적도 있었을지 모르지. 근데 점장인 줄은 몰랐어. 그 정도야."

"흐음."

"역시 새 손님을 소개하면 대우가 달라지는 거겠지?"

그리고 살짝 목소리를 낮추었다.

"이렇게 큰 가게가 7시라고는 해도 일요일인데 손님은 우리 둘뿐이잖아. 장사가 어려운 거 아닐까?"

"그러게. 직원은 몇 명 있었지?"

"글쎄. 예닐곱 명은 있었던 것 같아."

"더 있었던 것 같은데."

거의 꽃에 가린 거울을 향해 마쓰쿠라는 연극적인 동작으로 머리카락을 쓸어 올렸다.

"뭐, 내가 인정할 만한 커트를 할 수 있다면 단골이 되어줄 수도 있어."

이 녀석답지 않은 농담이다.

"이제야 '마쓰쿠라 님'처럼 구네?"

그렇게 말하자 마쓰쿠라는 바로 질색했다.

넓은 플로어에서 우리는 나란히 앉았다.

커트를 담당해주는 미용사는 전에도 신세를 졌던 마에노 씨라는 남자였다. 편력이라고 할 만큼 많은 미용사의 손을 거친 건 아니지만 나는 이 사람이 제일 좋다. 과묵해서 이발하는 동안 쓸데없는 잡담을 하지 않아도 된다.

"오늘은 어떻게 해드릴까요?"

"저번처럼요."

"알겠습니다."

그런 대화만으로 오늘의 방침이 전부 결정되었다.

공교롭게도 마쓰쿠라는 그리 원활하게 풀리지 않는 듯했다. 헤어 카탈로그를 두 권 펼쳐놓고 젊은 남자가 흥분한 기색으로 쏟아내고 있다.

"마쓰쿠라 님은 이목구비가 화려해서 헤어스타일도 연구하는 보람이 있네요. 이런 것도 어울리실 것 같고, 이런 커트도 인기가 많습니다. 그리고 만약 조금 모험을 해보신다면 이쪽 이미지로 머리카락을 조금 넘기면 분위기가 상당히 달라질 거예요."

마쓰쿠라가 내 쪽을 힐끗 쳐다보았다. 원망스러운 눈빛이다. 아무리 이 가게로 데려온 게 나라고 해서 이쪽을 원망해도 도리 없다.

"오늘은 전체적으로 짧게 잘라주세요."

마쓰쿠라는 겨우 그 말만 했다. 그러고도 잠시 옥신각신했지만 결국 "그럼 짧게 잘라드리겠습니다"라는 결론으로 마무리되었다.

이만큼 스타일을 정하는 데 시간 차이가 있었는데 우리는 나란히 샴푸대로 갔다. 즉 내가 기다렸던 것이다. 둘 다 손에 비닐 가방을 들고 안내해주는 대로 샴푸대로 향하는 길에 마쓰쿠라가 중얼거렸다.

"뭐라고 했어야 했던 거야?"

"'가벼운 느낌으로, 살짝 역동감을 넣어주세요'라고 하면 돼."

"역동감은 뭐야? 머리카락이 움직이면 요괴잖아."

이런 녀석인데 학교에서 마쓰쿠라는 명백히 미남의 부류에 속한다. 본바탕이 좋다는 건 정말 이득이다.

머리카락을 감겨주는 건 미용사와는 다른 여성이었다. 샴푸대에서는 둘이서 나란히, 먼저 목둘레에 수건과 샴푸용 가운을 둘렀다.

"답답하진 않으신가요?"

"예."

"의자 높이는 괜찮으신가요?"

"예."

"물 온도는 괜찮으신가요?"

"예."

"어디 가려운 곳은 없으신가요?"

"없습니다."

"어디 더 헹궈드릴까요?"

"아니요."

미용실에서 머리를 감겨줄 때 판박이처럼 이런 대화를 나누다 보면, 늘 그런 건 아니지만 때때로 내가 굉장히 얼빠진 사람으로 느껴질 때가 있다.

나란히 머리카락의 물기를 빼고, 나란히 커트용 의자로 돌아왔다.

이발 가운을 앞에 두르고 옆을 힐끗 쳐다보니 똑같이 이발 가운을 뒤집어쓴 마쓰쿠라가 역시나 마찬가지로 나를 보고 있었다. 정말이지, 대체 어쩌다 둘이서 이발하러 오게 됐을까? 너무 웃겨서 이제는 웃음도 나오지 않는다. 이제부터는 잠자코 가위에 머리를 맡기려는 순간, 마쓰쿠라가 귀찮다는 듯이 물었다.

"사람이 뒤집어쓰고 있는 모습을 보면 뭔가가 떠올라."

이발 가운을 말하는 것이다. 실은 나도 똑같은 생각을 했다. 물론 나는 그 '뭔가'가 무엇인지 짐작했다.

"내일 날씨를 화창하게 해줄까?"■

"그거야."

마쓰쿠라가 하얀 가운에서 손을 빼서 엄지손가락을 힘차게 세웠다.

두 미용사는 우리 대화에 끼어들지 않았다.

"자, 그럼 자르겠습니다."

가위질을 시작했다. 잘린 머리카락이 한 움큼, 두 움큼, 소리도 없이 바닥에 떨어졌다.

당연히 커트가 시작되면 고개를 돌리고 있을 수 없다. 서로

■ 일본에는 헝겊 인형을 만들어 창가에 매달아두면 비가 갠다는 미신이 있다.

정면의 거울을 보고 있는데도 마쓰쿠라는 그후로도 자꾸 말을 걸었다. 도서실 소식에 쓸 소재는 찾았느냐, 새로 발매된 파슬리 맛 콜라는 마셔봤느냐("의외로 나쁘지 않지만 어째선지 도저히 다시 마실 마음은 들지 않아, 어째서 그렇게 중독성이 없는지 의견을 듣고 싶으니 너도 마셔봐"라고 했다), 최근 뭔가 재미있는 책은 읽었느냐.

아무래도 좋은 대화를 이어나가는 사이 마쓰쿠라의 목적을 알아차렸다. 아무래도 처음에 미용사하고 이야기했던 게 어지간히 불편했는지, 그가 말을 걸지 못하도록 나와 대화를 이어가는 작전인 것 같았다. 평소에는 어느 쪽인가 하면 초연해서 아무도 우습게 보지 않는 대신 누구도 겁내지 않는 마쓰쿠라 시몬에게 이런 약점이 있을 줄은 몰랐다. 불쌍하긴 했지만 아무래도 실실 웃음이 새어 나왔다. 뭐, 사정이 그렇다면 도와주는 게 친구의 도리다 싶어 나도 화제를 짜냈다.

"그나저나 아까 좀 이상했지?"

"뭐가?"

마쓰쿠라야 이야기를 계속하고 싶은 쪽이니 바로 반응했다.

"점장님이 비닐 가방을 줬을 때. 뭐라고 말했는지 기억해?"

"아아."

잠깐의 침묵.

"귀중품은 직접 소지하라고 했지."

"소지하고 있어?"

"알잖아. 주머니에 넣었어."

"그럼 그 가방은 비어 있어?"

소맷자락 밑으로 손가락을 내밀어 마쓰쿠라 앞에 놓인 비닐 가방을 가리켰다.

"아니, 휴대전화를 넣어뒀어. 그게 왜?"

"그것 자체는 아무렇지도 않은데."

뭐야 그건, 하는 소리를 들은 체 만 체하고 뒷말을 이었다.

"점장님은 귀중품은 반드시 직접 소지하라고 했어."

"흐음."

마쓰쿠라는 역시 눈치가 빠르다. 그것만으로 뭔가 알아차린 모양이다.

평소 이 가게에 올 때마다 "귀중품은 직접 소지해주십시오"라는 말을 들었다. 그것은 관례나 다름없었다. 그런데 어째선지 이번에만 '반드시'라는 말이 붙어 있었다. 작은 차이지만 실은 꽤 마음에 걸렸다.

"듣고 보니. '안녕'이라고 인사하고 '조심해서 돌아가'라는 말을 들어도 딱히 별 생각은 안 들지만…….”

“그날만 ‘정말 조심해서 돌아가’라고 한다면…….”

“그건 태풍 부는 날 하는 말이잖아. 특별히 조심할 필요가 있다는 뜻이지.”

“눈이나.”

잠시 침묵이 흘렀다. 미용사 마에노 씨가 내 앞머리를 걷고 잘랐다.

“그래서, 내 생각인데…….”

그 순간이었다. 마쓰쿠라가 유독 느긋한 목소리로 말했다.

“뭐, 그건 그렇고 1반 세노 이야기 들었어?”

세노는 우리 학교에서 유명한 미녀다. 성격이 고약하다는 소문은 들은 적 있지만 이야기를 나눠본 적은 없다.

그런 이름을 갑자기 꺼내다니 어지간히 세노 이야기를 하고 싶었나? 아니, 그렇지 않다. 아마 마쓰쿠라는 점장과 귀중품 이야기를 중단하고 싶었던 것이다. 이유는 모르겠지만 화제를 돌리다니 탐탁지 않다. 하지만 한편으로는 굳이 이 녀석이 싫어하는 이야기를 계속하고 싶지도 않았다.

세노 이야기는, 양말의 무늬가 교칙에 어긋난다는 주의를 듣고 아무 말 없이 양말을 벗더니 그 자리에서 휴지통에 처박았다는 무용담이었다.

“허.”

어쨌거나 성격 나쁜 미인이라는 소문 외에는 아무것도 모르는 상대다. 감탄은 했지만 그 이상 뭐라 할 말이 없다. 말이 끊기자 마쓰쿠라의 머리를 자르고 있던 미용사가 기다렸다는 듯이 끼어들었다.

“두 분은 같은 반 친구이신가요?”

마쓰쿠라에게 대화하라고 하는 것도 가여워서 내가 대답했다.

“아니요. 위원회 활동을 같이 해서요.”

“위원회. 와, 전 그런 건 전혀 모르는데. 무슨 위원회인가요?”

“도서위원회예요.”

“도서위원회. 와, 전 그런 건 전혀 몰라요.”

잠시 실례하겠습니다, 하고 말하더니 나를 담당하던 마에노 씨가 가위를 허리에 찬 도구 주머니에 넣고 자리를 떴다. 마쓰쿠라를 담당하는 미용사는 계속 물었다.

“두 분 다 책을 좋아하세요?”

“예, 뭐.”

“와, 전 그런 건 전혀 모르는데. 어떤 책을 읽으시나요?”

잠깐, 당신이 정말 책을 읽지 않는다면 누구 이름을 말해도 '전 그런 건 전혀'라는 말밖에 못 할 것 아니야? 그렇다면 왜 묻는 거지? 커트가 중단된 터라 나는 고개를 옆으로 돌렸다. 정면을 바라보고 있던 마쓰쿠라는 이야기의 화살이 자기를 향하지 않기를 바라기라도 하는 건지, 무서울 정도로 표정이 없다. 박정한 녀석, 너그러운 마음으로 이야기에 어울려준 내 은혜도 잊고.

그런데 생각도 못 한 곳에서 구원의 손길이 뻗쳤다. 거울에 후나시타 점장이 비치는가 했더니 이쪽으로 다가와 갑자기 머리카락이 흩어진 바닥에 한쪽 무릎을 꿇을 기세로 몸을 숙인 것이었다.

당연히 조금 놀랐다. 점장은 목소리까지 정중했다.

"호리카와 님, 실례하겠습니다."

"아, 예."

"죄송하지만 8시 폐점 시간이 가까워 카운터를 마감해야 합니다. 먼저 계산을 부탁드려도 되겠습니까?"

"아, 예."

이발 가운을 쓴 채로 비닐 가방에 손을 뻗었다.

"얼마예요?"

"학생 커트 요금 4000엔에 친구분 소개 할인이 들어가 2400엔입니다."

역시 저렴하다, 과연 사십 퍼센트 할인이다. 수많은 난관을 헤치고 마쓰쿠라와 함께 온 보람이 있었다. 이건 마쓰쿠라도 기뻐하겠지. 지갑에서 정확히 2400엔을 꺼내 점장이 들고 있는 트레이에 놓았다.

"감사합니다."

점장은 일단 돌아갔다가 내게 영수증을 주더니 이번에는 마쓰쿠라에게 가서 똑같이 요금을 받았다. 그사이 마에노 씨가 돌아와 다시 내 머리를 자르기 시작했다.

"귀 주변을 다듬겠습니다."

계산이 끝나고, 이발도 끝나가고 있다. 여전히 거울 속 내 모습과 마주한 채로 마쓰쿠라에게 말해보았다.

"나는 그만."

"나도 그만."

그런 대답이 돌아왔다.

이발은 사십 분 정도로 끝났다.

비닐 가방에 달린 열쇠로 사물함을 열고 보디 백을 꺼냈다. 지갑을 가방에 도로 넣었다. 그리 싹둑 자른 것도 아닌데 이발을 하면 역시 통쾌하리만치 상쾌하다.

마쓰쿠라는 또 꽃병이 놓인 화장대 앞에서 앞머리를 만지작거리고 있었다.

"어땠어?"

"깔끔하게 잘라줬어. 다만……."

"다만?"

"이 가게를 나쁘게 말하는 건 아니니까 그 점은 이해해줘. 내 단골이었던 가게 할아버지, 그래도 꽤 이것저것 애를 많이 써줬던 것 같아."

남자의 헤어스타일에 별 관심이 없다는 점은 차치하더라도 마쓰쿠라의 헤어스타일이 촌스럽다고 생각한 적은 없다. 그 '할아버지'는 확실히 정성을 쏟았으리라.

"그리고 면도 서비스가 없는 게 아쉬워."

그건 어쩔 수 없다. 기억하기론 미용실에서는 면도를 하지 못하도록 법률로 금지하고 있다.

로커룸에 세 명의 여성이 나란히 들어왔다. 구불구불 풍성한 밤색 머리카락, 시원스럽게 쭉 뻗은 검은 머리카락, 정수리에 검은 머리가 살짝 보이는 노란 머리카락을 가진 사람들이었다.

"뭐? 그거 심각하잖아. 심각하달까, 뭐지, 오히려 심각하네."

그런 대화를 흘려들으며 로커룸에서 나왔다. 이 가게를 위해서 일요일 밤에 우리 말고 다른 손님이 와서 다행이라는 생각을 했다.

그런데 마쓰쿠라가 움직이지를 않는다. 로커룸 출입구까지는 왔는데 멈춰 서서 세 여성을 힐끔힐끔 쳐다보고 있다. 그야 뭐, 확실히 세 사람 다 은근히 화려한 옷을 입은, 미인이라 부를 만한 사람들이었지만 저렇게 가까이서 대놓고 쳐다보면 실례다. 마쓰쿠라의 소매를 잡아끌었다.

"야, 가자."

"……응? 아아. 그래."

마음이 엉뚱한 데 가 있는 느낌이다. 따라오고는 있지만 여전히 로커룸을 신경쓰고 있다. 마쓰쿠라가 미인에게 눈길을 빼앗긴다는 것도 뭔가 이상하다.

"아는 사람이야?"

그렇게 묻자 퍼뜩 정신이 들었다는 표정으로 대답했다.

"아니, 전혀."

"그럼 뭐야?"

"뭘까."

이 녀석은 이따금 이렇게 영문 모를 소리를 한다.

먼저 계산을 마쳤기 때문에 마무리가 빨라서 카운터에서는 마쓰쿠라의 회원 카드만 받으면 되었다. 가게에 들어올 때는 그렇게 환영해주더니 나갈 때 점장은 고개도 내밀지 않았다.

그래서 어떻다는 건 아니지만.

마에노 씨와 마쓰쿠라를 담당한 미용사에게 "감사합니다"라는 인사를 들으며 거리로 나오니 거의 8시라, 하늘은 당연히 어두웠다.

4

내게 밤에 놀러 다니는 취미는 없다. 근처 보관소에 자전거를 세워뒀으니 거기까지 가서 집으로 돌아가면 끝이다. 그럴 예정이었는데…….

가게에서 나온 뒤로 줄곧 말이 없던 마쓰쿠라가 불현듯 고개를 들어 "그런가"라고 중얼거리나 싶더니 이상한 소리를 하기 시작했다.

"야, 호리카와. 주스 한 잔 마시고 가. 내가 살게."

"어, 뭐 그건 상관없는데 사줄 필요는 없어. 내 건 알아서 살게. 무슨 일이라도 있어?"

"그냥 좀. 파슬리 콜라면 돼?"

"싫어."

나는 싫다고 했다. 분명히 싫다고 말했다.

그런데 "잠깐 기다려"라고 한 마쓰쿠라가 삼 분 후에 사 온 음료는 파슬리 콜라였다.

"그렇게 먹이고 싶냐? 그걸 위해서 붙잡은 거야?"

"맞아, 아니야."

"뭐야?"

"그렇게 먹이고 싶냐? 맞아. 그걸 위해서 붙잡은 거야? 아니야."

마쓰쿠라는 주위를 둘러보았다. 미용실 앞 도로는 이 시간에도 그럭저럭 교통량이 많다. 도로 건너편에 커다란 가로수가 있었다.

"저리로 건너가자."

마쓰쿠라는 그 가로수를 가리켰다. 그 말을 듣고 보니 작은 벤치도 있는 것 같았지만 도로변에 앉아 배기가스를 뒤집어쓰는 건 별로다.

"조금 걸어가면 공원도 있고 맥도날드도 있는데."

"그건 안 돼. 재미있는 구경거리가 생길 참인데."

무슨 말을 하는지 모르겠다. 설명은 나중에 듣기로 하고 일단 걸음을 뗀 마쓰쿠라를 따라갔다. 무단횡단하기에는 차량이 너무 많아 조금 떨어진 횡단보도로 건너서 돌아오니 미용실의 육중한 문이 정면에 보였다.

"그래서 뭔데?"

그렇게 재촉하자 마쓰쿠라는 파슬리 콜라를 건넸다. 알겠어, 알겠다고. 그렇게까지 먹이고 싶은 거구나. 말없이 받아 들고, 말없이 돈을 주고, 말없이 뚜껑을 열었다.

"'귀중품은 반드시' 말인데."

마쓰쿠라는 불쑥 그렇게 운을 뗐다. 눈앞을 달리는 자동차 소리가 커서 잘못 들었나 싶었다.

"어?"

"'귀중품은 반드시'라는 말 말인데, 어째서 하필 오늘 점장이 '반드시'라고 말했을까? 아까는 방해해서 미안했어, 무슨 말을 하려고 했던 거야?"

그것 말인가. 뚜껑을 딴 파슬리 콜라에서 희미하게 풍겨오는 무슨 약초 같은 냄새를 느끼며 대답했다.

"아는 것 아니었어?"

"알 것 같아. 하지만 우리가 그 정도로 서로를 이해하는 사이였나?"

아니.

탄산의 자극에 가려 냄새는 그리 불쾌하지 않았다. 그리고 기억해냈다. 나는 원래 파슬리를 싫어한다.

"내가 하고 싶었던 말은 이거야. 평소 '귀중품은 직접 소지하라'고 하던 가게가 이번에만 '귀중품은 반드시 직접 소지하라'고 한 이유는 무엇일까? 그건 최근 로커룸에서 도난 사건이 발생해 지금 가게가 경계 태세이기 때문에."

"오호라. 그래서 맛은 어때?"

"아직 안 마셨어."

보고 있으면서.

"내가 그 말을 할 뻔해서 중간에 이야기를 잘랐던 것 아니야?"

마쓰쿠라는 "뭐 그렇지"라고 했다. 확실히 지금 머리를 잘라주고 있는데 '요즘 이 가게에서 도난 사건이 있었던 것 아닐까?'라고 말하는 것은 그리 품격 있는 행동이 아니다. 말실수를 하지 않도록 막아준 것이다. 그때는 이야기를 돌려서 울컥했지만 잘 생각해보면 고마워해야 할지도 모른다.

"그래서 실제로는 어째서 '반드시'가 붙은 걸까?"

"실제로는 곧 카운터를 마감하기 때문이었어."

결심을 굳히고 입을 대보았다. ……쓰다. 쓰지만 파슬리 같은가 하면 그렇지는 않은 느낌이다. 그리고 탄산 덕분에 쓴맛도 표면에 드러나지 않는다. 이거, 확실히 마쓰쿠라 말처럼 썩 나쁘지 않은 것 아닌가? 한 모금 더 마시고 뒷말을 이었다.

"곧 카운터를 마감하니까 우리가 이발하는 사이 계산할 필요가 있었어. 그러기 위해서는 우리가 지갑을 직접 들고 있어야 해. 아무리 그래도 이발 가운을 뒤집어쓰고 잘린 머리카락을 펄펄 흩날리면서 로커까지 지갑을 가지러 갈 수는 없지. 그래서 점장은 그럴 걸 예상하고 '반드시' 지갑을 소지하라고 말한 거야."

"흐음."

마쓰쿠라는 어째서인지 미용실에서 시선을 떼지 않았다. 그러더니 또 묻는다.

"맛은 어때?"

"나쁘지 않아. 비린 쓴맛은 싫은데 이건 뭔가, 좀더 상큼하게 써."

"그렇지?"

"한 모금 마셔볼래?"

"필요 없어."

마쓰쿠라는 자기 몫으로 사 온 캔커피를 땄다. 형식적으로 입을 댔다가 바로 뗐다. 그러더니 중얼거렸다.

"나도 그렇게 생각했어."

아까 계산을 마친 뒤 우리는 서로 "그만"이라고 말했다. 그래서 마쓰쿠라도 비슷한 생각을 한 줄 알았다. 그만 착각했다고.

"지금은 아니라는 뜻이야?"

"응."

"그래서 이제 곧 재미있는 걸 구경할 수 있다는 거고?"

"맞아."

"설명해봐. 일단 좀 앉자."

우리는 밤의 거리에서, 마쓰쿠라는 캔커피를, 나는 파슬리 콜라를 손에 들고 도로변의 작은 벤치에 나란히 앉았다. 시선 끝에는 벽돌로 지은 미용실이 있지만 달리는 차가 일 초마다 시야를 가렸다. 파슬리 콜라를 마셨다. 이 정도라면 거슬리지 않을 줄 알았는데 역시 쓰다. 그렇지만 싫다고 할 만큼 쓰지도 않다.

지나가는 차를 바라보며 마쓰쿠라가 말했다.

"나도 처음에는 그런가 싶었어. 이발하는 도중에 계산해야 하니까 지갑을 갖고 있기를 바란 거라고 이해했어. 하지만 잘 생각해보면 이상해. 만약 그렇다면 '반드시'라고 말한 시점에서 이발할 때 계산하게 된다는 걸 알았다는 뜻이 돼."

"그게 이상해?"

"이상하지."

마쓰쿠라가 갑자기 이쪽으로 고개를 돌렸다. 입가에 희미하게 짓궂은 미소가 서려 있다.

"그걸 미리 알면 계산도 먼저 끝내면 돼. 우리가 로커룸에 가기 전에 '죄송하지만 곧 문을 닫을 시간이라 먼저 계산해주실 수 없을까요?'라고 말하면 그만이잖아. 그러면 그렇게 가운을 뒤집어쓰고 불편하게 몸을 꿈지럭거리면서 돈을 낼 필요는 없었어."

"뭐, 그건 그래. 하지만 그건 가게 마음 아니야? 어쩌면 우리가 추가 주문을 해서 요금이 달라질 거라고 생각했을지도 모르지."

"추가 주문? 군만두 같은 거?"

"군만두 같은 거."

왜 군만두야?

"뭐, 그럴지도 몰라. 하지만 내가 처음 이상하다고 생각한 건 다른 점이야. 어째서 점원이 그렇게 많았는데 우리를 먼저 맞이한 게 점장이고, 계산하러 온 것도 점장이었을까? 그야말로 수습생도 할 수 있는 일이잖아."

"그건 말했잖아. 신규 고객을 소개해줘서 정중한 서비스로 점장이 나온 거라고."

"하지만 배웅해주지는 않았어."

"배웅받고 싶었어?"

"아니. 그런 말을 하고 싶은 게 아니라는 걸 알잖아."

안다. 나도 썩 잘 알지도 못하는 점장이 갑자기 나와서 놀랐다.

"우리를 처음에 맞이한 건 천조각을 누덕누덕 이은 옷을 입은 곤도라는 남자였어."

패치워크 무늬 셔츠는 생각나지만 이름까지는 기억하지 못했다. 듣고 보니 곤도였던 것도 같다.

"그 점장은 곤도가 맡으려던 우리를 가로챈 거야. 솔직히 그건 곤도의 체면을 깎는 행동 아니야?"

"점장이니까."

"점장이니까 더 그렇지. 뭐, 그것도 좋다 쳐."

마쓰쿠라가 캔커피를 마셨다. 나도 덩달아서 한 모금. 뭔가 돌멩이를 탁 맞은 기분이었다. 파슬리 콜라를 입에 머금은 순간, 뇌가 위화감을 호소하는 듯한. 아니, 하지만 맛이 없지는 않다.

"마지막에 손님이 세 명 들어왔잖아."

"아아. 화려했지."

"화려하건 수수하건 상관없어. 그 가게는 이제 곧 문을 닫는데, 그 시간에 새 손님이 들어오다니 놀랐어."

그래서 그렇게 세 사람을 힐끗거렸던 건가?

"어쩌면 금방 끝날 부탁을 하러 온 걸지도 모르잖아."

"그럴지도 모르지."

마쓰쿠라는 순순히 긍정하더니 커피를 한 모금 마시고 덧붙였다.

"다만 적어도 금발머리 여성은 미용실에 온 이상 검게 자란 뿌리를 새로 염색할 테니 그리 금방 끝날 리는 없어."

"뿌리 염색인가. 한 시간 내지 한 시간 반인가."

"별걸 다 알고 있네. 하지만 뭐, 어쩌면 어중간한 검은 머리도 일종의 멋일 가능성도 있지. 그것도 넘어가자."

"커트 모델일지도 모른다는 생각은 했어. 가게를 닫은 후에 실습 상대가 되어주는 거 있잖아."

"아아, 그럴 수도 있나. 버릴 수 없는 가능성이네."

마쓰쿠라는 한 박자 뜸을 들였다가 나를 똑바로 쳐다보았다.

"확실히 하나하나의 요소는 결정적이지 않아. 하지만 내가 말한 세 가지가 겹쳐도 여전히 전혀 이상하지 않아?"

세 가지라는 건 이발 도중에 요금을 청구한 일, 점원을 제치고 점장이 접객하러 나온 것, 카운터를 마감하니 계산을 해달라고 한 뒤에 세 명의 손님이 왔다는 세 가지 사실이다. 그렇게 늘어놓고 보니 확실히 자신이 사라졌다. 애초에 나도 처음부터 이상하다고 생각했던 점은 있었다. 그 정도 되는 가게

인데 일요일 밤에 손님이 너무 적다.

"그래서 어떻게 생각했어?"

재촉하자 마쓰쿠라는 고개를 한 번 끄덕였다. 버스가 눈앞을 지나갔다. 배기가스가 흩어지기를 기다렸다가 입을 열었다.

"카운터를 마감해야 한다는 건 급히 짜낸 변명일 거야."

"그렇다면?"

"우리가 이발하면서 점장의 발언을 이야깃거리로 삼았기 때문이야. 평소와 달리 '반드시' 귀중품을 소지하라고 말하는 건 이상하다는 소리를 했으니까, 점장은 핑계를 대서 우리가 전혀 이상할 것 없다고 생각하도록 먼저 계산해달라고 요청한 거지."

기억을 되짚어보았다.

분명 점장이 다가온 건 우리가 그 이야기를 한 다음이었다. 그렇다면 점장은 우리 이야기를 훔쳐듣고 있었나?

그런 짓은 할 필요 없다. 나를 담당한 미용사, 마에노 씨가 한 번 자리를 떴다. 그때 보고했다면 점장이 직접 듣고 있을 필요는 없다. 하지만 어째서?

"그렇다면 어떻게 되는데?"

"바로 우리가 처음에 예상했던 상황이 되는 거지."

붉은 신호로 바뀌었는지 자동차들이 점점 꼬리를 물더니

벤치에 앉은 상태에서는 미용실이 보이지 않게 되었다.

"최근 도난 사건이 있었기 때문에 그 이상의 피해를 막기 위해 경고했다."

고개를 끄덕이려다가…….

아니, 하지만 그건 이상하다.

"가게 입장에서는 사건이 있었다고 말하기 어려운 건 이해해. 하지만 이발 도중에 계산하러 올 만큼 잔재주를 부려야 할 일일까? '요즘 워낙 흉흉해서 손님께 주의를 부탁드리고 있습니다'라고 하면 그만 아니야?"

"그거야."

마쓰쿠라가 집게손가락으로 나를 가리켰다.

"바로 그거야. 어째서 우리가 '반드시'라는 한마디를 문제 삼고 있다는 걸 알자마자 거짓말을 하러 왔을까?"

생각해보았다.

"우리가 더 파고드는 게 싫어서?"

"우리가 멋대로 생각하는 건 가게에 영향이 없어. 보다 정확하게 말하면 우리가 그 추측을 입에 담는 게 싫었던 것 아닐까?"

다시 말해 점장은 우리가 "요즘 이 가게에서 도난 사건이 있었던 것 아닐까?"라고 말하는 것, 그 자체를 우려했다는 걸까? 가령 우리가 그 말을 했다면 어떻게 될까?

어쩐지 마쓰쿠라가 하고 싶은 말을 알 것 같았다.

"그 말을 하면 점장이 도난을 경계한다는 말이 퍼지겠지."

마쓰쿠라는 순간 씨익 웃었다. 만족스러웠으리라.

"누구에게?"

그 가게에 손님은 우리밖에 없었다. 그렇다면 필연적으로 답은 하나다.

"가게 점원들에게."

"그게 알려지면 어떻게 될까?"

"그런가."

마침내 똑똑히 이해했다. 마쓰쿠라가 말하는, 이제 곧 볼 수 있는 '재미있는 구경'이 무엇인지. 내 감각으로는 '재미있지' 않을지도 모르지만 볼만한 일이라는 건 사실이다.

자동차 행렬이 움직이기 시작했다. 미니밴이, 오토바이가, 택시가 지나간 뒤에 미용실 앞에는 하얀 자전거가 두 대 있었다.

"그럼 곤도일지도."

내가 그렇게 중얼거리자 마쓰쿠라가 한쪽 눈썹을 실룩거렸다.

"응? 그건 모르는 일이야."

어라, 거기까지는 생각하지 못했나? 아무래도 여기서는 내가 한발 앞선 모양이다. 괜히 으쓱했다.

"마쓰쿠라 넌 마지막에 들어온 세 사람을 뭐라고 생각했어?"

"그야 뻔하지."

뻔하다고 하면서 마쓰쿠라는 거기서 말을 끊었다. 나를 가만히 살펴보고 있다.

우리는 분명 거의 같은 생각을 하고 있었다. 어째서 하필 오늘 점장이 "반드시"라고 했는지, 같은 결론에 도달했을 것이다.

하지만 공교롭게도 우리는 그래도 "우리가 그 정도로 서로를 이해하는 사이였나?"라고 한다면 말없이 고개를 가로저을 수밖에 없다. 인식을 공유할 수 있다는 감각은 있지만 역시 언어로 확인하지 않을 수 없는 것이다.

나는 말했다.

"미끼."

마쓰쿠라는 안도하듯 끄덕였다.

"맞아."

예상대로 같은 생각을 했다. 그다음은 내가 이어받았다.

"점장은 가게 사물함에서 누가 돈을 훔치고 있다는 걸 알고 있었어. 그래서 우리에게 '반드시' 귀중품을 비닐 가방에 넣어 들고 다니라고 했지. 하지만 우리가 도난 사건 이야기를 하지는 못하게 방해했어. 왜냐하면 점장이 도난에 대비하고 있다는 사실을 알면 절도범이 다음 범행을 중단할 우려가 있으니까."

마쓰쿠라가 고개를 끄덕이고 자기 언어로 바꾸어 말했다.

"점장은 도둑을 풀어놓았어. 그래서 우리가 쓸데없는 소리를 하면 곤란했지. 다시 말해 도둑은 가게 점원 중 누군가야."

"하지만 누군지는 몰라. 거기서 세 손님이 등장하지."

문 닫기 직전, 다른 손님은 아무도 없는 상태에서 세 명의 손님이 찾아왔다. 마쓰쿠라의 지적에 따르면 그중 한 사람은 누가 봐도 머리를 새로 염색할 필요가 있어 보통은 문 닫기 몇십 분 전에 받아줄 손님이 아니다. 다른 두 사람 역시 미용실에 오기에는 묘한 시간이라 그 세 손님이 수상하다는 마쓰쿠라의 주장은 지당했다. 커트 모델일지도 모르지만 점장이 절도범을 풀어놓았다면 가려진 정체를 추리하기는 어렵지 않다. ……즉, 미끼.

세 사람은 아마 사물함에 지갑을 그대로 넣어둘 것이다. 그리고 점장은 예를 들어 가게 청소라도 시켜서 점원들을 뿔뿔

이 흩어지게 해 절도범이 움직이기 쉽게 만들 것이다. 거기서 증거를 잡는다.

"그 꽃, 영 별로지?"

마쓰쿠라가 갑자기 그런 말을 했다. 하지만 나는 이야기를 돌렸다고 생각하지 않았다. 분명 로커룸 화장대에 놓여 있던 꽃은 이상했다. 거울은 사람을 비추는 도구다. 미용실이라면 더욱 그렇다. 그런 거울을 꽃으로 가리다니 정상이 아니다.

"그 꽃, 카메라 같은 거라고 생각하는 거지?"

긍정하는 고갯짓이 돌아왔다.

점원이 절도범이라면 상설 감시 카메라가 있어도 피할 수 있다. 감시 카메라 설정을 바꾸면 절도범은 경계해서 수법을 교묘하게 바꾼다. 그래서 기존 카메라 외에 점장처럼 일부 사람밖에 모르는 장치를 해서 범행 현장을 덮친다. 원래는 조금 더 적절한 장소에 숨기면 좋았겠지만 어쨌거나 로커룸이라는 공간은 사물함이 늘어서 있을 뿐이라 물건을 숨길 곳이 없다. 그래서 카메라를 설치하려고 꽃으로 위장한 것 아닐까?

나는 말했다.

"거기까지 알아냈는데 곤도가 수상한 줄 모르는 거야?"

"그걸 모르겠어. ……아니, 기다려, 아직 말하지 마."

나는 고개를 숙이고 침묵하는 마쓰쿠라의 옆얼굴을 기분

좋은 우월감을 느끼며 바라보았다. 어지간한 것에는 집착하지 않는 마쓰쿠라가 얼굴에는 드러내지 않지만 분해서 고개를 갸웃거리는 게 재미있다. 고상하지 못한 관찰이지만 아까는 내 속을 태웠으니 피차 마찬가지다.

게다가 내 즐거움은 오래가지 않았다. 마쓰쿠라는 금방 입을 열었다.

"아아, 그런가. 세 사람을 미끼로 쓰려면 다른 손님은 없는 게 나아. 그래서 일요일인데 그렇게 한가했던 거야. 다시 말해 다른 손님의 예약은 거절한 거지."

근소한 차이의 선두도 순식간에 빼앗겼다. 역시 마쓰쿠라다.

"그런데 너는 예약할 수 있었어."

그것만으로 설명은 충분했다.

나는 예약할 수 있었고, 다른 손님은 없는 미용실에서 머리를 자를 수 있었다. 어째서? 우연히 전화를 받은 사람이 미끼 작전을 몰랐기 때문이다. 보다 정확히 말하면 점장이 알려주지 않았기 때문이다. 즉, 내 예약을 받은 사람은 점장의 의심을 사고 있었다는 뜻이 된다.

"오."

마쓰쿠라가 캔커피를 한 손에 들고 벤치에서 일어섰다.

"시작됐다."

가게 앞 하얀 자전거는 경찰이 타고 온 것이리라. 나도 일어섰다. 미용실 유리창 너머로 점원들의 긴장한 표정이 똑똑히 보였다.

다음 순간, 육중한 문이 벌컥 열렸다.

한 사람이 굴러 나왔다.

"정답."

크게 흥분한 기색도 없이 마쓰쿠라가 중얼거렸다. 미용실에서 튀어나온 사람은 패치워크 무늬 셔츠를 입은 곤도였다.

"제법인데, 호리카와."

그렇게 칭찬해줘도 사실 별로 기쁘지 않았다.

"구십 퍼센트는 네가 길을 터준 셈이잖아. 자랑거리가 못 돼."

"구십 퍼센트는 과하고…… 팔십 퍼센트 정도지."

"그게 겸손이라고 하는 소리야?"

곤도는 어느 쪽으로 달아날지 망설이는 것처럼 좌우를 살폈다. "멈춰!"라고 하는 긴박한 목소리도 들려왔다. 하지만 다음 순간, 예상하지 못한 일이 벌어졌다.

무슨 생각인지 곤도가 우리 쪽으로, 그러니까 도로를 건너

돌진한 것이다. 교통량이 많은 길이라 대번에 경적 소리가 울려 퍼졌고, 급브레이크를 밟아 타이어가 불쾌한 소리를 냈다. 몇 대나 되는 차들의 브레이크 등에 일제히 불이 켜지고, 급감속한 차를 피하려고 오토바이가 곡예처럼 자동차 사이를 빠져나갔다. 곤도는 차도와 인도를 가르는 가드레일에 매달렸다.

눈앞이다. 곤도의 얼굴이, 눈앞에 있었다. 아까까지 흐리멍덩했던 눈은 크게 벌어져 핏발까지 보이는 듯했다. 이를 악물고 있는지 입술이 이상하게 일그러져 있다.

나는 한 걸음, 앞으로 나가려 했다.

그때 누가 어깨를 붙잡았다. 뒤를 돌아보니 마쓰쿠라가 작게 고개를 저었다.

곤도는 가드레일을 뛰어넘었다. 경찰들은 다시 움직이기 시작한 자동차의 흐름에 막혀 한발 늦었다. 날카로운 호루라기 소리에 자동차 대열이 겨우 멈췄을 무렵에는 곤도의 모습은 이미 보이지 않았다.

"어이, 기다려, 멈춰!"

경찰들은 도로 횡단을 포기하고 자전거에 올라탔다. 한 명이 무전기를 입에 대고 있다. 체포 작전을 펼치겠지.

나는 새삼 마쓰쿠라를 바라보았다. 가드레일을 뛰어넘을

때 곤도는 크게 휘청거렸다. 달려들면 쉽게 잡을 수 있었을 테고, 그게 어려워도 경찰이 달려올 때까지 시간은 벌 수 있었을지 모른다. 마쓰쿠라가 말리지만 않았다면.

마쓰쿠라는 하품을 하고 있었다. 더는 관심 없다는 듯이.

이상한 녀석이다. 긴장이 풀리자 내게도 이성이 돌아왔다. 곤도는 다른 건 몰라도 아마 가위는 가지고 있었을 것이다. 섣불리 덤벼들었다가 크게 다치면 나만 손해다. 부탁받은 것도 아닌데 거리의 영웅 행세를 할 필요는 없다……는 건가.

물론 아무리 마쓰쿠라라도 설마 곤도가 이쪽으로 올 줄은 몰랐을 게 분명하다. 강 건너 불구경할 셈으로 일부러 도로를 하나 사이에 두고 건너편에 자리를 잡았으니까. 저렇게 하품을 하고 있지만 저것도 놀란 가슴을 숨기려고 그러는 건지도 모른다.

한마디해주었다.

"의외로 박력 있었네."

마쓰쿠라가 하품을 거두더니 씨익 짓궂은 미소를 지었다.

"'반드시'라는 한마디가 꽤 재미있는 일이 됐어."

솔직히 나는 재미를 느낄 겨를이 없었다. 곤도의 벌건 눈을 떠올리자 뒤늦게 다리가 떨렸다. 하지만 그런 약점을 보여줄 수는 없다. 나도 하품을 해줄까 했지만 그런 허세는 흉내밖에 되지 않으니 그만두고, 대신 어깨를 살짝 으쓱했다.

"그러네."

도로 건너편의 미용실을 보니 점장과 몇몇 점원이 가게 앞에 나와 곤도가 사라진 거리를 불안한 눈빛으로 두리번거리고 있었다. 그런 그들을 바라보며 마쓰쿠라가 시치미를 뗐다.

"오늘밤은 즐거웠어. 또 여기서 머리를 잘라줄 수도 있어."

"마음에 드셨다니 다행입니다, 마쓰쿠라 님."

나는 손에 쥐고 있던 페트병을 자연스럽게 내밀었다. 제대로 허를 찔렀는지, 마쓰쿠라는 아무런 의심 없이 그것을 받아들어 입으로 가져갔다.

파슬리 콜라를 벌컥 마신 마쓰쿠라는 일 분 넘게 콜록거렸다.

금요일에 그는 무엇을 했나?

1

손길을 멈추고 커튼을 보았다.

지긋지긋한 더위를 어떻게든 해보려고 창을 전부 열었지만 커튼은 나부낄 기미조차 없다. 바람 한 점 없다. 공기가 무거워 움직이지 않는다. 이 학교 전체가 유리 상자에 갇혀버린 느낌이다.

그런 상상을 마쓰쿠라에게 말해보았더니 대답은 이러했다.

"그래? 굉장하네. 일이나 해."

방과후 도서실은 쥐죽은듯 고요했다. 문 앞에 '사용 금지' 팻말을 걸어두었으니 조용한 건 당연하다.

칠월, 기말고사를 앞두고 시험 준비 기간에 들어간 학교는 오전 수업으로 끝난다. 학생이 시험에 대비하기 위한 반휴半休라 동아리 활동도 위원회 활동도 금지. 냉큼 집에 돌아가 공부하라는 뜻이다.

도서실 정도는 학습 공간으로 개방해도 될 텐데. 아니, 지금이야말로 도서실이 활약할 때라고 생각하는데 '도서실은 도서위원이 운영한다'는 방침에 '위원회 활동은 금지한다'는 방침이 더해져 어쩔 수 없이 문을 닫게 되었다. 사서 선생님이 일해주면 될 텐데, 그 사람은 뭐랄까 별로 의욕이 없는 듯했다.

이 시험 준비 기간을 통해 세상에는 방침만으로는 굴러가지 않는 일이 있다는 것을 새삼 인식했다. 도서위원 활동은 금지인데 도서실 통상 업무는 멈추지 않는 것이다. 사용 금지 팻말을 걸어도 반납함에는 책이 계속 들어오고, 게시해야 할 포스터도 계속 오고, 새 책도 계속 들어온다. 시험이 끝날 때까지 약 이 주 동안, 그 업무를 중단할 수는 없다. 때때로 누가 정리해야 하는데 역시나 사서 선생님은 손가락 하나 까딱하지 않는다.

그런 이유로 마쓰쿠라 시몬과 나는 자주적이며 비합법적인 잔업에 힘쓰고 있다.

먼저 분담해서 반납 도서를 서가에 돌려놓은 다음, 나는 신착 도서 접수 사무를 맡았다. 띠지를 벗겨서 책표지 안쪽에 붙이고, 책 위아래에 도서실 장서임을 나타내는 도장을 찍는다. 한편 게시물을 맡은 마쓰쿠라는 기한이 지난 포스터를 게시판에서 떼고 새 포스터를 붙이고 있다. 시립 박물관에서 광석 전시를 하는 모양이다.

책 위아래는 '천天', '지地'라고 부르며 거기에 찍는 장서인을 천지인이라 한다. 이 도장을 찍는 게 의외로 섬세한 작업이라, 얇은 문고본이 상대라면 특히나 긴장된다. 머리는 좋지만 손재주가 없는 마쓰쿠라는 망설이지 않고 이 작업을 내게 떠넘겼다.

신착 도서는 일곱 권이었다. 느긋하게 도장을 찍었다.

"이 천지인 말이야."

마쓰쿠라는 아까 시큰둥하게 대꾸했지만 나는 질리지도 않고 잡담을 던졌다.

"굉장하지 않아? 하늘과 땅의 도장이잖아."

"그러네."

"뭔가 이렇게…… 세상의 균형을 유지하는 느낌 안 들어?"

"드네."

"화산에 버리러 가는 게 나을까?"

"천지의 균형이 깨질라."

게시판에 붙인 포스터 수평이 신경쓰이는지 마쓰쿠라는 이쪽을 돌아보지도 않았다.

도서실에는 한 사람 더 있다. 우에다 노보루, 1학년 도서위원이다. 렌즈가 작은 안경을 쓴 우에다는 위원회의 어떤 잡일도 생글생글 웃으며 처리하는 반면 은근히 고집이 센 면도 있다. 그런 우에다가 평소와 같은 미소로, 하지만 어이없다는 듯한 목소리로 말했다.

"선배들, 항상 그런 시시한 소리를 하면서 작업하세요?"

내가 대답했다.

"뭐, 그런 경우가 많지."

"즐거워 보이니 다행이네요."

그러자 마쓰쿠라가 고개를 갸우뚱하더니 짓궂게 웃었다.

"직권남용하고 있는 네가 일하는 우리한테 그런 말을 하는 거야?"

우에다는 책상 앞에 앉아 노트와 교과서를 펼치고 있다. 손에는 샤프, 즉 이 녀석은 도서위원이라는 입장을 이용해 폐실 중인 도서실에 들어와 시험공부를 하고 있다.

"그러네요. 죄송합니다."

순순히 고개를 숙였다. 그러더니 책상 위에 풀썩 엎드려 고개만 들었다.

"선배들은 시험공부 괜찮은 거예요?"

"주말이 있으니까."

내가 그렇게 대답했고, 마쓰쿠라는 이렇게 대답했다.

"우리는 머리가 좋아."

"우와, 얄미운데요?"

우에다가 과장스럽게 눈썹을 찌푸렸다. 마쓰쿠라가 '우리'라고 해서 나까지 얄미운 사람이 된 기분이다.

"머리는…… 마쓰쿠라가 좋지."

어중간한 변명에 두 사람 분의 차가운 시선이 꽂혔다.

마쓰쿠라의 표현에도 일리는 있어서, 나도 마쓰쿠라도 열심히 공부하지 않는 주제에 성적은 그럭저럭 상위에 들어간다. 학년 수석을 겨룰 정도는 아니지만 추가 시험이나 보충수업 걱정은 거의 할 필요 없다. 그래서 태평하게 도서위원 업무를 처리할 수 있는 것은 분명했다.

우에다의 성적은 자세히 알지 못한다. 학년이 다르니 별수 없다. 다만 폐실중인 도서실에 숨어들어 공부하는 것치고는 초조한 비장감이 없는 것 같다.

"성적은 저도 나쁘지 않다고요."

태평스럽게 말한다. 마쓰쿠라가 대뜸 물었다.

"그럼 뭐가 나쁜데?"

"환경일까요. 형하고 한방을 쓰는데 비좁아서 정신 사나워요."

우에다의 형, 우에다 쇼는 누군지 안다. 우리와 같은 2학년인데 밤에 번화가를 어슬렁거리다가 생활지도에 걸리거나 다른 학교 녀석들하고 싸워서 몇 번 정학 처분을 받는 등 그럭저럭 유명한 녀석이다. 그 녀석처럼 정면에서 문제를 일으키는 타입은 우리 학교에서는 드물다. 모두 모범생인 건 아니지만 나쁜 행동을 하고 싶으면 대개 조금 더 교묘하게 한다. 우에다 쇼는 다분한 야유의 의미와 함께, 그리고 아마도 그 저돌적인 어리석음에 약간의 동경을 담아 '불량소년'이라는 별명으로 불리고 있다.

그런 우에다 쇼와 한방이라니 공부에 집중할 수 없는 것도 이해가 간다……. 그렇게 생각하는 것은 편견일까? 집에서는 착한 형일지도 모르는데. 어쨌거나 못은 박아두었다.

"이쪽 작업이 끝나면 무조건 문 닫을 거야."

우에다는 고개를 끄덕이더니 다시 노트로 시선을 돌렸다.

한동안 각자 담담히 작업에 임했다. 나는 신착 도서를 처리했고, 마쓰쿠라는 다가오는 여름방학을 맞이해 물놀이 사고에 주의를 촉구하는 포스터를 압정으로 박았고, 우에다는 묵묵히 시험공부에 전념했다.

우에다 말처럼 우리는 평소 상당히 시시껄렁한 소리를 하면서 작업한다. 도서실이 쥐죽은듯 고요했던 것도 잠시, 신착 도서 한 권을 뚫어져라 보며 내가 정적을 깼다.

“파랑새야.”

“뭐라고?”

“『파랑새』라고. 마테를링크. 이번 달에 들어왔어.”

마쓰쿠라는 세세한 작업에 서툴다. 천지인을 찍는 것도 싫어했지만 지금 하는 포스터 게시도 좋아할 리 없다. 재빨리 손길을 멈추고 이쪽을 돌아보았다.

『파랑새』는 문고본이었는데 호리구치 다이가쿠라는 사람의 번역판이었다. 마쓰쿠라는 내가 든 문고본을 유독 뚫어져라 쳐다보더니 신음했다.

“이 도서실에는 『파랑새』조차 없었던 거야?”

“지난달에는 『동방견문록』이 들어왔으니까. 유명한 책이라고 다 있으라는 법은 없지.”

“아무리 그래도 한심하네. 지금까지 문화제에서 『파랑새』를 해보려는 사람이 아무도 없었던 거야?”

오호라. 거기서 문화제 얘기를 꺼낼 줄은 몰랐다. 나는 『파랑새』를 다시 들어 먼저 위쪽에 도장을 찍었다.

“있었을지도 모르지. 하지만 그 녀석은 도서실이 아니라

서점에 갔던 게 아닐까?"

"왜?"

"여기엔 없겠다 싶어서."

역시 마쓰쿠라라고 해야 할까, 처음에는 약간 어리둥절한 표정이었지만 곧바로 씩 웃었다.

"그러니까 파랑새를 찾아갔다?"

"처음에 간 곳은…… 어디였더라?"

"몰라. 안 읽었어. 커다란 구멍에 끝없이 굴러떨어지는 거 아니었나?"

나도 읽지 않았다. 즉, 우리에게 이 도서실에 마테를링크의 작품이 들어와 있지 않다는 사실을 한탄할 자격은 없다. 시선을 돌리자 우에다가 역시 싸늘한 눈빛으로 보고 있었다.

이미 끝난 독서 모임 포스터를 대충 뜯어내면서 마쓰쿠라가 말했다.

"오늘 본 건 초록새였지."

교묘한 농담인가 싶어 뭐라고 대답할까 고민했는데 표면적인 뜻 그대로였던 것 같다.

"4교시에 날아 들어왔어."

"교실에?"

"응. 더우니까. 누가 창을 열어뒀거든."

바람이 없었으니 시원하지는 않았겠지.

"새가 날아 들어왔는데 난 조느라 눈치를 못 챘어. 왠지 교실이 소란스럽다 싶어서 눈을 떴더니 세상에나."

"새가 있었어?"

"바로 눈앞에. 그래서 악의는 없었지만……."

문득 마쓰쿠라의 표정이 일그러졌다.

"어쨌는데?"

"힘껏 손사래를 쳤어. 그런 야생동물은 사람 주먹에 그리 쉽게 맞지 않을 줄 알았는데."

그 말투로 보건대 아무래도 세게 명중한 모양이다.

"패대기쳤어?"

마쓰쿠라는 고개를 저었다.

"아니. 그런 줄 알았는데 겨우 날개를 파닥거리더니 복도로 날아갔어."

그게 초록새였던 모양이다. 이 주변에 있는 야생 조류 중에서 초록색이라면 아마 동박새였으리라. 파랑에 가까운 색이기는 하지만 붙잡아도 딱히 행복해지는 건 아니다.

"너무하시네요."

솔직한 감상을 말하는 우에다에게 마쓰쿠라는 연극적으로 어깨를 움츠렸다.

"악의는 없었다고 했잖아. 자, 이것만 붙이면 내 일은 끝이야. 배도 고프고 볼일도 있으니 먼저 간다."

마쓰쿠라가 그렇게 말하며 마지막 포스터를 펼쳤다. 공교롭게도 그것은 야생 조류 관찰 모임 홍보 포스터였다. 배가 고프다는 마쓰쿠라의 말은 실로 합당했다. 나도 얼른 마치려고 『파랑새』 아래쪽에도 도장을 찍었다.

2

주말이 지난 월요일. 완벽하다 할 만큼도, 아주 부족하다고 할 만큼도 아닌 준비 상태로 기말고사가 시작되었다. 전날은 푹 잤다. 상쾌한 머리로 학교로 향했다.

그날, 학교는 아침부터 왠지 수런거렸다. 현관 옆에 교사가 서서 "빨리 들어가"라고 재촉했다. 이런 일은 지금까지 없었다. 교실로 들어가니 시험 일정이 적힌 칠판 앞에서 몇몇 아이들이 모여서 뭔가 쑥덕거리고 있었다. 근처를 지날 때 넌지시 귀를 기울여보니 뒤숭숭한 단어가 들려왔다.

"도둑맞았대."

사이좋은 친구는 아니었기 때문에 뭔지 물어보지도 못하고, 뭘까 고개를 갸웃거리는 사이에 예비 종이 울렸다.

시험 자체는 특별히 다르지 않았다. 첫날 시험 과목은 현대 문법, 화학, 윤리 세 과목이었는데 셋 다 어느 정도 점수는 나올 것 같았다. 금요일에 남아서 도서실 업무는 끝냈기 때문에 시험이 끝나면 남아 있을 이유가 없다. 빨리 돌아가려는데 교내 방송이 나왔다.

"2학년 6반, 우에다 쇼. 지금 바로 학생지도실로 오도록. 반복한다. 2학년 6반, 우에다 쇼. 지금 바로 학생지도실로 오도록."

우에다의 형이다.

이 시점에서는 그 방송과 아침의 불온한 분위기를 연결 지어 생각하지 않았다. 양쪽에 관련이 있다는 사실을 안 것은 기말고사 두 번째 날, 화요일 방과후였다.

두 번째 날 시험 과목은 수학B와 정치경제, 고전이었다. 고전에서 멍청한 실수를 저질렀다는 것을 깨닫고 부루퉁하게 돌아갈 준비를 하는데 같은 반 녀석이 나를 불렀다.

"호리카와, 후배가 찾는다."

그 시선 끝을 좇아가니 교실 미닫이문 앞에 우에다 노보루가 서 있었다. 시선이 마주치자 우에다는 숨쉬다가 턱이 흔들린 건가 착각할 정도 살짝 고개를 숙였다.

"이런 시기에 죄송합니다. 의논드리고 싶은 게 있는데, 남들 이목이 별로 없는 곳 모르시나요?"

모르고 자시고, 그 조건에 가장 잘 맞아떨어지는 장소를 우에다도 알고 있다. 하교하는 교복 무리 속에서 우리는 도서실로 향했다. 들어가려면 당연히 열쇠가 필요한데 방침상 시험 기간에는 내주지 않지만 우리 학교 사서 선생님은 그런 것에 연연하지 않는 사람이다. 도서준비실을 찾아가 열쇠 좀 달라고 하면 아무것도 묻지 않고 내주리라 예상했다.

하지만 실제로는 열쇠를 빌릴 것까지도 없었다. 도서실에는 사용 금지 팻말이 걸려 있었지만 혹시나 싶어 미닫이문을 밀어보니 가벼운 저항과 함께 문이 열렸던 것이다. 카운터 안쪽에 있던 남학생이 이쪽을 보더니 한숨을 쉬었다.

"아아, 호리카와냐."

마쓰쿠라였다. 다른 학생 눈에 띄면 귀찮다. 안으로 들어가 뒷손질로 문을 닫았다.

"뭐하고 있어?"

"도서실 소식 칼럼을 고민하고 있었어. 여기라면 뭔가 소재를 찾을 수 있을 것 같아서."

"시험 시간인데 태평하네."

이목구비가 뚜렷한 마쓰쿠라의 얼굴에 미소가 떠올랐다.

"태평해."

그러더니 우에다에게 시선을 돌렸다.

"왜 그래, 우에다. 또 공부하려고?"

사람이 없는 곳에서 이야기하고 싶다고 했는데, 아무리 마쓰쿠라라지만 먼저 와 있던 사람이 있는 것이다. 괜찮은가 싶어 눈짓을 하니 우에다는 또렷하게 고개를 끄덕였다.

"마쓰쿠라 선배도 들어줬으면 해요."

"뭐야, 비밀 이야기야? 말해봐."

마쓰쿠라가 그렇게 재촉하자 우에다는 작게 끄덕이더니 단도직입적으로 말했다.

"예. 실은 형이 시험 문제를 훔치려 했다는 의심을 사고 있어요."

"7월 6일이니까, 즉 지난주 금요일, 학교에 침입한 사람이 있었대요. 교무실 앞 창문이 깨져 있었어요. 그건 알고 계시죠?"

나는 몰랐다. 하지만 마쓰쿠라는 알고 있었다.

"그랬다더군."

"그래서 학생지도부 요코세 선생님이 범인은 시험 문제를 훔치려한 게 틀림없다고 주장했어요."

잠깐 기다리라고 끼어들고 싶었다. 하지만 일단 끝까지 들어보려고 말을 삼켰다.

"게다가 선생님은 형이 범인일지 모른다고 의심하고 있어요. 아시다시피 형은 지금까지도 문제 행동을 많이 일으켜서, 제대로 해명하지 않으면 퇴학 가능성도 있다는 말까지 들었다고 해요. 하필 이 바쁜 시기에…… 아니, 뭐, 어쨌거나 그래서 지금 굉장히 난처합니다."

이번에야말로 끼어들었다.

"잠깐 기다려."

"왜요?"

진지하게 말할 의욕도 나지 않는다. 내 목소리에는 웃음이 묻어났다.

"창문이 깨진 건 알겠는데, 그게 왜 시험 문제를 훔치기 위한 행동이며, 우에다네 형이 범인이라는 거야? 뭔가 근거가 있지? 그렇게 의심하는 이유가."

"그렇게 물으셔도 전 몰라요."

"진정해, 호리카와."

옆에서 마쓰쿠라가 말렸다. 그러는 마쓰쿠라도 반쯤 웃는 표정이다.

"요코세라면 어쩔 수 없지. 우에다네 형이 운이 없었다고 생각하는 수밖에."

"이름은 알지만 접점은 없어. 어떤 선생님인데?"

마쓰쿠라의 눈동자가 갑자기 아득해졌다.

"명탐정……이려나?"

그게 뭐야.

"학교에서 누구 소행인지 모를 일이 터지면 요코세는 갑자기 학생 한 명을 범인으로 지목해. 의무교육 구 년 더하기 고등학교 일 년 몇 개월, 다양한 선생님들을 만났지만 그런 타입은 처음이야."

굉장한 사람이잖아? 학생지도부하고는 인연이 없어서 그런 선생님이 있는 줄 몰랐다.

마지막으로 한마디, 마쓰쿠라가 덧붙였다.

"그 지목에 아무 근거도 없다는 게 다소 문제지."

"큰 문제잖아."

"의심을 사는 쪽이 나쁘다, 평소의 행실 탓이다, 결백하다면 증거를 내놔라, 못 내놓는다면 네가 한 짓이다……. 그런 사고의 소유자니까. 한번 찍히면 방법이 없어."

명탐정이 아니라 이단 심문관에 가까운 느낌이다. 옆에서 우에다가 고개를 계속 끄덕거렸다.

"그런 느낌이었어요."

"너도 불려갔어?"

"예. 이 학교에서 이런 짓을 할 만한 사람은 네 형밖에 없다, 솔직히 말해라, 계속 그런 소리만 하고, 무슨 말을 해도 거짓말하지 말라고 고함을 지르더라고요."

말해봤자 소용없는 일이지만 나는 중얼거리지 않을 수 없었다.

"교사가 안 맞는 거 아니야?"

마쓰쿠라가 카운터 안쪽에서 의자에 앉은 채로 어깨를 움츠렸다.

"재판관보다는 낫잖아. 뭐, 어느 날 갑자기 자격 정지를 먹고 학교에서 사라져도 이상하지는 않아. 우리 교감은 머리가 좋으니까 요코세가 이상하다는 걸 모르지는 않거든."

어쨌거나 우리가 요코세 선생님을 어떻게 할 방법은 없다. 설마 우에다가 의논하고 싶다는 것도, 요코세를 몰래 처리해 달라는 이야기는 아니리라. 마쓰쿠라가 끼익 소리를 내며 의자 등받이에 몸을 기댔다.

"요코세가 형을 의심하고, 너까지 지켜보고 있다 이거군. 안된 일이지만 그래서 우리에게 뭘 바라는 거야?"

"실은……."

우에다가 단호한 표정을 지었다.

"의심스럽다고 할 정도는 아닌데, 저도 조금 이상하다고 생각하는 점이 있어서…… 금요일에 형은 행선지도 말하지 않고 외출했다가 밤 10시가 되도록 돌아오지 않았어요."

"밤에 놀러 다니는 건 별로 드문 일도 아니잖아."

"그렇기는 한데……. 그날 밤 일을 형은 요코세 선생님에게도, 저나 부모님께도 말하지 않아요."

흐음.

"걱정되니까 뭘 하고 있었는지 알려달라고 해도 증거는 있으니까 괜찮다는 말만 하더니 그대로 나가서는 오늘 아침에야 돌아왔어요. 이제 와서 시험 걱정은 하지 않지만, 어쨌거나 형 성격으로 봐서 요코세 선생님의 방식이 마음에 들지 않는다는 이유로 고집을 부리다가 되돌릴 수 없는 일이 벌어질 것 같아 무서워요."

"시험에 집중을 못 하겠다?"

마쓰쿠라가 농담을 던졌다. 우에다는 불쾌한 표정도 짓지 않고 수긍했다.

"솔직히 그래요. 그래서 누구한테 의논할 수 없을까 하는데 호리카와 선배가 떠올랐어요. 왜, 선배는 남들을 잘 챙기잖아요."

우에다가 나를 돌아보더니 이번에는 확실하게 고개를 숙였다.

"시험 기간에 죄송해요. 하지만 만약 부탁드려도 된다면…… 형이 결백하다는 증거를 찾아주실 수 없을까요? 방에 있을 텐데 도저히 찾을 수가 없어서. 증거라는 게 뭔지만 알면 여차할 때 형을 변호해줄 수도 있고……."

잠깐 말을 멈추더니 시무룩한 목소리로 뒷말을 이었다.

"부모님께도 안심하시라고 말씀드릴 수 있으니까요. 어쨌거나 부모님이 걱정이에요. 모처럼 좋은 고등학교에 들어갔는데 퇴학이라도 당하면 아깝다면서 침울해하세요. 저는 솔직히 엉뚱하게 형을 지목한 요코세 선생님보다도 부모님께 아무 말도 하지 않는 형에게 더 화가 날 정도예요."

평소에는 조금 빈정거리는 태도이기는 해도 웃음을 잃지 않는 우에다가 이때만큼은 무거운 짐을 진 듯한 표정이었다. 사정을 들어보니 그 마음도 이해는 간다. 다만…….

"그건 결국 너희 집에 가서 방을 뒤져달라는 거야?"

"예, 뭐……. 쉽게 말하자면."

우에다는 주저하면서도 그렇게 시인했다. 범죄 아닌가? 불안했지만 뭐, 그 집 사람이 괜찮다고 하니 괜찮은 거겠지.

"나한테만 맡기지 말고, 너도 지켜보는 거다."

그렇게 다짐을 받자 우에다는 고개를 번쩍 들었다.

"와주실 건가요?"

"가줄게. 지금 바로?"

"가능하다면."

3

시험이 오전에 끝났으니 당연히 점심을 먹기 전이었다. 각자 대충 때우고 2시에 역 앞에서 다시 모이기로 했다. 집에 돌아갔다가 다시 나오기에는 시간이 조금 부족해서 역 앞에 있는 서서 먹는 국숫집에 가기로 했다.

학교에서 역까지는 걸어서 이십 분 정도 걸린다. 역 앞으로 가는 길에 옆에서 나란히 걷는 마쓰쿠라에게 말을 걸었다.

"그나저나 마쓰쿠라 너도 올 줄은 몰랐어."

아까 우에다의 부탁을 들을 때, 마쓰쿠라가 자기도 돕겠다고 나섰던 것이다. 우에다는 순수하게 감격했지만 나는 의외였다. 마쓰쿠라는 이런 모호한 이야기를 싫어할 텐데.

마쓰쿠라가 멍하니 앞을 바라본 채로 대답했다.

"귀여운 후배가 공부도 손에 잡히지 않을 정도로 고민하고 있잖아. 선배로서 할 수 있는 일은 해주고 싶지."

거짓말 티가 너무 나서 무슨 말을 해야 할지 모르겠다. 빨간 신호에서 걸음을 멈추고 다른 질문을 했다.

"사건에 대해서는 얼마나 알고 있어?"

나는 소문에 빠른 편이 아니다. 마쓰쿠라도 그리 적극적으로 교실에서 소문에 끼어드는 편은 아닐 것 같다. 아니나 다를까 예상한 대답이 돌아왔다.

"글쎄. 잘 몰라."

신호가 바뀌어 멈춰 선 자동차 앞을 느긋하게 걸었다. 대답이 너무 짧아 마음에 걸렸는지 횡단보도를 다 건넜을 즈음 마쓰쿠라가 덧붙였다.

"창문이 깨진 건 금요일 밤이었던 모양이야. 방범 장치가 작동해 경비 회사가 출동했지만 범인은 발견하지 못했어."

"누군가 시험 문제를 훔치려 했다고 요코세가 생각하는 근거는 오로지 감뿐인가?"

"아니, 그렇지는 않겠지. 너, 현장 못 봤어? 깨진 건 교무실 근처 창문이야."

학교 건물을 떠올려보았다. 교무실은 1층에 있고, 내가 등교할 때 지나는 경로에서는 약간 비스듬한 각도로 보인다. 잘 보이지는 않지만 안 보이는 것도 아니다. 창문이 깨졌다면 알아차렸을 법도 한데.

아니, 잠깐. 마쓰쿠라는 '교무실 창문'이 아니라 '교무실 근처 창문'이라고 했다.

"근처라니 정확히 어디였어?"

"교무실 앞 복도. 파란 비닐로 가려놨던데."

오호라. 내 통학로에서 보이는 것은 어디까지나 교무실 창문이다. 교무실 앞쪽 복도라면 당연히 건물 반대편이니 보이지 않는다.

"자세히 아네."

"보러 갔거든."

의외로 호기심이 왕성하다. 내일 시험이 끝나면 나도 보러 가볼까.

평일 낮의 거리를 걷는다. 역 앞 아케이드 상점가는 휑하니 통행인도 적고 호객하는 소리도 없어 왠지 적적했다.

여름방학이나 겨울방학은 휴일 같아서 설사 달력상으로는 평일이라도 거리를 걸을 때 특별한 느낌이 들지 않는다. 그런데 시험 기간에 이러고 있으니 왠지 조금 켕겼다. 있어서는 안 될 장소에 있는 듯한, 더 확실하게 말하면 학교 수업을 땡땡이친 기분이었다. 아마도 양복 차림의 남자나 장을 보는 주부 같은 통행인들이 의심스러운 눈초리로 힐끔거리기 때문이리라.

대화에는 응해주지만 마쓰쿠라는 어딘지 모르게 건성이었다. 생각할 게 있나 보다 싶어 내버려두었더니 역이 보일 때쯤 불쑥 중얼거렸다.

"아무리 그래도 억지스럽지."

"뭐가?"

마쓰쿠라는 눈썹을 찌푸렸다.

"시험 문제를 훔치려고 했다는 의심이. 요코세가 학생이었을 때는 어땠을지 몰라도 요즘 그런 짓을 하는 녀석이 있겠어?"

"하기야. 고루한 느낌은 나."

맞장구는 쳤지만 다른 생각도 있었다.

"하지만 우에다 형도 요즘 스타일은 아니지. 소문에 따르면 담배를 피우고 오토바이를 타며 싸움을 해서 정학을 당하는 불량소년이라잖아."

"그렇긴 해. 하지만 이미지가 낡았다고 하는 말은 아니야."

마쓰쿠라는 얕은 한숨을 토했다.

"창문을 깨고 복도로 침입해도 교무실 문은 잠겨 있어. 그게 부서졌다는 이야기는 듣지 못했고, 실제로 문은 딱히 망가지지 않았던 것 같아. 가령 자물쇠를 돌파했다 치자. 시험지를 찾을 수 있을까?"

듣고 보니 만약 내가 시험 문제를 몰래 보려고 학교에 침입한다 해도 어디를 뒤져야 할지 짐작도 가지 않는다. 다만…….

“그래도 창문이 깨진 건 사실이야. 동기야 어쨌든 학교 창유리를 깰 만한 학생은 우에다 형밖에 떠오르지 않았던 것 아닐까?”

“그렇겠지만……. 젠장.”

마쓰쿠라가 내뱉듯 욕지거리를 했다. 저 분노는 의분일까? 마음은 이해하지 못할 것도 없지만. 마쓰쿠라는 짧은 숨을 훅 뱉더니 뭔가 털어낸 것처럼 내 어깨를 툭 쳤다.

“뭐, 각오해둬라. 금요일에 우에다 형이 뭘 했는지는 모르겠지만 남의 알리바이를 그리 쉽게 찾을 수 있을 리는 없어.”

이 녀석답지 않다.

“그야 그렇지. 요컨대 그거잖아. 가족을 위해 최선은 다했습니다, 그런 우에다의 자기만족을 위한 의식 같은 것 아니겠어? 적당히 어울려줄 생각이야.”

마쓰쿠라는 눈을 휘둥그레 떴다.

“뭐야, 호리카와. 꽤나 어른스러운 소리를 하잖아?”

“소년은 언젠가 어른이 되는 법.”

“어른이라면 학생에게 국수 한 그릇 사줄 수 있겠네.”

“웃기지 마.”

약속대로 2시에 우에다와 합류했다. 우에다도 밖에서 먹었는지, 아니면 아무것도 먹지 않았는지 교복 차림 그대로였다. 역에서는 십 분 정도 걸었다.

우에다의 집은 이 층짜리 빌라였다. 지붕은 빛바랜 핑크색이고 외벽은 크림색, 외부 복도에는 난간이 붙어 있지만 거기에 칠해놓은 하얀 페인트는 세월에 닳고 닳아 군데군데 벗겨져서 녹이 보였다.

"누추해서 죄송해요."

왜 사과하지?

우에다는 우리를 2층 모퉁이 집으로 안내했다. "좁아요"라고 말한 현관은 우산꽂이까지 있어서 그런지 말마따나 좁았다. 원래 있던 샌들에 우리 셋이 신발을 벗자 그것만으로 꽉 차버렸다.

"실례합니다."

일단 인사를 하고 합판 마루 위로 올라갔다.

집에는 저마다 향기가 있다. 우리집 냄새는 결코 향기롭지는 않지만 어쩐지 마음이 놓이는 냄새다. 우에다의 집은 카레 냄새가 났다. 어제 메뉴를 대번에 알 수 있었다.

자꾸 둘러보게 된다. 현관에서 들어오면 바로 주방이었다. 식기 선반과 식탁이 놓여 있고, 식탁에는 밥솥과 전자레인지가 나란히 있다. 잠깐 봐도 유난히 복작복작한 주방이었다.

하지만 아무리 그래도 그렇지, 생활가전만으로 이렇게 주방이 좁아지나? 그런 생각에 자세히 보니 벽에 뭔가 큼직한 물건이 있었다. 노란 천으로 덮여 있다. 깊이는 얕지만 폭이 넓고, 천에서 튀어나온 페달이 보였다. 피아노치고는 작으니 전자오르간이리라. 어디에도 연결되어 있지 않은 전원 코드도 보였다.

"오자마자 뭐하지만 저희 방은 이쪽이에요."

현관을 등지고 정면과 왼쪽에 장지문이 있다. 우에다는 왼쪽 장지문을 열고 우리를 불렀다.

세 평 크기의 다다미방이었다. 책장이 붙어 있는 학습용 책상이 두 개, 방 한복판에 마주보는 형태로 놓여 있었다. 우에다 형제가 둘이서 한방을 쓴다는 이야기는 사실인 것 같다. 오호라, 이러면 도서실에서 공부하고 싶은 마음도 이해가 간다.

큰 가구가 복판에 있어 이 방도 유독 좁아 보였다. 다만 한복판에 책상을 놓은 이유도 알 것 같았다. 키가 큰 책장이 시야를 가려주는 것이다. 이게 없으면 이 방에서 줄곧 서로의 모습이 눈에 들어올 텐데, 우에다 형제도 그건 역시 싫을 것이다.

그밖에는 작은 책장이 하나, 작은 의류함이 두 개 있었다.

책장을 흘깃 보니 『나니아 연대기』에 『네버엔딩 스토리』, 『타이터스 그론』, 『멜니보네이의 황태자』 등 온통 판타지만 꽂혀 있는데 저게 우에다의 취향일까?

구석에 침구가 쌓여 있다. 반듯하게 갠 쪽이 우에다, 너저분한 쪽이 형의 이부자리일 것이다. 둘 다 맨 위에 베개를 얹어놓았다. 벽 중인방에는 후크가 박혀 있었는데 지금 거기에는 학교 교복이 걸려 있었다. 또 우에다의 형이 쓰는 것으로 보이는 책상 옆에는 검은 가방이 기대어 있었다. 요컨대 우에다의 형은 한 번 집에 돌아왔던 모양이다.

그렇게 방을 둘러보고 있는데 마쓰쿠라가 갑자기 이런 소리를 했다.

"호리카와, 생각보다 대담하네."

"갑자기 무슨 소리야?"

마쓰쿠라는 살짝 시선을 피하더니 거북한 듯 고개를 꺾었다. 보니까 아직 방문 밖에 서 있었다.

"알고 왔지만 역시 남의 방에 멋대로 들어가는 건 거북해."

만약 여기가 우에다의 형이 혼자 쓰는 방이었다면 나도 역시 그랬을 게 분명하다. 하지만 실제로는 우에다 형제가 함께 쓰는 방이고, 우에다 노보루가 방에 초대해주었으니 사양할 필요는 없다……. 그렇게 생각한다. 그런 수많은 생각을 "어차피 시작한 일이니까"라는 한마디로 정리하자 마쓰쿠라는 쓴웃음을 지었다.

"뭐, 그렇지."

마쓰쿠라가 걸음을 내디뎌 방으로 들어왔다. 그러더니 뒤를 휙 돌아보고 우에다에게 물었다.

"형은 어쩌고 있어? 이러고 있는데 돌아와서 마주치는 건 사양이야."

"형은 아르바이트하러 갔어요. 9시까지는 돌아오지 않아요."

"9시라. 시험 기간인데 꽤 늦게까지 하네."

"원래 그런 사람이니까요."

의심하는 건 아니지만 여기서는 신중을 기하는 게 낫다. 나도 확인했다.

"그건 본인에게 들은 말이야? 그럼 갑자기 돌아올 가능성도 있는데."

우에다는 살짝 마음이 상한 것 같았다.

"라이브하우스 일을 도와요. 안에 들어가본 적은 없지만 형이 일하는 모습은 본 적이 있는데 맥주 상자를 날랐어요."

마쓰쿠라가 씩 웃었다.

"흠, 라이브하우스라. 어디서 마주칠지도 모르겠네."

나는 그런 곳에는 가지 않아 마주칠 일도 없다.

그건 그렇고, 우에다는 금요일에 형이 무엇을 했는지 알아내고 범행 현장에는 없었다는 사실을 증명해달라고 부탁했다. 우에다의 형은 증거가 있다고 했다는데, 그게 뭔지 찾아내기 위해서도 한 가지 알아둬야 할 점이 있었다.

"그래서, 몇 시의 알리바이가 궁금해?"

"아, 예. 지금 말씀드리려고 했어요."

기억을 더듬듯 우에다는 천천히 이야기를 시작했다.

"금요일 저녁, 마지막 선생님이 학교에서 나간 게 7시쯤이었다고 해요. 창문이 깨진 걸 발견한 게 토요일 아침, 휴일 출근으로 학교에 나온 선생님이 발견했다고 들었어요."

"그건 네 형이 요코세에게 들은 내용이지?"

"예. 하지만 의심스러운 구석은 없는 것 같은데."

나도 그 점은 의심하지 않는다. 다만 일단 정보의 출처를 물어본 것뿐이다.

마쓰쿠라가 질린 표정으로 중얼거렸다.

"그럼 뭐야. 금요일 7시부터 이튿날 아침까지의 알리바이를 증명해야 하는 건가? 너무 긴데."

"아니지. 그날 10시에 돌아왔다니까 7시부터 10시까지야."

우에다는 가볍게 손을 저었다.

"이야기가 아직 안 끝났어요. 그래서 토요일 아침에 깨진 창문을 살펴보는데 이웃 주민이 와서 유리가 깨지는 순간을 봤다고 그랬대요."

옆에서 봐도 알 수 있을 정도로 마쓰쿠라의 표정에 날카로운 긴장이 감돌았다.

"봤대?"

"말로는요. 키가 큰 남학생이었다고 했대요. 요코세 선생님은 그것도 형을 의심할 이유로 갖다붙이고 싶어서……."

잠시 셋 다 입을 다물고 말았다. 우리 고등학교는 공학이라 학생의 절반은 남자다. 그중 절반은 평균보다 키가 크다. 지금 이 방에 있는 우리 세 사람이 나란히 서면 '키가 큰 남학생'으로 보이지 않는 건 우에다뿐이리라.

헛기침으로 분위기를 가다듬었다.

"아, 그래서 시간은 언제였는지 알아?"

우에다가 안도한 듯 끄덕였다.

"네. 7시 반 정도였대요."

"흐음."

지금은 칠월 상순이라 해가 제법 길다. 정확히 기억하는 건 아니지만 일몰 시간은 7시쯤이었던 것 같다. 7시 반이라면 어둑했으리라.

"고마운 일이네. 7시 반으로 범행 시각이 좁혀졌으니 알리바이 증명도 의외로 잘 풀릴지 몰라."

늘 그렇지만 마쓰쿠라는 낙관적이지 않았다.

"글쎄다. 금요일 밤의 행동을 조금 더 들어보지 않고서는 뭐라고 말하지 못하겠네. 10시에 돌아오기 전에는 어땠는지, 뭐 아는 것 있어?"

우에다가 끄덕였다.

"그것도 말씀드리려고 했어요. 실은 금요일 저녁에 형에게 전화를 받았습니다."

"호오."

"집에 늦게 들어온다는 연락이었어요. 그리고 이게 마음에 걸리는데…… 통화하는 사이 전화 너머로 발차 종소리가 울리기 시작했어요. 발차 멜로디가 귀에 익은 음악이라, 기타하치오지 시 역이 틀림없을 거예요. 그리고 바로 전철을 타야 한다면서 전화를 끊었고요."

마쓰쿠라와 나는 얼굴을 마주보았다가 거의 동시에 물었다.

"몇 시에?"

"정확히는 기억이 안 나요."

"휴대전화로 받은 것 아니었어?"

"맞아요. 앗!"

똘똘한 것 같은데 어리숙하다. 휴대전화로 받아놓고 착신 이력이 남아 있는 줄 몰랐던 모양이다. 서둘러 주머니에서 휴대전화를 꺼냈다.

"어, 금요일 17시 6분에 걸려 왔네요."

시각을 하나 알아낸 건 행운이다. 다만 문득 의문이 들었다.

"항상 그렇게 돌아오는 시간을 형제끼리 서로 연락해?"

만약 지난주 금요일에만 그랬다면 거기에는 뭔가 작위적인 의도가 있었을지 모른다. 그런 생각에 물어보았는데 우에다는 태연히 말했다.

"항상 그런 건 아니지만 집안일을 분담하고 있어서, 그게 어려울 때는 서로 연락해요. 문자로 할 때가 많지만 전화도 가끔은."

그렇다면 동생에게 전화했다는 사실 자체는 그리 수상쩍은 일이 아니라는 뜻이다.

"알았어. 그후로 형에게 연락은?"

"없었어요."

"잠깐만."

가방에서 노트와 필통을 꺼냈다. 한 장을 찢어 샤프로 메모

했다.

"그러니까 이런 거지."

7월 6일(금)

17시 6분 우에다 쇼, 기타하치오지 시 역에서 전화

19시 30분 창유리가 깨짐

22시 우에다 쇼 귀가

주의 : 역에서 학교까지는 도보 20분

앞으로 이것저것 메모해야 할 테니 여백은 크게 남겨두었다. 금요일은 오전에 수업이 끝났으니 학교가 언제 끝났는지는 고려하지 않아도 된다.

우에다가 메모를 확인하는 사이 마쓰쿠라는 자기 휴대전화로 뭔가 조사하고 있었다. 그게 끝났는지 휴대전화를 주머니에 도로 넣더니 집게손가락으로 내 샤프를 가리켰다. 건네주자 재빨리 메모에 두 줄을 추가했다.

17시 6분 주오선 상행 출발

19시 1분 일몰

주오선 상행이라는 것만으로는 행선지를 전혀 짐작할 수 없다. 다만 적어도 통화 이력에 부합하는 전철이 다닌다는 사실로 전화 너머로 들린 발차 벨소리는 믿을 수 있다는 것을 알게 되었다.

"주오선 상행으로 갈 수 있는 장소에 짐작 가는 곳은 없어?"

마쓰쿠라가 묻자 우에다가 고개를 갸웃거렸다.

"신주쿠에 자주 가는 것 같았는데, 라이브하우스는 기치조지나 고엔지 쪽으로도 가는 것 같았고……. 딱히 어디다 하는 건 모르겠어요."

역시 어려운가.

한 가지 더 물어보았다.

"저기, 네 형의 결백을 증명할 무언가가 이 집에 있다고 치자. 그게 다른 방이 아니라 이 방에 있다고 생각하는 데에는 뭔가 이유가 있어?"

우에다가 잠시 생각에 빠졌다.

"……우선 형은 거실에 거의 나오지 않고, 부모님 방에는 절대 가지 않아요."

"음, 이 빌라는 그럼 방이 세 개야? 현관에서는 두 개밖에 보이지 않았는데."

"예. 부모님 방은 거실에서 이어져 있어서."

그러더니 자기 생각을 확인하듯 느리게 덧붙였다.

"그래서 형의 소지품은 거의 전부 이 방에 있어서……. 형은 증거가 있다고 했고……."

우에다가 문득 지금 처음 깨달았다는 표정으로 말했다.

"그런데 여기에 있다고 제가 믿고 싶은 것뿐이라는 생각이 들기 시작했어요."

그럴 거라고는 생각했다.

하지만 마쓰쿠라는 그러길 바라는 소망만으로 우리를 부른 우에다에게 상냥했다. 우에다의 어깨를 툭툭 두드렸다.

"나도 여기에 있기를 바라."

이로써 해야 할 질문은 거의 다 했다. 마쓰쿠라와 나는 새삼 세 평짜리 방을 둘러보며, 누가 먼저랄 것 없이 말했다.

"그럼 시작할까?"

"얼른 끝내버리자."

4

우리가 들어온 장지문 쪽 벽에 커다란 그림이 두 장 걸려 있었다. 한쪽에는 잿빛 배경에 플루트를 부는 모자 쓴 소년이, 다른 쪽에는 부채가 어지러이 난무하는 배경에 붉은 기모노를 입고 춤추는 금발 여성이 그려져 있었다. 둘 다 어디서 본 그림이다.

그냥 그림이 아니라 지그소 퍼즐이었다. 두 장 다 세로가 길고 길이는 일 미터는 되어 보였다.

"3000피스쯤 되려나."

마쓰쿠라가 묻자 우에다의 표정에서 근심이 사라지더니 진심으로 기쁜 듯이 웃었다.

"맞아요."

"굉장하네. 네가 만든 거야?"

"작년에 빠졌어요. 스트레스 해소에 꽤 좋아요."

지금 고등학교 1학년인 우에다에게 작년은 입시의 해였다. 이런 것을 만들면서 우리 고등학교에 합격했다면 성적이 좋다는 우에다의 말은 거짓말은 아닌 듯했다.

"어디서 본 그림인데."

그림을 지그시 보면서 중얼거리자 마쓰쿠라가 먼저 플루트를 부는 소년의 그림을 가리켰다.

"마네."

이어서 붉은 기모노 그림을 가리키더니.

"모네."

"진짜?"

"진짜로. 반대였을지도 몰라."

너무 의심스러운데. 명화 감상은 그 정도로 하고 본론으로 들어갔다.

우에다 쇼의 개인 물품이 있는 곳은 대충 본 범위 안에서 책상과 그 주변에 국한되었다. 이 방에는 벽장이나 옷장도 없어서 보이지 않는 곳에 수납공간이 있을 것 같지는 않다. 어쩌면 다른 방에 물품을 둘 공간이 있을지도 모르지만 우에다의 부탁은 '이 방에서' 찾아달라는 것이었으니 뭐, 거기까지 신경쓸 여력은 없다.

가장 너저분한 곳은 책상 위다. 노트, 교과서, 음악 잡지, CD 따위가 연관성도 없이 흩어져 있다. 다만 물건의 양은 그리 많지 않았다. 쌓아놓은 것은 아니라서 훑어만 봐도 전체를 파악할 수 있는 수준이었다.

책상 구석에서 엽서를 발견했다. 올해 연하장이다. 칠월이 되도록 책상에 방치하다니.

"대단한데."

무심코 그렇게 감탄하고 말았다. 나도 방은 깔끔한 편이 아니지만 그래도 연하장 정도는 치웠다.

"서랍 속은 특히 집중적으로 뒤졌어요. 의심스러운 건 없었습니다."

그렇다고 하니 일단 책상 위에만 초점을 맞췄다.

마쓰쿠라는 고개를 갸웃거리고 있다.

"가망이 희박하네. 시간하고 상관있어 보이는 건 거기 잡지 정도인가. 최신호야."

"저게 금요일 7시 반 전후에 시외에서 딱 한 권만 입하되었다가 그 자리에서 팔린 잡지라면 알리바이가 되는데."

"굉장하네."

그런 말로 단칼에 자른 마쓰쿠라였지만 그래도 만일의 가능성 때문인지 잡지를 뒤적이기 시작했다. 록 음악을 다룬 잡지로 지면에는 텔레비전에서는 본 적도 없는 가수들이 차례로 나왔지만 뭔가 특별히 끼여 있는 건 없었다.

"뭔가 있기를 바랐는데."

"우에다네 형은 증거가 있다고 말했잖아. 소중한 증거인데 설마 잡지에 끼워놓을까?"

"그래? 이런 데 끼워놓으면 의외로 잃어버리지 않아."

그렇게 말하는 마쓰쿠라의 시선은 책상 옆 휴지통을 향하고 있었다. 다갈색 휴지통으로 슈퍼마켓 봉투를 씌워놓았는데 안에는 휴지, 전단지, 거기에 아이스크림 포장 비닐이 보였다. 나는 마쓰쿠라의 눈에서 망설임을 감지했다. 확실히 휴지통을 조사하는 건 지나친 사생활 침해라는 생각도 든다.

증거품을 휴지통에 버렸을 것 같지는 않지만 우에다가 아무리 찾아도 증거인지 뭔지를 찾지 못했다는 점을 고려하면 어쩌다 떨어졌을 가능성도 있다. 마쓰쿠라가 유독 휴지통에서 눈을 떼지 못해서 보다 못한 내가 우에다에게 말했다.

"우에다, 저 휴지통 쓰레기를 마지막으로 비운 건 언제야?"

"글쎄요……. 별로 쓰지 않아서. 일주일쯤 됐을 것 같은데."

"그거 잘됐네. 내용물 좀 조사해봐."

"네? 제가요?"

불평을 하기는 했지만 우에다는 그리 싫어하는 기색 없이 휴지통에 손을 넣었다.

몇 분 뒤, 어디로 보나 쓰레기인 것들을 빼고 일시에 관계되는 것을 두 개 찾아냈다.

"영수증 두 장인가."

구깃구깃한 영수증을 손가락으로 펴면서 마쓰쿠라가 중얼거렸다.

하나는 편의점에서 산 아이스크림 영수증이었다. 구입한 건 어제, 월요일. 즉 이것은 사건과는 관계가 없다. 다른 하나는 조금 신경쓰였다.

"이건 네가?"

그렇게 묻자 우에다는 고개를 저었다. 그렇다면 우에다의 형이 버린 게 틀림없다.

영수증은 중고 서적도 다루는 역 앞 서점 '세드린 기타하치오지 시 역 앞 지점'의 것으로, 구입 내역은 '만화 애장판'이 네 권. 한 권당 250엔이다. 날짜는 금요일 16시 20분이라고 찍혀 있었다.

무심코 신음을 흘렸다.

"당일 기록인가. 아깝다면 아까운 자료네. 시각이 너무 달라서 알리바이가 안 돼."

"만약 우에다의 형이 범인이라면 역 앞에서 만화책을 사는 건 조금 묘한데."

나는 뭔가를 휘둘러서 집어던지는 시늉을 했다.

"그걸로 창유리를 깼다거나."

"안 깨져."

나는 어깨를 들썩였다. 마쓰쿠라는 남의 농담에 웃어주지도 않고 심각한 표정으로 영수증을 노려보고 있다.

"애장판 만화 네 권이라. 이거, 무슨 만화인지 알아?"

"전화해서 물어볼까?"

"그러네……."

마쓰쿠라는 한동안 천장을 올려다보다가 고개를 가로저었다.

"아니. 영수증에 '만화 애장판'이라고 찍혔다면 과연 상품을 개별적으로 관리하고 있을지 의심스러워. 설령 관리한다쳐도 일개 학생에게는 알려주지 않겠지."

그럴 것이다. 다만 어째서 알리바이와 상관없는 만화책의 제목을 궁금해하는지 모르겠다. 요즘 시대에 드문 불량소년의 독서 경향에 관심이라도 있는 걸까? 이윽고 마쓰쿠라도 포기했는지 영수증을 내던졌다.

"뭐, 이건 내버려두자."

어쨌거나 이것으로 책상과 휴지통은 수색했다. 하지만 아직 큰 건수가 남아 있다. 책상에 기대어 있는, 우에다 쇼의 가방이다. 검은 브리프케이스 형태로 소재는 나일론인 듯하지만 모서리와 손잡이는 가죽 재질이다. 손잡이와 본체는 광택있는 쇠붙이로 연결되어 있었다. 마쓰쿠라와 나는 나란히 그 가방을 바라보았다.

"네 형은 금요일에 집에 돌아왔다가 다시 외출한 거야?"

우에다는 눈살을 찌푸리고 생각에 잠겼다.

"돌아오지 않았을 거예요. 돌아왔다면 적어도 중간에 장은 보고 왔을 테니까."

"10시에 돌아왔을 때 복장과 소지품은?"

"아, 교복이었어요. 소지품은 저 가방이고요. 저도 확인은 했는데……."

자신이 없어 보였다. 마쓰쿠라가 한숨을 쉬었다.

"열어보는 게 낫겠군."

"그것도 우에다한테 시키자."

의견이 일치해서 우에다 쇼의 가방은 우에다가 열어보게 되었다. 발기인이니만큼 죄는 최대한 떠맡아줘야겠다.

형의 가방 속 내용물을 꺼내는 것은 두 번째라고 해도 망설여지는 모양이다. 차가운 물건이라도 만지는 것처럼 손가락 끝만 사용했는데, 그래도 이것저것 나왔다.

공부와 관련된 건 필기구뿐이었다. 시험 기간이니 분명 필기구만 있어도 되기는 하지만, 시험 전에 교과서를 다시 훑어보지도 않는 모양이다. 그 밖에 먼지 덩어리나 껌 포장지 외에 몇 가지 시선을 끄는 물건이 나왔다.

먼저 파친코 가게의 신규 기계 교체 광고가 들어 있는 휴대용 티슈. 누군지 모를 밴드의 라이브를 홍보하는 전단지. 동전이 121엔. 비닐 재질의 스포이트 같은 도구. 그리고 '가내 안전' 부적이 있었다.

하나하나 살펴보았다.

우선 휴대용 티슈. 끼여 있던 광고에는 4월 2일에 새 기계로 교체한다고 적혀 있었다. 즉 꽤 오래된 것이다. 그 증거로 상당히 꾸깃꾸깃했고 습기를 머금어 부푼 것처럼 보였다. 전단지에 적힌 라이브는 이 주 전 일요일에 끝났다. 다시 말해 둘 다 지난주 금요일 알리바이에는 전혀 상관이 없다. 뭔가 메모라도 없나 싶어 전등 불빛 아래서 자세히 보았지만 그런 흔적은 남아 있지 않았다.

동전은 뭐, 그냥 동전이다. 스포이트는 안약처럼 보이기도 했지만 뭔지 잘 모르겠다. 도시락에 들어 있는 물고기 모양 간장 용기하고도 비슷하다. 용기는 녹색이었는데 글씨가 적힌 스티커가 붙어 있고 안에는 액체가 들어 있었다.

"이게 뭐야?"

내가 그렇게 중얼거리자 마쓰쿠라가 용기를 휙 낚아채 뚜껑을 돌려서 열었다. 그리고 느릿하게 우에다의 오른손을 붙잡더니 극히 자연스러운 동작으로 용기 속 내용물을 한 방울, 우에다의 손등에 떨어뜨렸다. 묘하게 깜찍한 비명을 지르며 펄쩍 뛰어오르는 우에다에게 한마디.

"뭐 잘못됐어?"

저건 조금 심하다.

우에다는 울상을 지었지만 정신이 들었는지 자기 오른손을 뚫어지게 쳐다보다가 액체가 묻은 부분을 왼손 집게손가락으로 문질렀다.

"아무렇지도 않아요. 냄새는…… 조금 나는 것 같은데."

"점성은?"

"없어요. 이게 뭐예요?"

마쓰쿠라는 용기를 내 쪽으로 던졌다. 황급히 두 손으로 받았다.

"뭔지 잘 모르겠지만 영어가 적혀 있어."

보니까 확실히 스티커에는 전부 영어 대문자로 "LONG LIFER"라고 적혀 있었다. 수상쩍다. 우에다의 형은 불로불사의 약이라도 연구하는 걸까?

뒷면에는 경고문이 있었다.

"원액이 피부에 닿았을 경우 바로 씻어낼 것."

우에다가 다시 비명을 지르며 방에서 뛰쳐나갔다.

"그다음, 이쪽은……."

이미 스포이트에서 관심이 옮겨갔는지 마쓰쿠라는 부적을 들고 있었다.

"하지만 궁에서 파는 부적이네. 가내 안전 부적도 파는군."

"중국식 냉면처럼 말하지 마."

"이거 새거네. 하얀 천으로 만든 건데 깨끗해."

확실히 듣고 보니 휴대용 티슈의 처참한 상태에 비하면 때를 타거나 닳은 흔적이 거의 없다. 이건 동전과는 다른 옆 주머니에 들어 있었다.

"흐음."

알리바이에 얽힌 단서는 보이지 않았다. 적어도 일시를 시사하는 단서는 하나도 없었다. 더 찾아봐야 할 장소가 있을까? 이 세 평짜리 방, 그 절반의 공간에서?

내게는 한 군데 더, 혹시나 싶은 장소가 있었다. 벽에 걸린 교복을 보았다.

"마쓰쿠라. 우에다네 형은 어젯밤도 놀러 나갔다고 했지?"

"그랬지."

"교복을 입고 있었을까?"

마쓰쿠라는 고개를 갸우뚱했다.

"교복을 입고 밤거리를 어슬렁거리면 눈에 띄어. 생활지도에 걸릴 위험은 커지지만 그래도 굳이 교복으로 다니는 녀석도 있기는 해. 왜 물어?"

어디까지나 추측이지만…….

"어젯밤 우에다의 형이 교복으로 나갔다고 하면, 우에다가 이걸 조사할 타이밍이 없었을 것 같아서."

마쓰쿠라가 씨익 웃더니 엄지손가락을 세웠다.

"지당한 말이군."

계절상 셔츠는 빨랫감으로 내놓았겠지만 바지는 그대로일 가능성이 있다.

스스로도 이상하지만 휴지통이나 가방을 뒤질 때는 영 나쁜 짓 같아서 우에다에게 시켰는데, 바지 주머니를 뒤질 때는 그리 죄책감을 느끼지 못했다. 옷걸이에 걸린 바지 주머니에 손을 넣었다.

우에다가 손을 문지르며 돌아왔다.

"무슨 일 있었어요?"

"없어. 아니, 잠깐, 있다."

주머니에서 나온 것은 조금 구겨진 종잇조각이었다. 큼직하게 "쿠폰"이라고 적혀 있다. 마쓰쿠라가 보여달라고 하기에 우에다의 책상에 올려놓고 셋이서 들여다보았다. 이렇게 적혀 있었다.

라이라이라이켄 쿠폰

• 곱빼기, 삶은 달걀, 미니 볶음밥, 만두(3개) 중 한 가지를 서비스로 드립니다.

• 런치 타임에는 사용하실 수 없습니다.

• 발행일로부터 한 달간 유효합니다.

맨 밑에 도장이 찍혀 있다. '유효기간 8.6'.

즉 우에다의 형은 7월 6일, 이 라이라이라이켄이라는 가게에서 식사를 했을 가능성이 있다. 금요일은 오전 수업뿐이었으니 이건 점심 식사였을 가능성도 높다. 하지만 만약 저녁 식사였다면 7시 반의 알리바이가 성립될지도 모른다.

우리 셋은 슬그머니 서로 시선을 주고받았다. 아무도 입을 열지 않기에 내가 말했다.

"이 가게, 알아?"

마쓰쿠라와 우에다가 나란히 고개를 저었다. 우연이겠지만 그 동작이 완전히 일치해서 무심코 웃음이 나왔다.

그나저나 한 달간 유효하다는 규칙을 어떻게 봐야 할까?

"30일 동안 유효하다는 뜻일까, 아니면 7월은 31일이니까 31일 동안일까."

마쓰쿠라가 선뜻 대답했다.

"다음달 며칠까지 유효하다는 형식이겠지. 한 달이 며칠인지 일일이 고민하지 않아도 되고, 이월도 쉽게 처리할 수 있어."

"일리는 있지만 라이라이라이켄도 그 시스템으로 했는지는 모르잖아."

"물론 그래. 최종적으로는 가게에 전화해서 물어보는 수밖에 없어."

하지만 쿠폰에는 가게가 어디에 있는지 적혀 있지 않았고 전화번호도 찾아볼 수 없었다. 그래서 휴대전화를 이용해 라이라이라이켄이라는 가게가 어디에 있는지 검색해보았다. 먼저 우에다가 맡았는데 아무래도 고전하는 것 같아 마쓰쿠라와 나도 각자 휴대전화를 꺼냈다. 세 평짜리 방에서 세 사람이 삼각형을 이루고 서로 말없이 계속 검색했다.

이삼 분 후, 모두 같은 결론에 도달했다.

"안 나와."

검색 단어를 '기타하치오지 시'와 '라이라이라이켄'으로 넣어보니 한 건도 나오지 않는다. 한편 '라이라이라이켄'만 넣어서 검색하니 일본이 확실히 넓긴 넓은지 백 건 가까이 나왔다. 일일이 전화해서 "이 쿠폰이 그 가게 것이 맞습니까?"라고 물어볼 수도 있지만 이런 서비스는 어디에서나 할 테니 전화만으로 찾아낼 수 있을 것 같지 않다. 무엇보다 인터넷에 모든 라이라이라이켄이 실려 있다는 보장도 없다.

마쓰쿠라는 휴대전화를 주머니에 넣더니 집게손가락을 흔

들었다.

"우에다, 전화번호부 있어? 인터넷에 없을 뿐일지도 몰라. 일단 조사해봐. 아마 라면 가게일 거야."

"중화요리점이 아니고요?"

"받을 수 있는 서비스로 볼 때 라면 가게가 거의 확실해. 하지만 양쪽 다 찾아봐."

우에다는 바로 방에서 나갔다. 나는 물어보았다.

"전화번호부에 실려 있을까?"

"아니, 안 나오겠지. 이 동네에 이렇게 재미있는 이름의 가게가 있으면 우리 셋 중 누군가는 알 법도 하잖아."

"그렇다면 금요일에 우에다 쇼는 다른 동네에 갔다?"

"역에 있었으니 처음부터 예상할 수 있는 일이잖아."

듣고 보니 그랬다.

마쓰쿠라는 턱에 손을 짚고 조용히 생각에 잠겼다. 평소 버릇처럼 혼잣말을 중얼거리기 시작했다.

"전철을 타고, 라면 가게에 갔다……. 그전에 '세드린 서점'이지. 그리고 'LONG LIFER'하고 '가내 안전'. 전부 엮여 있지는 않겠지만 그래도 그렇지?"

그러더니 문득 내게 눈짓만으로 물었다.

"뭐 눈치챈 건 없어?"

듣고 보니 사실 한두 가지 눈치챈 게 없지는 않다. 다만 그게 알리바이에는 상관없을 것 같아서 잠자코 있었다. 지금이라면 우에다가 없으니 말하기도 편하다.

"현관이 좁았어."

"그랬지."

"샌들 때문에."

마쓰쿠라는 무슨 소리냐는 듯이 실눈을 뜨고 눈살을 찌푸렸다. 하지만 역시 마쓰쿠라. 바로 깨달았는지 화들짝 놀란 표정을 지었다.

"그래, 샌들 때문에 현관이 비좁았어. 신발은 더 둘 자리가 없어."

우에다가 돌아왔다.

"전화번호부에는 없었어요."

그 말에 정신을 차렸는지 마쓰쿠라가 우에다를 휙 돌아보았다.

"수고했어. 그런데 개인 사정에 간섭하는 건 별로 내키지 않지만, 네가 말을 꺼낸 일이니 어느 정도는 포기하고 알려줬으면 하는 게 있어."

뭔가 불길한 예감을 느꼈는지 우에다는 시큰둥하게 굴며 방안으로 들어오려 하지 않았다. 마쓰쿠라는 똑똑히 물었다.

"우에다. 혹시 따로 사는 가족이 있어?"

5

단신 부임을 비롯해 가족이 따로 사는 사정은 얼마든지 있다. 굳이 감출 일이 아니다. 그런데 우에다의 대답은 이랬다.

"왜 그렇게 생각하세요?"

마쓰쿠라가 머리를 긁적였다.

"왜냐고 묻는 거야? 뭐, 그래. 먼저 전자오르간. 주방이 좁아서 도저히 연주할 수 있는 상태가 아니야. 실제로 전원도 빠져 있었지. 그런데 왜 거기 두었을까."

"원래부터 있었으니까요."

"그렇겠지. 그리고 지그소 퍼즐."

마쓰쿠라는 벽에 걸린 퍼즐을 가리켰다.

"커. 그렇다는 건 맞출 때는 훨씬 넓은 공간이 필요했을 거야. 이 방은 밤이 되면 이불을 두 채 펴야 하니 다른 방에서 만들었겠지. 하지만 주방은 말할 필요도 없고, 이 집에서 3000피스짜리 퍼즐을 펼칠 수 있을까?"

우에다는 가볍게 인정했다.

"뭐, 불가능하죠."

"그리고 마지막으로 샌들. 잠깐 밖에 나갈 때 쓰는 샌들이 있으면 아무래도 편리하지. 다만 그 샌들 때문에 신발을 세 켤레밖에 둘 수 없다면 얘기가 달라져. 너희 형제 신발하고, 나머지 한 켤레밖에 둘 수 없어. 세 개의 방은 각각 너희 형제가 쓰는 방하고 거실, 부모님 방이라고 했으니 부모님하고 헤어져서 사는 건 아니겠지. 그렇다면 부모님 중 한쪽은 다른 곳에 계시는 거야."

마쓰쿠라는 잠시 말을 끊었다.

"종합적으로 고려하면 아마 너희는 작년까지 더 큰 집에서 살았을 거야. 여기로 이사 온 건 부모님이 헤어져서 집세를 내지 못하게 되어서 그런 것 아니야?"

신발 문제는 비교적 일찍 눈치챘다. 하지만 나도 마쓰쿠라가 이야기를 어디로 끌고 나가려 하는지 짐작이 가지 않았다. 그것은 우에다도 마찬가지인 것 같았다. 어리둥절한 표정이었지만 그래도 이렇게 물었다.

"저, 사별했을 가능성은 생각하지 않았어요?"

"생각했지. 다만 올해 연하장이 책상 위에 있었으니까 작년에 그런 일은 없었을 거야. 올해 들어 상을 당했을지도 모른다는 생각은 했지만 나는 다른 가능성을 생각했어."

마쓰쿠라는 우에다를 똑바로 쳐다보았다.

"짐짝이 되어버린 전자오르간을 버리지 않았다는 건 조만간 다시 넓은 집으로 이사 가거나, 세 사람 중 누군가가 여기에서 나가서 공간에 여유가 생길 가능성이 있다는 뜻 아닐까? 다시 합칠 가능성이 있거나, 아니면……."

거기까지 듣더니 굳어 있던 우에다의 표정이 누그러졌다. 입가에 쓴웃음을 머금더니 손을 들어 항복하는 시늉을 했다.

"아니, 숨길 생각은 없었어요. 맞아요, 작년 연말에 부모님이 헤어지셨어요. 형이 밤에 돌아다니기 시작한 것도 여기로 이사 온 다음부터였어요."

확실히 작년까지는 우에다 쇼의 소문을 듣지 못했다. 방이 좁아진 것과 밤에 돌아다니는 것 사이에는 관계가 있었을지도 모른다.

"다시 합칠 리는 없어요. 어머니도 저도 아버지를 정말 경멸하거든요. 다만 형은 고등학교를 졸업하면 아버지한테 가야 해요. 아이를 한 명씩 나눈 거죠. 전자오르간을 버리지 않은 건 언젠가 둘이서 살게 될 테니 그런 거예요."

"전자오르간을 치는 건 너야?"

"아뇨, 어머니예요."

마쓰쿠라는 몇 번 고개를 끄덕였다.

"그래, 거기까지 듣고 난 내 상상은 이래. 지난주 금요일에

네 형은 누군가를 문병하러 갔을 거야."

"문병?"

우에다가 얼빠진 목소리로 외쳤다. 한편 나는 짐작 가는 구석이 있었다.

"만화책 말이지?"

만화 애장판을 네 권 한꺼번에 산 영수증이 남아 있었는데 이 방에는 거기에 해당하는 만화책이 없었다. 아까 우에다의 이야기로는 형은 거실에 별로 가지 않고, 부모님 방에는 절대 가지 않는다고 했다. 만화책이 있다면 이 방에 있어야 하는데 보이지 않아 이상하게 여겼는데 문병에 가져갔다고 생각하면 말이 된다.

마쓰쿠라가 살짝 웃었다.

"그것도 있어. 하지만 그게 다는 아니야. 호리카와, 'LONG LIFER'를 어떻게 해석하겠어?"

갑자기 영어 시험이냐.

"장수를 위한 것, 장기 보존을 위한 무언가."

"저거, 연명제 아닐까?"

그런 막연한 이름의 약이 있을까? 나와 우에다가 어리둥절한 표정을 짓자 어지간히 답답했는지 마쓰쿠라가 바닥에 발을 한 번 굴렀다.

"꽃다발 연명 말이야. 꽃을 오래 보존시켜주는 약. 꽃집에서 꽃을 사면 주잖아!"

꽃을 사본 적이 없다. 우에다도 마찬가지였는지 "그래요?"라고 말했다.

"그래, 촌스러운 녀석들아. 그래서 말인데 애장판, 즉 오래 읽을 수 있는 두꺼운 만화책을 샀는데 방에는 보이지 않고, 꽃을 산 흔적은 있는데 꽃은 없어. 연인이 생겨서 이중생활을 하고 있다고 생각할 수도 있지만 너희 형은 아르바이트에 푹 빠져서 그런 여유도 없을 것 같아. 꽃과 만화책을 들고, 아마 문병을 갔던 거겠지. 그걸 말하지 않은 이유도 짐작은 갔지만 아까 네 말을 들으니 확신이 섰어. 너와 어머니가 아버지를 싫어하니까 굳이 말하지 않았던 거야."

"그 사람이……."

우에다는 망연하게 생각에 잠겼다. 마쓰쿠라는 아랑곳없이 뒷말을 이었다.

"뭐, 문병이 틀림없다고 단언하려는 건 아니야. 지금 핵심은 네 형이 금요일에 만나러 간 상대를 짐작해볼 수 있다는 점이니까. 더 확실히 말하면 내가 궁금한 건 라이라이라이켄의 위치야. 아무리 사이가 나빠도 주소 정도는 알겠지? 아버지는 지금 어디 살고 계셔?"

힘없는 대답이 돌아왔다.

"니시도쿄 시예요."

"알았어."

이야기의 목적지는 대충 보였기 때문에 나는 이미 휴대전화로 검색을 시작했다. "라이라이라이켄 니시도쿄 시"라고 입력했다.

"있다."

마쓰쿠라가 내 쪽을 힐끗 보았다.

"지도는 나와?"

"잠깐만."

잠시 후 니시도쿄 시 라면 가게 라이라이라이켄의 주변 지도를 열었다. 가게 정면에 병원이 있었다.

"병원이 있어. 굉장한데, 마쓰쿠라."

"그거 잘됐네. 하지만 문제는 지금부터야. 알리바이가 성립할 것인가."

듣고 보니 맞는 말이다. 여기에는 우에다 집안의 사정을 들여다보러 온 게 아니라 우에다의 부탁으로 이 녀석 형의 알리바이를 조사하러 온 것이다. 냉큼 라이라이라이켄에 전화를 걸자 신호음 두 번 만에 상대가 받았다. 마쓰쿠라와 우에다에게도 대화가 들리도록 스피커 기능을 썼다.

"예, 라이라이라이켄입니다."

"여보세요. 일하시는데 죄송합니다. 그쪽에서 곱빼기 쿠폰 나눠주고 계시죠?"

"예, 드리고 있습니다!"

"8월 6일까지 쓸 수 있는 쿠폰을 갖고 있는데 이걸 나눠준 게 몇 월 며칠인지 아시나요?"

"어? 그야 7월 6일이지. 그냥 다음달 날짜를 넣는 거니까. 용건은 그것뿐?"

"아, 그리고 이건 런치 때도 나눠주시나요?"

"아니, 밤에만 줘. 그만 됐지? 생큐!"

전화는 허무하게 끊겼다.

"들었지?"

마쓰쿠라가 조금 황당한 표정을 지었다.

"교묘하게 이야기를 끌어낼 계획을 짜고 있었는데, 대놓고 묻고 그대로 대답을 얻을 줄이야. 존경스러워."

그냥 묻는 게 아니라 일단 계획을 짜려고 하는 게 마쓰쿠라답다.

어쨌거나 이로써 우에다의 형이 7월 6일, 니시도쿄 시에 갔다는 사실은 거의 기정사실이다. 우에다가 전화로 들은 발차 멜로디가 형이 기타하치오지 시 역에서 출발할 때가 아니라 역에 돌아왔을 때 나온 음악이었을 가능성도 없지는 않다고 의심했지만, 쿠폰을 밤에만 나눠준다면 그 가능성도 배제할 수 있다. 우에다의 형은 17시 6분 전철로 니시도쿄 시에 갔고 그곳에서 라이라이라이켄에 갔다고 생각해도 무방하리라. 알리바이를 위조하려고 쿠폰을 다른 사람에게 양도받았을 가능성은 약간 남아 있지만 우리의 목적은 우에다가 원하는 '증거'를 찾는 일이니, 그것을 진짜 증거로 믿을지는 우에다에게 달린 문제이다.

그렇게 되면 남은 문제는 니시도쿄 시까지 걸리는 최단 시간이다.

"니시도쿄 시…… 무슨 역이지?"

"병원에서 가장 가까운 역은 다나시 같아. 17시 6분 전철을 타면 소요 시간은…… 오십팔 분."

마쓰쿠라도 휴대전화를 조작하고 있다.

"다나시에서 라이라이라이켄, 아니 병원까지는 버스로 십이 분 걸린다고 나와. 걸어서도 갈 수 있겠네. 라이라이라이켄에서는 아무것도 먹지 않고, 돌아올 때도 최단 시간인 오십팔 분 만에 돌아올 수 있었다고 가정하면……."

아까 만든 표에 메모해보았다.

7월 6일(금) (도착과 동시에 전철, 버스를 탄 최단 시간의 경우)

17시 6분 우에다 쇼, 기타하치오지 시 역에서 전화

17시 6분 주오선 상행 출발 → 58분

18시 4분 다나시 역 도착 → 12분

18시 16분 라이라이라이켄 도착 → 12분

18시 28분 라이라이라이켄에서 다나시 역에 도착 → 58분

19시 1분 일몰

19시 26분 기타하치오지 시 역 도착

19시 30분 창유리가 깨짐

22시 우에다 쇼 귀가

주의 : 역에서 학교까지는 도보 20분

"아무것도 고려하지 않고 최대한 빠르게 행동하면 아슬아슬하게 역까지는 돌아올 수 있지만……."

"학교까지 갈 시간이 없어."

누가 먼저랄 것 없이 한숨을 쉬었다. 이윽고 마쓰쿠라는 라이라이라이켄 쿠폰을 우에다의 손에 쥐여주며 말했다.

"7월 6일에 발행한 라이라이라이켄 쿠폰이 있는 한 그날 19시 30분에는 학교에 있을 수 없어. 이게 알리바이야."

우에다는 손 안의 쿠폰을 바라보며 중얼거렸다.

"그런, 형이, 아버지를……."

우에다에게 이 결말이 뜻밖이라는 건 알겠지만, 마쓰쿠라의 이야기를 제대로 듣기는 한 걸까? 바쁜 시험 기간에 귀찮은 부탁을 한 것치고는 인사 한마디 할 기미도 없다. 시험이 끝나면 후배 교육이 조금 필요할지도 모른다. 그런 생각을 하며 우리는 우에다의 집에서 나왔다.

6

역시 칠월은 칠월이다. 바깥은 아직 해가 저물 기미조차 없어 따가운 햇볕이 대번에 피부를 찔렀다. 우에다네 빌라를 뒤로하다가 나는 문득 궁금해져서 뒤를 돌아보았다. 저렇게 작은 문으로 어떻게 전자오르간을 들였을까?

별 생각 없이 그렇게 묻자 마쓰쿠라는 단박에 대답해주었다.

"분해할 수 있어."

"오호라."

이 부근은 길은 좁은데 차는 많이 다닌다. 차선은 없는데 일방통행도 아닌지 앞뒤에서 차가 와서 방심할 수 없다. 겨우 인도가 있는 길이 나오자 크게 기지개를 켰다.

"후우. 왠지 지쳤어."

"나도 그래."

"이런데 내일도 시험이라니. 그래도 뭐, 후배의 부탁을 들어줄 수 있어서 다행이었지? 우에다네 형도 이걸로 무죄방면되겠지."

"전자에 대해서는 그래, 다행이야."

가방을 어깨에 걸치듯 메고 걸어가던 마쓰쿠라가 약간 짓궂은 말투로 말했다.

"하지만 후자는 글쎄다."

"알리바이를 찾았잖아."

마쓰쿠라가 나를 힐끔 흘겨보았다.

"찾아서, 어쩔 것 같아?"

"어쩌기는. 부모님께 걱정을 끼치지 않으려고 궁금했던 것뿐이라는데."

"그럼 다행인데."

그 말투는 다른 뜻이 있는 것 같잖아?

"아니라는 거야?"

마쓰쿠라가 슬쩍 하늘을 올려다보았다.

"모르겠어. 우에다의 형이 알리바이를 입증하지 못하고 정말 퇴학당하면 형은 예정보다 빨리 아버지 곁으로 가게 될 거고, 결과적으로 우에다의 방은 넓어져서 공부도 잘될지 모른다는 생각은 들어."

커다란 구름 덩어리가 서쪽 하늘에서 흘러왔다.

"그리고 또 한 가지. 만약 형이 퇴학당하면 알리바이 찾기를 도와준 당사자에게는 우에다가 증거를 묵살했다는 걸 들키고 말아. 도서위원회 선배라는 미묘한 관계에 있는 너를 고른 건 인간관계가 끊겨도 상관없는 상대였기 때문일지도 모른다는 생각도 하고 있어. 내가 할 수 있는 말은 그 정도야."

확실히 조금 이상하기는 했다. 어째서 나였을까? 우에다는 혼자서는 도저히 알리바이를 찾을 수 없어서 그랬다고 했지만 그것은 나를 선택할 이유가 되지 않는다. 나는 딱히 알리바이 찾기로 이름을 떨친 것도 아니고, 우에다하고 특별히 친하지도 않으니까.

특별히 친하지는 않은 상대라면 나중에 관계가 끊겨도 피해가 없으니까……. 오호라, 마쓰쿠라는 역시 생각하는 게 날카롭다. 하지만…….

"나는 아닐 거라고 생각해. 우에다는 정말 부모님을 안심시켜드리고 싶었던 것뿐이고, 나를 선택한 건 믿음직스러워 보여서 그랬던 거고, 라면 가게 쿠폰은 원래대로 주머니에 도로 넣어두었을 거야."

"그럴지도 모르지."

마쓰쿠라는 툭 발길질을 하며 그렇게 말했다.

"어쨌거나 퇴학은 안 당할 거야. 아무리 요코세가 제정신이 아니라도 퇴학은 큰 문제야. 다른 교사도 조금 더 진지하게 조사하겠지."

대형 트럭이 우리 바로 옆을 지나갔다. 배기가스와 피어오르는 흙먼지에 나는 무심코 입을 가렸다.

역이 보인다. 돌아가서 시험공부를 해야 한다. 오늘은 고전에서 멍청한 실수를 했다. 내일은 이런 미련을 남기고 싶지 않다. 내친김에 한 가지 더, 미련을 떨쳐버리기로 했다.

"그렇게 되면 좋겠네."

"응?"

"우에다의 형이 퇴학이 안 되면 좋겠어. 아니, 누명이라는 게 밝혀지면 좋겠어."

"……그래."

교차점 신호가 눈앞에서 파란색으로 바뀌었다. 기분이 좋다.

"너를 위해서도, 마쓰쿠라."

목이 탔다. 도로변 작은 주차장에 자동판매기가 있다. 그만 뭐라도 사고 싶어졌지만 나중에 사자. 지금은 이야기를 하고 싶다. 마쓰쿠라가 어리둥절한 얼굴로 물었다.

"무슨 뜻이야?"

"글쎄. 우에다가 나를 선택한 이유가 조금 수상한 것처럼, 나는 네가 우에다를 도우려고 부탁받지도 않았는데 따라온 걸 수상쩍게 여기고 있어. 내가 할 수 있는 말은 그 정도일까."

아까 마쓰쿠라가 한 말을 흉내내어 그렇게 말해주었다.

"그리고 우에다가 이웃 주민이 봤기 때문에 범행 시각을 알 수 있었다고 말했을 때, 너답지 않게 동요한 것도."

"할 수 있는 말은 그 정도라고 하면서 추가하는 거야?"

"깨진 창문은 토요일에 출근한 교사가 발견했는데, 너는 방범 장치가 작동해 경비 회사가 출동했다고 했어. 그것도 수상하지. 뭐랄까, 경비 회사를 경계하고 있었기 때문에 그렇게 믿은 것 같잖아. 지나친 생각일지도 모르지만."

길 위에 뭔가 떨어져 있는지, 앞쪽에 참새 두 마리가 아스팔트 위를 쪼아대고 있다. 해를 끼칠 마음은 없었는데 우리가 다가가자 두 마리 다 날아가버렸다. 마쓰쿠라는 그 모습을 바라보며 중얼거렸다.

"내 탓까지는 아니지만, 관계가 없는 건 아니었거든."

"우에다의 형이 의심받은 게?"

"그것도 없지는 않은데."

좁은 길이 대각선으로 뻗어 있는 갈림길에서 마쓰쿠라는 어깨에 걸치고 있던 가방을 내리고 멈춰 섰다. 마쓰쿠라가 자기 오른손을 바라보았다.

"새를 해칠 뻔했던 일 말이야."

"새?"

"초록새 말이야."

그러고 보니 금요일에 마쓰쿠라가 그랬다. 창으로 날아든 초록새가 그가 휘두른 손에 맞았다고.

"달아났다면서?"

"복도로 말이지."

금요일에 그는 무엇을 했나? 방과후 도서실에서, 나와 함께 밀린 일을 정리하고 있었다. 그리고…… 그렇다, 볼일이 있다고 먼저 도서실에서 나갔다.

마쓰쿠라는 머리를 긁적거렸다. 평소와 다름없이.

"찾아봤더니 있었는데, 아무래도 밖으로 나가질 않는 거야. 내가 때린 사람이라는 걸 이해할 만한 지능은 없을 텐데 무작정 도망치더라. 창문을 열어놓고 돌아가도 마지막에 누가 순찰하면 닫잖아."

"그래서…… 새가 밖으로 나갈 수 있도록 창을 깼다는 거야?"

"그래."

으스대지도, 움츠러들지도 않고, 마치 날씨 이야기를 하듯이.

"그렇다니, 너……."

"고작 유리 한 장이잖아? 출장 수리를 불러도 삼만 엔도 안 들어."

그런 문제인가? 어딘지 모르게 짓궂은 눈빛으로 마쓰쿠라가 나를 쳐다보고 있다. 이렇게 묻는 것 같았다. 뭐야, 넌 새보다 유리가 더 중요하다는 거야?

아니, 아니다, 그런 문제가 아니다. 중요한 건…….

뭘까. 법률? 유리를 깨는 건 법률 위반이니까 나는 마쓰쿠라가 잘못했다고 비난하고 싶은 걸까?

"새가 거기로 달아났다는 증거는 있어? 언젠가 교내 어디서 죽은 새가 나올지도 몰라. 그렇게 되면 그냥 창문만 깬 셈이잖아."

마쓰쿠라가 웃었다.

"그건 어쩔 수 없지. 나는 최선을 다했어. 자기만족을 위한 의식은 끝마친 거야."

마쓰쿠라는 가방을 다시 어깨에 걸쳤다. 발길을 돌려 그가 돌아가야 할 길을 향해 걸음을 뗐다. 어깨 너머로 이렇게 말하는 게 들렸다.

“잘 가, 호리카와. 내일도 시험이야. 서로 힘내자.”

그 뒷모습을 지켜보는 내 귀에 새소리가 들려왔다. 아까 보았던 참새일까? 아니면 동박새?

떠나가는 마쓰쿠라의 뒷모습이 모르는 남자의 모습처럼 보였다.

없는 책

1

3학년 학생이 죽었다는 건 모두 알고 있었지만 자세한 내용은 아무도 몰랐다.

아무래도 자살이라는 것 같았다. 남학생. 시노, 기타바야시, 구레라는 세 이름이 거론되었다. 텔레비전 보도를 봤다고 말하는 녀석도 있었다. 몇몇이 그러고 보니 자기도 본 것 같다고 말하기 시작했지만 아무래도 헛소문 같았다. 3학년 학생의 죽음은 전혀 뉴스에 나오지 않았던 것이다. 그래서 나는 죽은 학생의 얼굴을 모른다.

사망 장소는 자택이었다느니, 하천 부지였다느니, 공원이었다느니, 말하는 사람마다 제각각이었는데 입시 스트레스로 정신이상을 일으켰다는 동기만은 어느 이야기에서나 똑같았고, 자살 방법은 목을 맸다는 설과 가솔린을 뒤집어쓰고 분신자살했다는 설, 그리고 둘 다, 즉 가솔린을 뒤집어쓰고 목을 매단 다음 불을 붙였다는 세 가지 설이 나돌았다.

"세 번째 가설은 말도 안 되는데."

방과후 도서실에서 심심한 기색으로 샤프를 돌리면서 마쓰쿠라 시몬이 말했다.

"왜?"

"왜냐고? 호리카와 너답지 않네. 생각을 해봐. 가솔린을 뒤집어쓰는 건 좋아, 하지만 목을 맸으면 불을 붙일 수 없잖아. 먼저 불을 붙였다면 목을 매러 갈 수가 없고."

"어떻게 될 것도 같은데."

"하려면 할 수야 있겠지. 다만 말이 안 돼."

마쓰쿠라는 이목구비가 뚜렷한 얼굴에 미소를 지었다.

"불이 타오르면 목을 맨 밧줄이 타서 끊기고 말아. 분신하면서 물에 뛰어드는 격이지. 살고 싶은 건지 죽고 싶은 건지 모를…… 잠깐, 그렇게 생각하면 꼭 말이 안 되는 것도 아닌가."

일리 있다고는 생각했지만 마쓰쿠라가 너무 의기양양해하는 게 거슬렸다. 요 일주일 사이, 3학년 학생의 자살이 교내 최대 화제였던 건 사실이지만 그렇다고 해도 마쓰쿠라는 지나치게 재미있어했다.

"너무 웃지 마. 남의 일이라고."

그렇게 말하자 마쓰쿠라는 샤프를 돌리던 손길을 멈췄다.

"남의 일이면 안 웃지. 그런 무례한 짓은 안 해."

실실거리는 표정 그대로 다시 펜을 돌리기 시작했다.

"내일의 내 모습일지도 몰라. 나나 너나 내년 이맘때는 피할 수 없는 사정으로 이제 죽는 길밖에 없다고 고민하고 있을지도 모르지. 그 자살은 남의 일이 아니야, 내 일이지."

"그렇게 생각하는데 웃음이 나와?"

"자기 일은 웃을 수밖에 없잖아?"

그런 건가? 적어도 나는 이름도 모르는 3학년 학생의 죽음으로 웃을 마음은 들지 않는다. 마쓰쿠라의 말이 맞다면 나는 시노(혹은 기타바야시, 또는 구레)의 죽음을 남의 일이라고 생각하기에 웃을 수 없다는 뜻이 되지만.

"적어도 내 생각에는."

마쓰쿠라가 한층 더 실실거리며 내 손가를 보았다.

"지금 그런 책을 읽는 게 더 실례 아닌가 싶은데."

나는 부루퉁하게 쇼펜하우어의 『자살론』을 덮고 표지가 아래로 가게 뒤집어놓았다.

여름이 지나 계절은 완연한 가을이었다. 맑은 하늘은 높고, 학교 앞뜰에 심은 은행나무가 물들기 시작했다. 입시까지 며칠 남았는지 슬슬 마음에 걸리기 시작한 이 시기, 이 도서실도 조금 더 자습에 써도 될 법한데 이용자는 평소처럼 서너 명이 고작이다. 오늘은 아직까지 나와 마쓰쿠라가 나란히 앉은 대출 카운터에 아무도 찾아오지 않았다.

도서위원회가 놀이터로 삼고 있는 탓에 도서실은 자습에도 열람에도 쓸 수 없다는 악평은 아직도 온 학교에 뿌리 깊게 남아 있는 듯했다. 이와나미 문고 뒤표지에 그려진, 항아리인지 채소인지 모를 수수께끼의 마크를 바라보며 이 현상에 대해 조금이라도 개선을 꾀하면서 동시에 화제를 바꾸려고 나는 마쓰쿠라에게 제안했다.

"도서위원다운 일도 좀 해보자."

마쓰쿠라는 샤프를 내려놓고 엄숙하게 고개를 끄덕였다.

"찬성이야. 그래서 뭘 할 건데?"

오늘 처리해야 할 반납 독촉장은 점심시간 당번을 맡은 위원이 다 써놓았고, 누가 읽는지 모를 도서실 소식 원고 마감은 아직 멀었다.

"장비 같은 거?"

새로 들어온 책에 천지인을 찍고 책등에 라벨을 붙이고 필름을 바르고…… 즉 책을 도서실 장서로 만드는 일련의 작업을 장비裝備라고 부른다. 다만 문제는…….

“신착 도서가 없어.”

“그러네.”

그렇다면 지금 해야 할 도서위원다운 일은 무엇일까?

“고금동서 제목 끝말잇기라도 할까?”

마쓰쿠라는 잠시 침묵했다가 입을 열었다.

“『어느 바보의 일생』”

분하다.

바로 되받아칠 제목이 생각나지 않아 고개를 비틀며 끙끙거리는 내 앞에 한 남자가 섰다.

“저기, 잠깐 괜찮을까?”

비쩍 마르고 키가 큰 남학생으로 옷깃의 휘장으로 보아 3학년이다. 밋밋한 얼굴에 표정이 어둡고 눈은 수면 부족인지 충혈되어 있고 목소리도 어딘가 탁했다. 손에는 학교 추천 통학용 가방을 들고 있었다. ‘생’으로 시작하는, 마쓰쿠라에게 한 방 먹일 제목은 없을까 고민하면서 대답했다.

“예, 무슨 일이죠?”

“책을 찾고 있는데.”

조심스럽게 표현하자면, 놀랐다.

책을 찾고 있다! 이 얼마나 본격적이고 오랜만에 보는 도서실 이용자란 말인가? 내가 도서위원이 된 것은 책을 좋아해서가 아니라 어쩌다 선택한 결과에 지나지 않지만 그래도 본분을 다할 수 있다는 것은 의외로 기쁜 일이다. 기분 탓인지 목소리가 들떴다.

"무슨 책인가요?"

3학년 선배는 고개를 갸웃거렸다.

"그게, 제목을 모르겠어."

대단히 훌륭하다. 불확실한 정보에서 제목을 찾아내는 것, 바로 도서위원의 실력을 발휘할 순간이다. 이번에는 마쓰쿠라가 물었다.

"그럼 어떤 책인지 아세요? 장정 느낌이라거나 크기라거나……."

3학년 선배는 팔짱을 끼고 역량을 의심하듯 우리를 뚫어져라 쳐다보았다. 추측건대 2학년인 우리를 상대로 3학년다운 위엄을 보이기 위해 그런 게 아닐까 싶었다.

"그러네. 실은 사정이 조금 복잡해. 다른 용무가 없다면 이야기 좀 들어주겠어?"

다른 용무라면 고금동서 제목 끝말잇기 정도밖에 없는 우리가 반대할 이유는 없었다.

2

3학년 선배의 이름은 하세가와라고 했다.

"고다는 알지?"

마쓰쿠라와 나는 시선을 주고받았다. 마쓰쿠라의 얼굴이 아는 사람이냐고 묻고 있었다. 하세가와 선배에게 되물었다.

"누군데요?"

"몰라?"

놀랐다기보다 당혹스럽다는 말투였다.

"그, 왜…… 지난주에 자살한 녀석이야."

"아아."

시노도, 기타바야시도, 구레도 아니었나. 여러 입을 오르내리는 사이 정보가 뒤섞인 모양인데 그렇다고는 해도 완전히 엉뚱한 이름으로 바뀌었구나.

"3학년이 죽었다는 이야기는 들었지만 이름은 몰랐어요."

"그런가."

하세가와 선배는 작게 숨을 토했다. 안도의 한숨 같았다.

"고다라고 해. 고다 쓰토무. 착한 녀석이었어."

말의 내용과는 달리 하세가와 선배의 말투는 어딘가 쌀쌀맞았다. 하세가와 선배와 죽은 고다 선배는 그리 친하지 않았나 보다……. 아니, 정말 친한 친구의 죽음을 말할 때는 이런 식으로 감정이 사라지는 게 아닐까. 모르겠다.

"내가 찾는 건 그 녀석이 읽던 책이야. 고다는 여기서 틈틈이 책을 빌렸던 모양이라, 그 녀석이 마지막으로 읽은 책을 찾고 있어."

죽은 3학년생이 이 인기 없는 도서실의 몇 안 되는 애용자였다는 말을 들으니 멀리 있던 죽음이 갑자기 커다랗게 다가왔다.

"그걸 읽어보고 싶은 건가요?"

가까스로 그렇게 묻자 하세가와 선배는 쓴웃음을 흘렸다.

"나는 글자만 있는 책은 못 봐. 그런 게 아니라, 뭐라고 설명해야 할까……."

그렇게 중얼거리더니 하세가와 선배는 이윽고 마음을 굳혔는지 입을 열었다.

"뭐, 처음부터 얘기할까? 우리는 2학년 때부터 같은 반이었어. 그리 자주 이야기하는 사이는 아니었지만 그래도 가끔은 잡담을 할 때도 있었고, 문화제에서는 함께 다니기도 했어. 고다는 남과 잘 어울리는 편이 아니었지만 그건 나도 마찬가지니까. 최근에 분위기가 조금 이상하다는 생각은 했지만 설마 죽을 줄이야. 뭐랄까…… 거짓말이라고 생각했어,

처음에는.”

마쓰쿠라는 잠자코 있었다. ‘그래서 실제로는 어떻게 죽은 겁니까?’라는 말이라도 할까 봐 걱정했는데 마쓰쿠라도 그런 소리는 하지 않고 그저 입을 다물고 있었다. 하세가와 선배는 담담하게 이야기를 이어나갔다.

“죽기 며칠 전에 방과후 교실에서 그 녀석을 만났어. 노을이 굉장한 날이었는데, 교실에는 그 녀석밖에 없었어. 책을 읽고 있었지. 내가 들어오는 걸 보더니 살짝 웃으면서 책을 덮더라.”

이 학교의 교실은 전부 칠판을 바라보고 왼쪽이 창문, 오른쪽이 복도다. 그리고 어느 교실이나 석양이 강렬하게 비쳐든다.

그날 노을이 굉장했다면 하세가와 선배가 교실 문을 열었을 때 고다 선배는 새빨간 역광 속에 앉아 있었으리라.

“책상 위에는 책 말고도 편지지 같은 종이가 있었고, 뭔가 적혀 있는 것 같았어……. 샤프도 책상 위에 있었으니 뭔가를 쓴 직후였을지도 몰라. 서예라도 배웠는지, 고등학생답지 않게 굉장히 글씨를 잘 쓰는 녀석이었어. 작년 문화제 때 안내문 표지에 제목을 쓴 것도 그 녀석이야.”

그 안내문이라면 도서실에도 남아 있어 본 기억이 있다. 분명 인쇄한 것처럼 깔끔하고, 개성 없는 글씨였다.

"그때도 가지런한 글자가 힐끔 보였던 것 같아."

실루엣 같았던 고다 선배에게 글씨를 잘 썼다는 개성이 더해졌다. 그 사람이 이제는 없다는 사실을 생각하면 그 사람의 새로운 정보를 아는 것은 그리 기쁜 일이 아니었다.

"노트라면 몰라도 학교에서 편지지는 볼 기회가 없으니 이상해서 그게 뭐냐고 물었어. 그랬더니 고다 녀석, 아무것도 아니라면서 편지지를 반으로 접어 책 사이에 끼우는 거야."

마쓰쿠라가 깊은 한숨 소리처럼 신음했다. 하세가와 선배는 개의치 않고 뒷말을 이었다.

"며칠 지나 그 녀석이 죽었다는 이야기를 듣고……. 실은 편지지는 한동안 잊고 있었는데, 그러고 보니 그건 뭐였을까 하고 한번 신경쓰기 시작하니 머리에서 떠나질 않더라. 어쩌면 그게 유서였을지도 모른다고 생각하면 어떻게든 찾아주고 싶어."

그러고 보니 유서에 대한 소문은 듣지 못했다.

"유서는 없었나요?"

"확실한 건 모르겠지만 있었다나 봐. 평소 쓰는 노트에 뭔가 적혀 있었다는 소문을 들었어. 유서랄까, 메모 같은 거였다고."

그때까지 잠자코 있던 마쓰쿠라가 불쑥 말했다.

"어디서 나온 소문일까요? 그런 건 유족 아니고서야 알 수 없는 얘기잖아요."

"글쎄. 장례식에는 반 아이들도 갔고 몇 명은 고다네 가족과도 이야기를 나눴어. 그쪽에서 나온 이야기 아닐까?"

"아아, 장례식에 갔나요. 그럼 이해가 되네요."

"물론 근거 없는 거짓말일 가능성도 있지만. 나도 직접 본 건 아니고. 하지만 가령 노트에 유서 같은 걸 적어놓았다 해도 그 편지지가 유서가 아니라는 보장은 없잖아?"

듣고 보니 그렇다. 유언장이라면 몰라도 유서라면 몇 통을 써도 상관없다.

"그래서 그 책을 찾고 싶어. 도와줄 수 없을까?"

하세가와 선배는 그렇게 말했다.

방과후 교실에서, 편지지에 뭔가를 쓰고 있던 동급생이 며칠 후에 죽었다. 내가 선배 입장이라도 역시 찾지 않고서는 못 견딜 것이다. 하지만…….

"그 편지지가 끼여 있는 책이 여기에 있을지도 모른다는 건가요?"

그 점은 상당히 불확실한 이야기다.

"고다 선배가 읽던 책이 도서실 책이었다고 생각하는 이유가 있겠지요?"

하세가와 선배는 모호하게 수긍했다.

"그 책에는 뭔가 스티커 같은 게 붙어 있었어. 도서실 책은 그런 걸 붙이잖아?"

스티커……. 순간 별이나 하트 모양 스티커로 화려하게 꾸민 책이 떠올라서 혼란스러웠다. 가까이 있던 반납 도서를 들고 분류 기호가 적힌 책등의 분류표를 가리켰다.

"이것 말씀인가요?"

"그래, 맞아, 그게 보였어."

하세가와 선배는 그렇게 말하면서 책을 손에 들었다.

그것만으로는 이 도서실의 책이라고 단정할 수 없다. 시립 도서관 책이었을지도 모르고, 낡아서 제적된 책이었을지도 모른다. 그렇지만 도서실 책일 가능성이 가장 높긴 할 것이다.

"오, 숫자 같은 게 적혀 있구나."

하세가와 선배는 분류표를 보며 그런 감상을 말했다.

"그럼 도서실 책이었다고 치고……."

이번에는 마쓰쿠라가 물었다.

"어째서 거기에 편지지가 그대로 끼여 있을 거라고 생각하세요?"

편지지를 책에 끼운 것은 교실에 들어온 하세가와 선배가 보지 못하도록 반사적으로 숨기느라 그랬다고 생각할 수 있다. 하지만 그렇다면 하세가와 선배와 헤어진 뒤에 바로 꺼냈을 테니 편지지를 끼워둔 채로 도서실에 반납했을 가능성은 거의 없다.

하세가와 선배가 살짝 웃었다.

"어째서라기보다…… 그러면 좋겠다 싶어서."

"하아."

"그때 편지지를 책 사이에 끼우는 손길이 묘하게 느렸어."

그렇게 말하더니 손에 든 책을 펼치고 뭔가 끼우는 시늉을 했다.

"어쩌면 나더러 보라고 그랬던 게 아닐까? 나중에 찾아낼 수 있도록."

확실히 하세가와 선배의 손짓은 어딘가 의미심장했다. 고다 선배의 움직임을 재현한 거라면 뭔가 있다는 생각이 들 만하다.

"그날 내가 교실에 들어간 건 우연이었으니 고다는 내 앞으로 유서를 쓴 건 아니었을 거야. 누가 찾아내든 상관없어, 도서실 책에 유서를 끼워두면 언젠가 누군가가 그걸 찾아내주겠지, 그게 고다의 바람 아니었을까……. 자꾸 그런 생각이 드는 거야."

나는 넌지시 도서실을 둘러보았다.

고다라는 3학년 선배에 대해서는 아무것도 모른다. 아까까지는 칭기즈칸보다 더 모르는 사람이었다. 명복을 빌어도 아무래도 속 보이는 짓이다. 하지만 하세가와 선배에게 고다 선배는 분명 애도해야 할 사람이리라. 정말로 이 도서실에 있는 어느 한 권에 죽은 3학년 선배가 유서를 담았을까? 정말로 언젠가 누군가가 그 책을 펼칠 날이 오리라 믿고 마지막 말을 남겼을까?

그럴지도 모른다.

"알겠습니다."

나는 허리를 조금 폈다.

"물론 찾아볼게요. 제목은 모른다고 하셨죠. 그럼 어쩌지, 장정은 어떤 느낌이었는지 기억하세요?"

판형부터 좁히는 게 나을까 싶어 고민하는데 하세가와 선배가 의아한 표정으로 눈썹을 찌푸렸다.

"아니, 내 이야기를 제대로 들은 거야?"

"그런데요……."

하세가와 선배가 답답하다는 듯이 몸을 흔들더니 카운터에 손을 얹었다.

"요컨대 내가 찾는 건 고다가 빌린 책이야. 알아봐줘."

"그러니까 찾아드린다고요."

"그게 아니라……."

나는 조금 눈치가 없었다. 몇만 권의 책에 어떻게 도전할까 하는 문제에 정신이 팔려서 하세가와 선배가 원하는 바를 이해하지 못했다. 다소 감상에 젖어 있었는지도 모른다.

그런 점에서 마쓰쿠라는 냉정했다.

"대출 이력을 보여달라는 겁니까?"

하세가와 선배는 만족스럽다는 듯이 끄덕였다.

"그래. 간단한 일이지?"

나는 미소를 지어 보였다.

"그럴 수는 없습니다."

최대한 부드럽게 전했다고 생각했는데 하세가와 선배는 눈썹을 실룩거렸다.

"이유가 뭐야? 도와준다고 했잖아."

무심코 얼굴을 똑바로 쳐다보고 말았는데, 하세가와 선배는 불만스러운 눈치이기는 했지만 꺼림칙한 구석은 전혀 없어 보였다. 규칙 위반이라는 자각이 없는 듯하다. 즉, 이 선배는 도서관과 별로 인연이 없는 모양이다.

"책을 찾는 건 도와드리겠지만 대출 이력은 보여드릴 수 없어요."

"기록이 없는 건 아니잖아? 있을 텐데, 그게 없으면 반납하라는 말도 못 하니까."

"물론 있지만……."

카운터 뒤에는 낡은, 너무나 낡은 데스크톱 컴퓨터가 한 대 자리잡고 있고 거기에는 바코드 리더기가 연결되어 있다. 책을 대출해줄 때는 먼저 학생 모두 갖고 있는 대출 카드를 찍고, 그다음 책의 바코드를 찍는다. 반납할 때는 책만 찍으면 된다. 이용자 번호와 학생 이름은 묶여 있기 때문에 빌린 책을 반납하지 않는 괘씸한 녀석에게는 도서위원회에서 직접 독촉장을 보낸다.

"혹시 검색이 안 돼? 설마 그럴 린 없지?"

"아니, 안 됩니다."

적어도 우리 도서실 시스템으로는 반납 기한에 늦은 이용자가 표시될 뿐이고 검색은커녕 특정 이용자가 어떤 책을 빌렸는지 확인하는 기능조차 없다.

"아니, 설마 그런……. 불편하잖아."

"딱히 그렇게 생각한 적은 없는데……. 뭐, 처리 속도가 느리고 인터페이스가 비인간적이고, 특정 처리를 할 때 방향키만 눌러도 에러가 나오는 점을 제외하면 그렇다는 말이지만요."

하세가와 선배는 거의 애원하듯 몸을 내밀었다.

"방법이 있을 것 아니야. 부탁해, 전부 알려달라는 게 아니야. 그 녀석이 마지막으로 빌린, 그 책 한 권이면 돼. 데이터 정도는 어디에 남아 있지 않아?"

일일이 완전 삭제할 리도 없으니 데이터는 하드디스크 어딘가에는 남아 있겠지만 이 시스템에서 그 정보를 불러올 방법은 없다. 어떻게든 해서 데이터 파일을 직접 볼 수야 있겠지만 그 이전의 문제가 있다.

뭐라고 설명할지 단어를 고르고 있는데 마쓰쿠라가 지긋지긋하다는 목소리로 말했다.

"방법이 없어요. 데이터가 남아 있어도, 보여드리지도 가르쳐드리지도 않을 겁니다."

아아, 한발 늦었다. 아니나 다를까 하세가와 선배가 안색을 바꾸었다.

"그게 무슨 소리야? 네게 그럴 권한이 있어?"

"있다고 할까…… 없어서 그럽니다."

마쓰쿠라는 단정한 얼굴을 찌푸리며 어딘가 귀찮은 기색으로 말했다.

"도서관에는 규칙이라는 게 있어서 말입니다. 누가 뭘 빌렸는지 비밀을 지켜야 하거든요. 들어본 적 없어요?"

하세가와 선배는 당혹감을 드러내면서도 입으로는 "그야

알지"라고 대답했다.

도서관의 기본 방침은 '도서관의 자유에 관한 선언'이라는 글로 정리되어 있는데 도서관 출입구에 걸려 있는 경우가 많다. 고귀한 글귀다.

그 선언에는 "도서관은 이용자의 비밀을 엄수한다"라는 문장이 있다. 조금이라도 도서관과 인연이 있는 사람은 설령 그것이 인기 없는 학교 도서실의 불성실한 도서위원이라 할지라도 이용자의 비밀을 술술 유출하지는 않는다.

"하지만……."

하세가와 선배는 포기하지 않았다.

"그건 어디까지나 원칙이잖아? 지금은 사람의 생사에 걸린 문제야. 고다의 마지막 말보다 그런 원칙이 더 중요하다는 거야?"

마쓰쿠라에게 맡겨두면 괜히 이야기만 복잡해질 것 같아서 끼어들었다.

"어느 쪽이 중요한가 그런 문제가 아니라, 할 수 없는 건 할 수 없는 겁니다."

그렇게 주장했지만 설득력이 없다는 건 스스로도 안다. 하세가와 선배는 화가 났다기보다 받아들일 수 없는 듯했다.

"너, 예를 들어 경찰이 와서 보여달라고 하면 어쩔 거야?

살인자를 잡기 위해 필요하다고 해도 규칙이 그렇다고 거부할 거야?"

극단론이지만 절대 그럴 리 없다고 할 정도의 극단론은 아니다. 세상 어디에서는 그런 일도 일어나겠지. 평범하게 생각해서 '자유에 관한 선언'은 아무리 긍지로 가득해도 단순한 선언에 지나지 않아, 법률 위에 서지는 않는다.

"영장이 있으면 보여주겠지요. 잘은 모르겠지만."

"나더러 영장을 가져오라는 거야?"

"그런 말은 안 했는데요……."

입씨름이 되고 말았다. 하세가와 선배로서는 눈앞에 찾고 있는 데이터가 든 컴퓨터가 있는데 무조건 도와줄 수 없다고 거절당하니 어지간히 답답할 것이다. 하지만 말이죠, 하고 입을 열려는 순간 마쓰쿠라가 짜증스럽다는 듯이 말했다.

"뭐, 선배 말이 맞습니다. 아무리 선언이 있다고 해도 실제로 경찰이 와서 협력해달라고 하면 모든 도서관이 그럴 수 없다고 거절하지는 않겠지요. 사서야 어쨌든 도서관장은 대개 관청에서 파견 나와서 도서관에는 아무런 애착도 없는 사람이 많으니까요. 그 사람들이 다 '선언'에 의리를 지켜 경찰을 내칠 거라고 생각하는 게 더 우습죠. 이번만 특별히 봐드리는 겁니다, 부디 비밀로 해주십시오, 그러는 게 고작이겠지요.

애초에 호리카와가 말한 것처럼 영장을 가져오면 보여준다는 조건은 그 '선언'에도 적혀 있어요. 그런 건 금과옥조도 무엇도 아닙니다."

조금 놀랐다. 마쓰쿠라가 도서관 사정에 정통할 줄은 몰랐기 때문이다.

하세가와 선배의 표정이 확 밝아졌다.

"그럼……."

"하지만 그렇기에 더욱……."

마쓰쿠라가 퉁명스럽게 말했다.

"우리는 보여드릴 수가 없어요."

그는 작게 한숨을 쉬었다.

"아무리 훌륭한 규칙이라도 언젠가 어기게 됩니다. 그렇다면 지킬 수 있을 때는 지키고 싶지 않겠어요? 선배, 저희는 찾으시는 책을 찾도록 도와드리겠다고 했습니다. 정당한 방법으로 찾게 해주세요."

마쓰쿠라 시몬은 평소에는 삐딱한 녀석이다. 세상을 삐딱하게 보는 건 아니지만 어딘가 인간의 행동이 가질 수 있는 긍지를 믿지 않는 구석이 있다. 그런 마쓰쿠라에게는 어울리지 않는 듯하면서도 역시 어딘가 마쓰쿠라답다는 생각이 드는, 그런 말투였다. 하세가와 선배는 주눅든 것처럼 시선을 피하더니 이윽고 체념한 목소리로 중얼거렸다.

"정당한 방법으로 찾는다는 건 무슨 뜻이야?"

"그야 책의 형태나 색, 두께, 조금이라도 알고 있다면 제목의 일부, 그런 정보로 좁혀나가는 거죠."

"좁혀나가다니."

하세가와 선배는 할말을 잃고 도서실을 둘러보았다. 십여 개는 되는 책장은 몇십 년 전에 만들었는지도 모를 목제로 색은 세월의 흐름을 말해주는 다갈색에 천장에 닿을 정도로 높다. 오랜 세월에 걸쳐 자료를 구입했기 때문에 선반은 어느 분야나 한우충동汗牛充棟, 빈틈은 거의 없다. 장서 수는 현황 파악의 성과로 정확한 숫자를 아는데, 아직 반납되지 않은 책을 포함해서 22,507권이다.

"이 안에서?"

선배를 안심시키려고 나도 말을 이었다.

"어떻게든 될 거예요."

하세가와 선배는 표정에 쉽게 드러나는 타입인 듯했다. 죽을상을 보고 있자니 오히려 의욕이 솟았다.

3

책을 찾으려면 몇 가지 방법이 있다. 학자나 연구가가 자료를 찾을 때 쓰는 학술적인 방법은 모르지만 도서관 책을 찾는 일에는 이래 봬도 우리도 다소 경험이 있다. 하세가와 선배를 안심시킬 만큼 전문가는 아니지만 전혀 도움이 안 되는 것도 아니다.

"고다 선배는 그 책을 방과후 교실에서 읽었다고 하셨죠? 그리고 하세가와 선배가 복도에서 들어오자 책을 덮었다."

일단 다시 묻자 하세가와 선배는 그게 무슨 상관이냐고 말하고 싶은 듯 불만스러운 표정을 지었지만 그래도 고개를 끄덕거렸다.

"제목은 모르신다. 전혀 모르시나요? 한 글자라도 봤다면 커다란 힌트가 될 텐데."

"제목은……."

하세가와 선배가 중얼거리다가 한참 그대로 생각에 잠겼다.

"역시 잘 모르겠어."

"안 보였어요?"

"아니, 나는 시력이 좋은 편이라 보이는 상황이었다면 봤을 거야. 그때는 그리 주의를 기울이지 않았으니까…….”

“어렴풋한 느낌이라도 괜찮은데.”

가방을 든 채로 팔짱을 끼고 신음하던 선배는 이윽고 한숨 섞인 목소리로 말했다.

“생각났어. 그 책은 뒤집혀 있었어. 고다는 내가 교실에 들어가자 책을 덮고 표지를 아래쪽으로 뒀어. 그래서 나는 표지를 보지 못했어.”

옆에서 마쓰쿠라가 짧게 물었다.

“그때 뭔가 봤습니까?”

“책 말이지? 분명 바코드가 붙어 있었던 것 같아.”

바코드라.

“바코드는 하나뿐이었나요?”

하세가와 선배는 어리둥절한 기색으로 중얼거렸다.

“그야, 아마도…….”

선배의 시선은 내가 읽다가 카운터에 방치한 『자살론』에 꽂혔다. 이것은 도서실의 책으로 뒤표지에는 물론 바코드가 붙어 있다.

“아니, 하나가 아니었어. 그래, 확실히 생각났다. 바코드는 세 개였어.”

“세 개였나요.”

"그래."

일반적으로 일본에서 유통되는 책에는 두 개의 바코드가 붙어 있다. 하나는 가격을 나타내고, 또 하나는 ISBN 코드, 즉 도서 식별 번호를 나타낸다. 그런 책이 도서실에 들어올 때는 관리용 바코드가 뒤표지 하단에 붙으니 바코드 수는 도합 세 개가 된다. 그리고 도서실에는 일반적으로 유통되는 책만 있는 것은 아니다.

"바코드가 세 개였다면 졸업 앨범이나 학교 역사, 전화번호부 같은 건 제외할 수 있어요."

바로 이해하지 못했는지 하세가와 선배가 아무 말도 하지 않기에 설명을 덧붙였다.

"서점에서 팔지 않는 책에는 바코드가 없거든요."

"허, 그렇구나. 바코드 유무만으로 그런 걸 알 수 있다니."

하지만 마쓰쿠라가 어리석다는 듯이 손을 내저었다.

"그런 건 원래 대출 금지잖아. 교실로 가져갔으니까 대출 금지 도서가 아니야."

"뭐, 그렇긴 하지만."

"그것보다 먼저 제외할 수 있는 게 있잖아."

마쓰쿠라가 무슨 말을 하려는지는 안다.

"오래된 자료를 말하는 거라면, 지금 말하려고 했어."

판매용 바코드는 표지에 인쇄되어 있는 경우가 많은데, 예전에 이 도서실에서는 커버를 버리는 게 규칙이었다. 그런 책에는 대개 도서실 관리용으로 바코드가 하나만 붙어 있다.

"케이스에 든 책도."

"그런가. 그건 잊고 있었네."

케이스에 든 책의 경우, 바코드는 케이스에만 있는 경우도 많다. 도서실에서는 케이스는 버리기 때문에 이 경우도 바코드는 하나다. 이로써 상당한 양을 차지하는 전집 종류도 제외된다.

하세가와 선배가 신음했다.

"바코드 숫자만으로 거기까지 알 수 있나."

이제부터가 시작이다.

"아직 기본적인 걸 묻지 않았네요. 판형은 어땠어요? 사륙판이라거나 신서판이라거나 문고판이라거나."

"판형이라…… 그래…… 사륙판."

"하드커버였나요, 소프트커버였나요? 아니면 반양장이라거나."

"아…… 하드커버."

나는 마쓰쿠라에게 속삭였다.

"사륙판 하드커버라. 숫자가 많은데."

"뭐, 저 말이 맞는다면 그렇겠지."

우리가 찾는 책은 시판 도서, 사륙판 하드커버, 대출 금지 도서는 아닌 책이다. 도서실 책 중에서는 가장 일반적인 종류라고 할 수 있지만 그래도 수천 권은 제외할 수 있었던 게 어딘가.

하세가와 선배는 책 뒤표지밖에 보지 못했다. 거기에서 또 어떤 정보를 얻을 수 있을까?

"두께는요? 극단적으로 두껍거나 얇았다거나, 평범했다거나."

"아아, 평범했어."

"색은 어땠어요?"

"색이라니."

선배는 어째선지 할말을 잃더니 고개를 갸우뚱거렸다.

"색…… 색은…… 어땠지."

"뒤표지에 뭔가 그림이 있었다거나."

"그림? 그러네, 뭔가 그려져 있었던 것 같아."

무심코 몸을 내밀고 말았다. 표지 디자인을 안다면 대단히 큰 힌트다. 민무늬, 일러스트, 사진, 도형 등의 디자인, 레터링 등등 장정의 분위기를 알면 단숨에 몇 권으로 좁힐 수 있을지도 모른다.

"풍경 그림이라거나 만화풍 인물화라거나……."

"만화라……. 어땠더라."

"아니면 마크 같은 거나, 내용 소개나."

"그랬던 것 같기도 한데, 으음."

"분위기만이라도 기억 안 나세요? 단순했다거나 복잡했다거나. 사실 질감도 큰 단서지만 도서실에서는 필름을 씌우니까 별로 참고는 되지 않아요. 그 밖에……."

별안간 옆에서 마쓰쿠라가 나직하게 웃었다.

"꽤나 몰아붙이는데, 호리카와? 상당히 유능한 사서네."

그 말에 깃들어 있는 야유에 정신을 차렸다.

지금, 나는 상당히 밥맛없는 녀석이지 않았나? 전문적인 훈련을 받지도 않았는데 좁은 범위의 경험치를 내세우며 자기 지식을 과시하는, 치졸한 흉내를 내지 않았나? 아마추어라고 아무것도 하지 않는 것은 그저 소극적인 태도이거나 책임 방기지만 어중간한 지식으로 프로 흉내를 내는 것만큼 한심한 일도 없다. 아마 내 얼굴은 새빨개졌을 것이다. 화끈거리는 게 스스로도 느껴졌다.

"그러네."

한심한 꼴로 야유를 샀으니 기분이 좋을 리 없다. 하지만 흉한 모습을 일찌감치 지적해준 것에 대해서는 역시 한마디

해야 도리겠지.

"고마워."

마쓰쿠라는 살짝 시선을 돌렸다.

"뭐, 그만큼 적극적으로 돕고 있다는 뜻 아니겠어?"

하세가와 선배는 지금 우리가 나눈 대화의 의미를 모르겠는지 어떤 표정을 지어야 할지 모르겠다는 얼굴이다.

선배는 팔짱을 낀 채로 이윽고 다시 마음을 가다듬은 듯이 말했다.

"뒤표지는 희끄무레했어. 옅은 하늘색이나, 핑크색일지도 몰라. 작은 일러스트가 그려져 있었던 것 같은데, 어쩌면 마크였을지도 모르고 사진이었던 것 같기도 해."

"충분해요."

얼굴은 계속 화끈거렸지만 끄덕였다.

흰색이거나 흰색에 가까운 옅은 색에, 뒤표지에 포인트가 되는 그림이 들어 있다. 먼저 말한 조건과 맞춰보면 제법 좁힐 수 있겠다.

한 가지만 더 확인하고 싶다.

"돌아가신 고다 선배는 평소 어떤 책을 읽었나요? 그러니까 소설인지 그 밖의 책인지, 그런 분류 말인데."

"소설이야."

지금까지 들은 것 중에 가장 빠르고 확실한 대답이었다.

"그 녀석은 소설을 읽었어. 소설을 좋아했어. 항상 교과서에 나오는 옛날 작가 책만 읽었어. 그때 읽던 것도 소설이었을 거야."

우리 셋은 잠시 아무 말도 하지 않았다.

고다 선배는 소설을 좋아해서 자주 읽었다. 하지만 그는 스스로 죽음을 선택했다. 소설은 얼굴도 모르는 선배가 죽음을 선택하지 않을 이유가 되지 못했던 것이다. 이곳에는 이만 권의 책이 있다. 하지만 소용이 없었다. 찰나의 순간이었지만 나는 그게 너무나 안타까웠다.

아니면 소설을 읽었기 때문에 죽음을 선택했던 걸까?

마쓰쿠라가 혼잣말처럼 중얼거렸다.

"뭐, 무슨 일이든 일어날 수는 있어."

누구를, 혹은 무엇을 향한 말이었을까.

방과후 교실에서 소설을 읽는 3학년 선배를 머릿속에 그려 보았다. 그 책상 위에는 편지지와 샤프가 놓여 있고, 잠시 후 하세가와 선배가 다가온다.

그런데 그 상상이 갑자기 흔들렸다. 소설…… 소설이라고?

고다 선배는 교실에서 소설을 읽었다. 그런 일이 가능할까? 어떤 책을 읽든 상관없다. 하지만 소설은 이상하지 않나? 아니었을 것이다. 그날 고다 선배는 소설을 읽었을 리 없다. 그렇다면…….

마쓰쿠라가 묘하게 후련한 표정으로 일어섰다.

"호리카와가 꽤 좁혀주었지만 저도 궁금한 점이 있습니다. 죄송하지만 선배 교실로 안내해주시겠어요? 그러면 뭐, 대충 해결할 수 있을 겁니다."

하세가와 선배는 의아하다는 듯이 눈썹을 찌푸렸다.

"우리 교실로? 뭘 알 수 있는데? 책하고 상관있어?"

어느새 도서실에는 아무도 없었다. 자리 비움 표시를 카운터에 올려두고 나도 자리에서 일어섰다.

"현장은 중요하지, 확실히."

그러자 마쓰쿠라는 뜻밖이라는 듯이 눈을 크게 떴다가 이윽고 씩 웃었다.

"문제는 오른쪽이냐 왼쪽이냐."

"달리 말하면 북쪽이냐 남쪽이냐. 그게 세로인지 가로인지 결정해줄 거야."

"글쎄, 그건 어떨까."

하세가와 선배는 역시나 이해하지 못했는지 짜증스럽다는 듯 콧방귀를 뀌었다.

4

하세가와 선배를 따라 방과후 복도를 걸었다.

중학생 때 방과후 학교 건물은 시끄러운 장소였다. 취주악부가 연습하는 음악이 항상 울려 퍼졌고, 운동장에서는 야구부와 축구부, 육상부가 좁은 공간을 나눠 썼다. 레슬링을 하는 남학생이나, 분신사바를 하는 여학생도 있었다.

고등학교에서는 그런 활기가 사라졌다. 특히 3학년 교실이 이어지는 2층은 굉장히 조용하다. 마쓰쿠라는 뭔가 말하고 싶은 눈치였지만 이 정적 때문에 하세가와 선배의 귀에 들릴까 우려했는지 잠자코 걸었다.

마쓰쿠라가 무슨 말을 하고 싶은지 대충 짐작은 간다. 고다 선배가 읽었다는 책에 대해 둘이서만 의논하고 싶은 문제가 있는 것이다. 서로 생각하는 바가 일치하는지 답을 맞혀보고 싶다는 쪽이 정확할지 모른다.

"여기야."

선배가 걸음을 멈췄다.

교실 문은 다른 교실과 마찬가지로 미닫이문이었다. 3학년 교실이라고 2학년 교실과 구조가 다를 리는 없지만 확인은 해야 한다. 교실 앞쪽과 뒤쪽, 두 군데에 문이 있는 것도 똑같다. 마쓰쿠라가 말했다.

"문을 열어주세요."

2학년에게 지시를 받고 움직이는 게 싫은지, 아니면 아까 대든 마쓰쿠라가 개인적으로 싫어졌는지, 문을 여는 하세가와 선배는 어딘가 될 대로 되라는 식이었다.

저녁 햇살이 정면에서 눈을 찔렀다. 커튼을 걷어놓은 탓이 햇빛을 가려주는 게 없었다. 칠판은 바로 오른쪽에 있고, 분필로 미분방정식이 적혀 있었다. 이 문은 교실 앞쪽 문이라는 뜻이다. 마쓰쿠라와 나는 서로 눈짓을 주고받았다.

교실에는 네 사람이 남아서 노트를 펼치고 공부하고 있었다. 저마다 우리 모습을 흘깃 보더니 아무 관심도 없다는 듯 다시 시선을 떨어뜨렸다.

"그 녀석 자리는……."

하세가와 선배가 작은 목소리로 말했다.

"저기야. 앞에서 두 번째 줄 정가운데."

팔은 들지 않고 집게손가락만 살짝 뻗어 자리를 가리켰다. 고다라는 이름을 입에 담을 수도, 그 자리를 똑똑히 가리킬 수도 없었으리라. 죽은 3학년 선배의 자리는 다른 자리와 다를 바 없이 그저 거기에 있었다.

"아무것도 없네요."

마쓰쿠라가 혼잣말처럼 말하자 하세가와 선배는 빈정거리는 미소를 지었다.

"처음에는 꽃을 뒀어."

그러더니 책상을 가만히 쳐다보았다.

"하지만 너무 암울해서. 게다가…… 칠판을 보는 데 방해되거든. 입시도 코앞이니까."

"듣고 보니 그럴지도 모르겠네요."

고다 선배의 자리가 맨 뒷줄이었다면 지금도 꽃 정도는 놓여 있었을지 모른다. 사람이 죽어도 상황에 따라서는 꽃조차 받지 못하는 모양이다.

"여기서 뭘 알고 싶은 거야?"

하세가와 선배가 우리 쪽은 보지도 않고 물었다.

사실 내가 궁금했던 건 이 교실을 보자마자 거의 알아냈다. 그래도 여기까지 왔으니 끝까지 신중을 기하고 싶다.

"고다 선배를 만난 날, 교실에 들어갔더니 선배가 책에 편지지를 끼웠다고 했지요?"

"그래."

"그리고 표지를 아래쪽으로 해서 덮었다."

"그렇다니까."

"죄송하지만 그때 모습을 재현해주실 수 있을까요?"

하세가와 선배는 황당하기 짝이 없다는 표정이었다.

"그걸로 그 녀석이 무슨 책을 읽었는지 알 수 있어?"

옆에서 마쓰쿠라가 말했다.

"상당히 근접하게 알 수 있습니다."

선배는 이해하지 못한 듯했지만 "뭐, 바코드 하나로도 그만큼 알아냈으니까"라고 스스로를 타이르듯 중얼거렸다.

"그래서 난 누구 역할을 하면 되는데?"

"선배 본인 역할을 부탁드립니다. 고다 선배는……."

"내가 할게."

그렇게 말한 마쓰쿠라는 이미 교실에 들어가 있었다. 다만 아무래도 좀 그랬는지 뒤를 돌아보고 이렇게 물었다.

"옆자리라도 상관없지?"

내가 끄덕이자 하세가와 선배가 가리킨 자리에서 복도에 가까운 옆자리에 앉았다.

"책을 줘."

"아. 그러네, 가져올걸 그랬다."

말이 그렇지, 아무리 그래도 『자살론』을 들고 올 수는 없었다. 이미 여러 가지 부탁을 해서 이 이상 뭔가 부탁하기는 미안했지만 여기는 선배에게 부탁하는 수밖에 없다.

"저기, 현대 문법이나 고전 교과서를 갖고 계시나요?"

"너희한테 부탁한 게 잘못이었나."

선배는 그렇게 투덜거리며 교실 뒤쪽 자리로 가더니 책상 속에서 교과서를 꺼내서 가져왔다.

"여기."

주문대로 고전 교과서였다. 인사를 하고 받아들어 팔락팔락 넘겨보자 교과서 여기저기에 지렁이 기어가는 악필로 메모가 적혀 있다. 장난으로 적은 것도 있지만 대부분 수업의 핵심을 메모한 것이었다. 너무 들여다보면 실례일 것 같아 적당히 보고 마쓰쿠라에게 건넸다.

"완벽하군."

마쓰쿠라는 그렇게 말하면서 주머니에서 지갑을 꺼내 영수증 같은 것을 책상에 올려놓았다. 그것이 편지지 대용이리라.

문을 연 순간부터 재현해달라고 부탁했다.

우리가 의논하는 사이 교실에 남아 있던 네 사람은 우리를 조금도 신경쓰지 않고 완벽한 무관심을 관철했다. 고마운 한편으로 어딘가 오싹한 느낌도 들었다. 죽은 고다 선배와 관련된 뭔가를 하고 있다는 걸 그들은 알까? 알면서 무시하는 건지, 아니면 알지만 관심이 없는 건지.

고다 선배의 옆자리에서 마쓰쿠라는 고전 교과서를 펼쳤

다. 교실 앞쪽 문 옆에 선 하세가와 선배는 이 상황을 한심하게 여겨야 할지, 엄숙하게 행동해야 할지 갈피를 잡지 못한 것처럼 어중간한 표정이었다.

"부탁드립니다."

그렇게 신호하자 하세가와 선배는 그래도 성실하게 문을 여는 시늉을 한 다음 두세 걸음 마쓰쿠라 쪽으로 다가가 일단 멈춰 섰다. 마쓰쿠라는 고개를 들어 하세가와 선배와 시선을 맞추고 교과서를 덮었다.

"이쯤에서……."

선배는 조금 말을 흐렸다.

"말을 걸었어."

하세가와 선배는 그 편지지는 뭐냐고 물었다고 했다. 마쓰쿠라는 무표정하게 종잇조각을 손에 들고 반으로 접은 뒤 교과서에 끼웠다. 여기까지는 아까 도서실에서 들은 이야기와 똑같았다. 하세가와 선배와 마쓰쿠라의 거리는 약 이 미터 정도로 선배는 마쓰쿠라의 오른쪽 대각선 앞, 2시 방향쯤 되는 위치에 있다.

"그래서 그다음은?"

"아아, 어, 그러니까……."

선배는 곰곰이 생각하면서 교실 뒤쪽으로 갔다.

"내 책상으로 가서 가방을 가지고, 그대로 집으로 돌아갔어."

"그럼 그대로 부탁드립니다."

선배는 더이상 불평하지 않고 앉아 있는 마쓰쿠라 옆을 지나 자기 자리로 가서, 가방을 손에 드는 시늉을 하더니 그대로 교실 뒤쪽 문을 통해 복도로 나갔다.

마쓰쿠라도 자리에서 일어나, 우리는 다시 교실 앞쪽 문 근처에 모였다.

"이거, 잘 썼습니다."

고전 교과서를 돌려받은 하세가와 선배는 머쓱한 태도로 물었다.

"그래서 뭘 알아냈어?"

어떻게 대답할지 망설이는데 마쓰쿠라는 역시 눈치가 빨랐다.

"고다 선배가 읽던 책 말인데, 뒤는 어땠습니까?"

"뒤?"

"'하나이로모멘' 아니었습니까?"

"무슨 소리야?"

선배는 그렇게 대답한 다음 자신 없는 목소리로 덧붙였다.

"그랬을지도 모르지만……."

"여기서는 공부하는 선배들에게 방해가 될 것 같으니 도서실로 돌아가죠."

마쓰쿠라는 그렇게 말하더니 대답도 듣지 않고 걸음을 돌렸다.

5

죽은 3학년 선배가 죽기 며칠 전에 읽었던 책은 무엇이었을까? 답은 나왔다.

수업이 끝난 지도 벌써 한참 되어서 그런지 도서실에는 역시 아무도 없었다. 창밖은 군청색으로 물들었고 아무도 없는 도서실은 싸늘했다.

하세가와 선배가 대출 카운터에 가방을 툭 내던지고 가볍게 고개를 돌렸다.

"책을 찾는 건 굉장히 힘든 일이네. 이렇게 이것저것 할 줄은 몰랐어."

"어떤 사소한 정보라도 중요하니까요."

내가 모처럼 무난하게 설명했는데 마쓰쿠라가 옆에서 판을 망쳤다.

"평소에는 이런 짓 안 하지만요."

옆구리를 팔꿈치로 찍고 싶었다. 마쓰쿠라가 온화한 사람은 아닐지도 모르지만 굳이 싸움을 붙이며 기뻐하는 타입도 아닌데 오늘은 아무래도 도발적이다. 대출 이력을 보여달라고 한 게 그렇게 싫었나? 하세가와 선배는 마쓰쿠라를 노려보더니 그의 말은 무시하고 내게 물었다.

"그래서 뭐 좀 알아냈어?"

"예, 뭐."

대출 금지 도서가 아니고, 표지에 바코드가 인쇄된 시판 도서이면서, 케이스에 든 책은 아니고, 평범한 두께에, 색은 흰색 내지 그에 가까운 옅은 색, 사륙판 하드커버로 뒤표지에는 뭔가 포인트 그림이 들어가 있고, 소설인데 이 도서실에 있는 책은?

나는 말했다.

"없습니다."

"뭐라고?"

"선배가 말한 조건에 맞는 책은 유감스럽지만 이 도서실에는 없어요. 시립 도서관에도 없을 겁니다."

화를 낼 줄 알았던 하세가와 선배는 어리둥절한 기색으로 중얼거렸다.

"어째서?"

마쓰쿠라가 카운터에 팔을 얹고 머리카락을 쓸어 올리며 말했다.

"선배가 한 말이 거짓말이기 때문입니다. 선배는 그런 책을 보지 않았어요. 이 세상에 없는 책은, 당연히 여기에도 없지요."

선배가 얼굴을 확 붉혔다.

"나는, 거짓말은……."

나는 두 사람 사이에 슬그머니 끼어들었다.

"거짓말이라는 건 표현이 과하지만 선배가 말한 조건에 맞는 책이 굉장히 적은 건 사실이에요."

"그래?"

"예. 그러니까 어떻게 된 건가 하면……."

반납함에 들어 있던 책을 들고 마쓰쿠라가 가까운 책상으로 향했다.

"말로 하는 것보다 행동으로 보여주는 게 빨라. 이건 만듦새 자체는 평범한 소설책입니다."

마쓰쿠라가 들어올려 보여준 것은 P.G. 우드하우스의 『위대한 지브스』였다. 책등에는 라벨이, 뒤표지에는 관리용 바코드가 붙어 있다.

"하드커버는 아니지만 뭐 상관없겠지. 선배, 교실에서 재현한 것처럼 제 오른쪽 대각선 앞에 서주세요."

선배는 시키는 대로 느릿느릿 이동했다.

"책등의 분류표가 보여서 고다 선배가 읽던 게 도서실 책이라고 판단했다고 말씀하셨죠."

"그랬어."

"다시 말해 분류표는 선배 쪽에서 보였다는 말이군요."

마쓰쿠라는 하세가와 선배에게 책등이 보이도록 책을 두었다.

"그리고 표지는 보이지 않았다는 말씀도 하셨죠. 대신 바코드가 세 개 보였다고."

"그래."

이번에는 오른쪽에 선 하세가와 선배에게 책등 분류표가 보이도록 하면서 표지가 밑으로 가게 뒤집었다.

"그 말대로 하면 이렇게 됩니다."

하세가와 선배의 표정이 잔뜩 일그러졌다.

책은, 위아래가 거꾸로 놓여 있었다.

"교실에 들어갔을 때 고다 선배가 읽고 있던 책을 그대로 덮었다면 이렇게 부자연스러운 상태가 될 리 없어요."

반납함에는 마침 누군가가 자습에 쓴 듯한 영일사전도 있었다. 나는 그것을 들고 마쓰쿠라 옆으로 갔다.

"책등이 오른쪽에 오고 표지가 밑으로 간 상태에서 위아래가 거꾸로 놓이지 않는 책도 있습니다."

영일사전을 그런 상태로 두었다. 표지는 밑으로 가서 보이지 않지만 위아래는 바뀌지 않았다.

"왼쪽으로 넘기는 책…… 다시 말해 가로쓰기로 만들어진 책은 선배가 말한 조건에서도 자연스럽게 둘 수 있어요. 그래서 저는 처음부터 선배가 찾는 책이 가로쓰기 책일 거라고 생각했어요."

몇 권의 책이 후보로 머릿속을 스쳤지만 그것들은 전부 가로쓰기 책이었다. 그 이미지가 무너진 것은 고다 선배가 흔히 읽었던 책에 대해 들었을 때였다.

"하지만 고다 선배가 읽은 건 소설이었을 거라는 말을 듣고 그때까지 생각했던 게 전부 날아갔어요. 당연히 일본의 소설책은 기본적으로 세로쓰기니까요. 영어처럼 가로쓰기 문화권의 책은 물론 가로쓰기지만, 여기는 고등학교 도서실이니까 원서는 없어요."

마쓰쿠라가 이어받았다.

"물론 일본 소설 중에 가로쓰기가 없는 건 아닙니다. 휴대전화로 보는 소설이나 웹 소설을 책으로 펴낸 건 가로쓰기가 많고, 가로쓰기가 아니면 표현할 수 없는 취향을 담아낸 책도 있어요. 하지만 그래도 수는 많지 않죠."

"고다 선배가 가로쓰기로 된 소설이라는 드문 책을 읽고 있었거나, 혹은 전제가 잘못되었거나. 저는 후자일 거라고 생각했습니다."

그 말을 들은 마쓰쿠라가 웃었다.

"잘못이라고? 마치 단순한 실수처럼 말하네. 나는 적극적인 거짓말이라고 생각했는데."

나는 그렇게 생각하지 않았다.

"거짓말? 이유는?"

"말했잖아, 하나이로모멘이라고."

〈하나이로모멘花色木綿〉은 라쿠고 작품이다. 가난한 남자가 도둑맞은 것을 핑계로 집세를 미루려고 이것도 도둑맞았다, 저것도 도둑맞았다고 주장한다.

"이불 같은 건 있을 턱이 없는 남자가 이불을 도둑맞았다고 하니 집주인이 안감은 뭐냐고 물어. 고민 끝에 당신 이불은 어떤 거냐고 되묻는데 하나이로모멘, 즉 옅은 남색 무명천이라는 대답을 듣고 그럼 우리 이불도 하나이로모멘이라고 대답하지……. 그런 이야기였어. 호리카와, 뭐 생각나는 거 없어?"

그렇게 말해도 감이 오지 않는다.

"당사자는 오히려 잘 모를지도 모르겠군. 옆에서 듣다 보니 금방 알았어. 하세가와 선배도 뭔지 아는 것 아닙니까?"

선배는 무뚝뚝하게 입을 다문 채 한마디도 대답하지 않았다.

"도서실 책에 분류표가 붙어 있다는 건 알아도, 거기에 숫자가 적혀 있다는 건 모르는 사람이 사륙판이라는 용어는 알고 있어. 하드커버인지 소프트커버인지 멀리서 보고 판단하기는 쉬운 일이 아닌데 대번에 하드커버라고 대답했어. 어떻게?"

듣고 보니 알겠다.

"내가 말했으니까."

"그래. 네가 사륙판인지 아닌지 물었으니까 사륙판이라고 대답했고, 하드커버인지 소프트커버인지 물었으니까 하드커버라고 대답했어. 그리고 그 책에는 바코드가 세 개 있고, 뒤표지 색은 희끄무레하고 한복판에 포인트 그림이 있어…….
그때 카운터에는 뭐가 있었지?"

"이와나미 문고야. 그거였나."

뒤표지는 하얗고, 중앙에 무청인지 항아리인지 모를 마크가 있다. 도서실 책이니 바코드는 세 개다.

"즉 선배는 호리카와가 선택지를 말해주면 그중에서 대답하고, 그렇지 않으면 카운터에 방치된 책을 보면서 대답했어. 이런데 방과후에 봤다는 책이 정말로 존재한다면 그게 더 놀라워. 거짓말이야, 호리카와. 전부 거짓말이야."

도서실에 무거운 침묵이 차올랐다.

마쓰쿠라가 어깨를 움츠리더니 고개를 젓혔다.

"대단해. 유서는 죽은 사람의 마지막 의지지만, 그걸 날조하려 하다니 기가 막혀. 나도 그리 선량한 인간은 아니지만 그래도 반 친구의 유서를 멋대로 쓸 생각은 하지도 못할 거야."

"날조……."

망연히 중얼거리는 하세가와 선배의 붉은 얼굴이 순식간에 창백하게 변했다. 현기증이 났는지 선배는 휘청거리며 카운터에 기댔다.

"그 녀석 탓이라고 증오하는 상대 이름이라도 적어서 죽은 사람이 마지막으로 읽은 책에 숨겨두면 준비 끝, 이런 건가? 그런 다음 직접 책을 찾아내서 큰 발견을 했다고 발표하기만 하면 돼. 아이디어는 좋았지만 우리는 일단 도서위원이라. 우리 책을 이상한 일에 쓰면 불쾌해. 포기하고 가방 속에 든 유서는 고다 선배 신발장에나 넣어."

하세가와 선배가 계속 들고 있는 가방에 사나운 시선을 쏟았다. 마쓰쿠라는 그 안에 하세가와 선배가 날조한 유서가 들어 있다고 믿는 걸까?

"너……."

하세가와 선배는 창백한 얼굴로 그렇게 입을 떼려 했다.

하지만 내 말이 먼저 튀어나갔다.

"무슨 소릴 하는 거야! 아니야, 마쓰쿠라, 너 틀렸어!"

하세가와 선배의 이야기는 확실히 거짓말투성이다. 고다 선배와 하세가와 선배가 방과후에 이야기를 나눈 일은 아마도 없을 테고, 그때 고다 선배가 읽었다는 책 역시 실재하지 않는다. 그 점에서 나와 마쓰쿠라의 의견은 일치한다. 하지만 그다음이 다르다.

"그렇게나 거짓말을 해놓고……."

마쓰쿠라는 여유만만하게 미소마저 짓고 있다.

"유서만은 진짜로 있었다는 거야, 호리카와?"

"그래. 있었을 거야."

괜히 입씨름하기보다 실물을 보는 게 빠르다.

"선배, 유서 갖고 계시죠?"

하세가와 선배는 힘없이 끄덕이더니 가방을 열고 안에서 하얀 봉투를 꺼냈다.

"이 안에 들어 있어. 고다가 맡긴 거야."

마쓰쿠라는 지독히 싸늘한 눈빛으로 봉투를 보았다. 아무런 증거도 되지 않는다고 생각하는 거겠지. 분명 유서가 가방 속에 있었다고 해서 진짜인지 가짜인지 판단할 수는 없다.

"마쓰쿠라, 넌 선배가 이 유서를 고다 선배가 읽을 법한 책에 숨겨서 언젠가 직접 발견할 속셈이었다고 생각하는 거지?"

"그래, 맞아."

"나도 거기까지는 같은 생각이야. 본인을 앞에 두고 이런 말을 하기는 그렇지만 하세가와 선배는 책을 잘 몰라. 누가 봐도 고다 선배가 읽을 법한 책에 유서를 숨기고 싶은데, 그게 어떤 건지 몰라서 대출 이력을 보여달라고 하면 될 줄 알고 여기에 왔어. 하지만 예상과는 달리 우리가 거절했고 물러설 수 없게 된 거야."

그 결과, 거짓말을 거듭하게 되었다.

고개를 푹 숙이고 어쩔 줄 모르겠다는 듯 꾸물거리는 하세가와 선배에게 물었다.

"애초에 왜 책을 골랐어요?"

"……그게 가장 고다답다고 생각했으니까."

마쓰쿠라가 콧방귀를 뀌었다.

"그만두자, 호리카와. 이런 건 속 보이는 짓이야. 나는 유서가 날조라고 생각하고, 넌 아니라고 해. 선배가 무슨 말을 해도 믿을 이유가 없다면 나는 그것도 거짓말이라고 생각할 뿐이야."

"확실히 그래."

나는 고개를 끄덕이고 선배가 손에 든 봉투를 보았다. 우편번호 칸도 없고, 주소도 그 무엇도 없는, 정말 그냥 하얗기만 한 봉투다.

"내용을 보여주실 수 있을까요?"

하지만 선배는 그 말에는 확실히 대답했다.

"안 돼."

"보면 밝혀져요. 선배도 마쓰쿠라한테 저런 말까지 들으면 분하잖아요."

"당연하지. 하지만 이건 고다가 맡긴 거니 내 억울함을 해소하려고 보여줄 수는 없어."

일리 있는 말이다. 하세가와 선배가 싫다면 강요할 수는 없다. 보여줄 마음이 없는 게 아니라 보여줄 수 없는 게 아니냐고 마쓰쿠라가 야유할 줄 알았는데, 그런 말은 들려오지 않았다. 마쓰쿠라를 돌아보니 영 떫은 표정이다. 똑똑한 녀석이니 자기 실수를 깨달은 것이리라.

"선배는 아까 고다 선배가 방과후 교실에서 편지지에 뭔가를 쓰고 있었던 것처럼 보였다고 했어. 그게 단순히 거짓 설정에 지나지 않는다 해도, 그걸로 유서는 육필이라는 걸 알 수 있어."

"그래, 네 말이 맞아. 나는 무의식적으로 컴퓨터나 기계로 쓴 걸 상상했어. 필적은 생각하지 않았어."

마쓰쿠라는 책상에 손을 얹고 거듭 몰아세웠다.

"하지만 3학년 선배가 죽은 건 일주일 전이야. 유서가 진짜라면 어째서 선배는 일주일이나 그걸 숨겨두고, 게다가 그걸 책에 끼워두는 에두른 방법으로 공개하려 한 거지? 일주일 동안 필적을 따라 하려고 연습했다고 생각하지는 않아?"

"그렇게 생각 안 해. 하세가와 선배는, 죄송합니다, 글씨를 조금 못 써. 아까 고전 교과서를 빌렸을 때 봤잖아. 한편으로 죽은 고다 선배는 문화제 안내문 제목을 쓸 정도로 글씨가 훌륭했어. 일주일로는 못 따라잡아."

나는 상상했다. 반 친구가 죽은 뒤에 일주일 동안 유서를 공개하지 못하고, 지금 도서실 책에서 발견한 것처럼 위장하고 싶은 이유는…….

명백하다.

"마쓰쿠라. 내가 갑자기 이것 좀 맡아달라고 유서를 건네면 넌 어쩔래?"

"그건……."

"내가 죽은 뒤에 실은 이런 게 있었다고 유서를 내밀 수 있어?"

마쓰쿠라는 입을 다물고 입술을 깨물었다.

"반대 입장이었다면 나는 말릴 거야. 어떻게든 결심을 바꿔보려고 최대한 노력하겠지. 그래도 친구가 죽었다면……."

그 순간 절규가 도서실에 울려 퍼졌다.

"그만해!"

하세가와 선배였다. 얼굴을 가리고 또다시 외쳤다.

"그만해, 이제 됐잖아, 나는 책을 찾아달라고 했을 뿐이야! 그걸…… 뭐야, 너희들!"

마쓰쿠라는 눈치챘을까? 하세가와 선배와 고다 선배는 그냥 반 친구가 아니다. 친한 친구였다. 그렇기에 하세가와 선배는 고다 선배의 독서 취향을 물었을 때만큼은 바로 대답할 수 있었다.

친구가 유서를 맡겼는데 자살을 말리지 못했다면 그 충격은 얼마나 클까. 죄책감을 극복하고 다음으로 해야 할 일을 생각할 수 있게 될 때까지 얼마나 걸릴까? 그리고 극복한 다음 유서를 어쩌려고 할까?

알았는데도 막을 수 없었다는 사실을 누구에게도 들키지

않도록, 어디선가 우연히 발견된 것처럼 꾸미고 싶지 않을까?

그것을 위한 일주일, 그것을 위한 책이 아니었을까?

하지만 그것을 하세가와 선배의 눈앞에서 말해서는 안 되었다. 선배는 가방을 쥐고, 우리에게는 눈길 한번 주지 않고 도서실을 뛰쳐나갔다.

둘만 남은 도서실에서 마쓰쿠라가 중얼거렸다.

"그러네. 네가 옳아, 호리카와."

작게 한숨 소리가 들렸다.

"아무래도 나는 사람을 믿는 게 서툴러. 진심으로 하는 말이라도 꿍꿍이가 뭔지 의심하고 말아. 그런 점에서 너는 대단해. 선배 이야기를 제대로 들었구나. 존경스러워……. 이건 순수하게 받아들여줘."

마쓰쿠라는 하세가와 선배가 그대로 열어두고 간 문 너머를 뚫어지게 바라보았다.

"하지만…… 지금 행동은 조금, 잘못했어."

불현듯 추위가 파고들었다. 깊은 가을, 창밖은 이미 밤이었다.

옛날이야기를 해줘

1

교직원용 출입구 옆에 작은 창구가 있는 방이 있다. 거기가 학교 사무실이라는 사실은 알고 있었지만 지금까지 얽힐 일은 없었다. 겨울이 가까운 어느 날, 점심 도시락을 먹는데 음료수를 마시고 싶어 매점에서 종이팩에 든 녹차를 사서 돌아오는 길에, 마쓰쿠라 시몬이 그 사무실에서 나오는 모습을 보았다.

"야" 하고 아는 척만 하고 지나가려 했는데 평소 웃기는 해도 멋쩍은 웃음은 지어본 적이 없는 마쓰쿠라가 실로 멋쩍은 미소라고밖에 할 수 없는 표정을 지어, 조금 뜻밖이라 걸음을 멈추고 말았다. 마쓰쿠라는 이목구비가 뚜렷한 얼굴에 평소와 같은 짓궂은 미소를 띠고, 방금 나온 학교 사무실을 돌아보더니 어깨를 움츠렸다.

"점심시간에 오라고 해서 시키는 대로 왔더니 점심을 먹고 있더라. 귀찮다는 듯이 그래, 뭔데? 이러는 거야. 부당해."

"너무하네."

그렇게 대꾸는 했지만 상황이 파악되지 않았다.

"누가 불렀는데?"

마쓰쿠라는 학교 사무실을 힐끗 돌아보았다.

"그야 사무원이지. 이름까지는 몰라."

"그래?"

잠시 말도 행동도 멈췄다. 그것으로 마쓰쿠라의 심경은 충분히 알 수 있었다.

나는 그냥 2학년이고 일개 도서위원에 지나지 않는 마쓰쿠라가 어째서 점심시간에 학교 사무실에 불려갔는지 궁금했다. 그리고 마쓰쿠라는 내가 그것을 궁금해하는 줄 알면서 일부러 대답하지 않았다. 즉 대답하기 싫은 것이다. 나도 꼭 알고 싶은 건 아니다. 손에 든 종이팩을 살짝 들어올렸다.

"나는 차를 사 오는 길이야. 그럼."

그렇게 말을 끝내고 가려고 했더니 쓴웃음 어린 목소리로 불러 세웠다.

"아니, 이야기가 길어질 것 같아서 그런 거지, 일부러 얼버무린 건 아니야. 학비를 냈어."

"학비?"

"자동 인출로 해놨는데 우연히 지출이 겹쳐서 잔액이 부족해 출금이 안 됐나 봐. 그래서 직접 가져오라고 하더라고."

"아아."

"뭐야, 말하고 보니 짧네."

창구 저편에서 세일러복이 움직이는 모습이 보였다. 학비를 내러 온 사람은 마쓰쿠라 한 명이 아니었던 모양이다. 우리는 공립학교라 학비는 싼 편인데, 아무래도 마쓰쿠라가 그랬던 것처럼 타이밍이 나쁘면 일시적으로 계좌 잔액이 부족한 경우도 있으리라. 문득 호기심이 일어 창구 안쪽을 들여다보니 낯익은 옆모습이 보였다. 은퇴한 3학년 도서위원, 우라가미 선배다.

우라가미 선배는 학교 도서실을 도서위원회의 놀이터로 삼아 다른 학생들이 경원하는 장소로 바꿔버린 장본인 중 한 사람이다. 그리고 올여름 초, 마쓰쿠라와 내게 어떤 문제를 가져온 인물이기도 하다. 우리는 우라가미 선배의 부탁을 받고 수수께끼 같은 말의 진의를 풀어내…… 선배의 속셈을 박살냈다. 어쩌면 선배가 체포될지도 모른다고 생각했는데 이렇게 학교에 있는 모습을 보니 그런 일은 없었던 모양이다.

어쨌거나 얼굴을 맞대기는 조금 거북한 상대다. 마쓰쿠라를 쳐다보니 작게 끄덕였다.

"가자."

2학년 교실은 3층에 있다. 계단을 올라가며 물어보았다.

"선배가 무슨 말이라도 했어?"

"뭐야, 호리카와."

짓궂은 목소리가 돌아왔다.

"아직 우라가미 선배한테 관심이 있어? 그만둬, 나쁜 여자야."

"그런 얘기가 아니잖아."

확실히 우라가미 선배는 미인이고, 전에는 더 이야기해보고 싶은 생각도 없지는 않았다. 하지만 그날, 선배네 가족이 꾸몄던 일을 알았을 때 그런 관심은 사라졌다.

"원망하고 있을 테니 싫은 소리라도 듣지 않았을까 싶어서 물어본 것뿐이야."

"그런 거라면, 아무 말도 하지 않더라."

1학년 학생이 시끄럽게 슬리퍼 소리를 내면서 계단을 내려왔다. 층계참 게시판에 붙은 교통안전 포스터 속에서 이름도 모르는 배우가 미소 짓고 있다. 나는 우라가미 선배의 옆얼굴을 떠올렸다.

"선배가 그런 짓은 한 건……."

"호리카와."

마쓰쿠라가 내 말을 막았다.

"그건 억측이야."

"아직 아무 말도 하지 않았어."

"그럼 네가 지금 하려던 말은 억측이라고 미리 예언할게."

"너 예언자였어?"

"장래의 꿈이야. 초등학교 졸업 문집에도 썼어."

나는 이렇게 말하려고 했다. 선배가 그런 짓을 한 건 학비 때문이었을까? 하지만 그것은 확실히 억측에 지나지 않는다.

우리는 메마른 웃음을 주고받으며 계단 위에서 각자 교실로 돌아갔다. 음료수를 사 오는 데 시간을 많이 빼앗겨 점심 시간은 겨우 십오 분밖에 남지 않았다. 뭐, 도시락을 먹어치우기에는 충분한 시간이리라.

2

한 시간이 지났다.

방과후 도서실에서 나는 도서위원이 해야 할 잡무에 애쓰고 있었다. 반납된 책을 책장에 돌려놓고, 독촉장을 쓰고, 낡은 책을 보수하고, 얼마 되지 않는 이용자에게 웃는 얼굴로 대출 수속을 해주고 있었다. 그동안 마쓰쿠라는 옆 의자에 떡하니 앉아 다리까지 꼬고 태평하게 신문을 읽고 있었다.

아니, 어쩌면 읽는 시늉만 하고 있는 건지도 모른다. 어쨌거나 내가 파악한 범위에서 마쓰쿠라는 3면을 펼친 채로, 한 번도 페이지를 넘기지 않았으니까. 마쓰쿠라답지 않게, 아무 생각도 없는 것처럼 멍한 표정으로 같은 페이지를 질리지도 않고 계속 바라보고 있었다.

늦가을의 짧은 해가 기울어 도서실 창문으로 보이는 하늘이 어두워지자 실내에는 우리 두 사람만 남았다. 마쓰쿠라는 그제야 신문을 접더니 눈치도 없이 이런 소리를 했다.

"한가하네."

위원으로서 할 일을 내팽개쳤으니 한가했겠지. 한소리해주고 싶지만 기가 막혀서 말이 나오지 않았다. 내 짧은 침묵을 무시하고 마쓰쿠라는 크게 기지개를 켜더니 영문 모를 소리를 했다.

"옛날이야기나 하자."

"뭐라고?"

"옛날이야기. 뭐든 상관없어."

무심코 마쓰쿠라의 얼굴을 뚫어져라 쳐다보고 말았다. 당연하지만 고등학교 2학년 마쓰쿠라 시몬이 옛날이야기를 제안한 것은 처음이다. 아니, 평생 옛날이야기를 하자는 말 자체를 들어본 적이 없다. 대체 무슨 속셈인가 표정을 살폈지만 지극히 태연한 얼굴로, 평소와 다름없이 조금 지루해하는 기색마저 감도는 것을 보니 한가할 때 옛날이야기를 하자는 건 마쓰쿠라에게는 당연한 일일까? 설마 싶긴 하지만 무조건 부정할 수는 없다. 어쨌거나 나는 올봄에 마쓰쿠라를 처음 만났고 다소 독특한 경험을 함께한 건 사실이지만 그렇다고 마쓰쿠라의 무엇을 알았다는 느낌은 들지 않았다. 어쩌면 마쓰쿠라는 저래 보여도 야나기타 구니오나 그림 형제에 맞먹는 민담 수집가일지도 모른다.

일단 이의를 제기해보았다.

"뜬금없네."

마쓰쿠라는 의자 등받이에 몸을 깊이 묻었다.

"테마가 필요해?"

"그런 문제가 아니야."

"이야기의 기본은 복수와 보물찾기라더라."

"내 말을 들어."

"복수는 피비린내 나지. 보물찾기로 서로 하나씩 말해보는 건 어때?"

아무래도 마쓰쿠라는 진심으로 내게 옛날이야기를 시키려는 모양이다. 무슨 속셈인지, 아니면 아무 속셈도 없는 건지 전혀 감이 오지 않지만 마쓰쿠라 시몬이 간곡히 희망한다면 매정하게 물리칠 수도 없다. 테마는 보물찾기, 뭔가 이야기할 만한 게 있었나?

"그래서 누구부터 해?"

그렇게 묻자 마쓰쿠라가 씨익 웃었다.

"얘기해줄 거야? 놀랐는데."

"농담이었어? 그럼 영 재미없는데."

"아니, 고마울 따름이야. 순서는 동전으로 정할까?"

"동전? 폼 내는 거야?"

"가위바위보가 나아?"

"뭐, 아무거나 상관없어. 나는 뒷면에 걸게."

마쓰쿠라는 어깨를 움츠리더니 교복 주머니에서 10엔짜리 동전을 꺼내 손가락으로 튕겼다. 회전하면서 휙 날아오른 동전을 허공에서 붙잡아 천천히 손바닥을 펼치자, 뵤도인의 봉황당이 나타났다.

"앞면이야."

"이쪽이 앞면이라니 정말 이해가 안 가."

"불평은 조폐국에 해. 나는 나중에 공격하지. 먼저 해."

이거 낭패다. 팔짱을 끼고 뭘 어떻게 이야기할까 끙끙대는데 마쓰쿠라가 약간 안쓰럽다는 표정을 지었다.

"모모타로 이야기도 상관없어."

모모타로가 보물찾기 이야기라면 복숭아에서 태어난 주인공이 오니가시마에 쳐들어간 것은 사람들을 괴롭히는 도깨비를 퇴치하기 위한 게 아니라 처음부터 보물을 노렸다는 뜻이니 음침하기 짝이 없는 이야기가 된다.

"『보물섬』도 괜찮고."

"스티븐슨 말이야? 안 읽었는데……."

"어이, 도서위원!"

"왜 불러, 도서위원, 넌 읽었어?"

"『신보물섬』은 읽었어."

데즈카 오사무잖아. 아니면 란포인가? 막무가내다.

그나저나.

가을 끝자락의 방과후에 특이한 학우에게 이야기하는데 '옛날 옛적에'로 시작하는 것도 약간 운치가 없다. 지금까지 남에게 이야기한 적은 거의 없지만 이런 추억담은 어떨까? 너무 연극적으로 들리지 않아야 할 텐데. 그런 생각을 하며 나는 천천히 이야기를 시작했다.

"초등학교 2학년 때였나, 여름에 친척 셋이랑 시민 수영장에 갔어. 아는지 모르지만 보통 수영장 말고 경기용 풀하고 아동용으로 얕은 풀이 있는데, 우리는 얕은 쪽에 들어갔어."

전래 동화가 아닌 게 어지간히 의외였는지 마쓰쿠라는 순간 눈을 크게 뜨고 얼빠진 표정을 지었다. 하지만 바로 작게 끄덕이더니 그다음은 놀리거나 끼어들지 않고 잠자코 귀를 기울였다.

"규칙상 아이들끼리는 들어갈 수 없어서 인솔로 어른도 한 명 있었어. 우리 아버지는 바빠서 기본적으로 집에 없었지만 그때는 무슨 운명의 장난인지 아버지가 인솔해줬어. 인상은 나쁘지만 아이들 상대라 그런지 꽤 싱글벙글했던 기억이 나."

"인상이 나빠?"

그렇게 중얼거리더니 마쓰쿠라가 나를 힐끗 보았다.

"아버지는 안 닮았나 보네."

내가 생각하기에도 나는 굳이 따지자면 동안이다. 어머니를 닮았다는 말은 자주 듣는다.

"친척은 다 남자들이고 비슷한 또래, 나를 포함해서 네 명이었어. 그래, 키다리, 확성기, 안경, 그렇게 세 명이었다고 생각하면 돼. 어쨌거나 이름은 별로 상관없어. 키다리하고 확성기는 한 살 어렸고, 안경은 동갑이었지만 소극적이고 말수가 적어서 어쩌다 보니 내가 리더 같은 입장이 되었어. 그래서 한동안 물을 끼얹기도 하고 어설프게 헤엄도 치면서 그런대로 즐겁게 놀았는데, 지금 생각해보면 아이들이 자유롭게 노는 게 아버지에게는 부담스러웠을 거야. 아이들을 맡았는데 풀에서 여기저기 돌아다니면 눈이 닿지 않으니까. 그래서 그랬겠지, 아버지는 우리를 모으더니 게임을 제안했어. 방수처리된 지갑에서 100엔짜리 동전을 세 개 꺼내더니, 그걸 풀에 던질 테니 다 함께 찾아보라고 했어. 찾으면 가져오라고 말이야."

뜻밖에도 마쓰쿠라가 살짝 실눈을 떴다.

"그립네. 나도 했어, 구슬 같은 걸로."

"구슬이었다면 아무 일 없이 즐거운 여름의 추억으로 끝났겠지."

100엔짜리 동전을 사용한 건 다른 도구가 없어서 그랬겠지만 결과적으로 그것은 아버지의 실수였을지도 모른다.

"아버지가 100엔짜리 동전을 던지는 동안 우리는 등을 돌리고 있었어. 확성기는 조금 교활한 면이 있어서 뒤를 힐끔힐끔 보려고 했지만 나머지 셋이서 넌지시 견제했지. 나는 안경이 귀를 쫑긋 세우고 있는 걸 알았어. 아버지가 동전을 던질 때 나는 물소리로 위치를 짐작하려 했겠지. 나도 같은 생각을 하긴 했지만 금방 소용없는 일이라는 걸 느꼈어. 아버지는 우리가 행동을 예측하지 못하게 일부러 물소리를 내면서 여기저기 돌아다녔거든."

"좋은 아버지네."

"그래? 뭐, 어쨌거나 아버지가 이제 됐다고 해서 우리는 환성을 지르며 보물찾기를 시작했어. 아버지가 동전을 배수구 근처에 던졌을 리 없다고 생각한 나는 눈에 보이는 범위의 배수구에서 가급적 떨어진 자리를 찾아서 이삼 분 만에 찾아냈어. 그리고 얼마 후 확성기가 엄청 큰 목소리로 찾았다고 소리쳤어."

마쓰쿠라가 감탄스럽다는 듯이 끄덕였다.

"그래서 확성기야? 뭔가 했네."

"복선이라는 거야. 자, 그런데 나머지 하나를 좀처럼 찾을 수 없었어. 애가 탄 우리는 아동용 풀을 넷으로 나눠 각자 찾아봤지만 역시 찾을 수 없었지. 마지막에는 아버지도 함께 이 부근일 텐데 하면서 찾았지만 그래도 찾지 못했어."

마쓰쿠라의 얼굴에 문득 짓궂은 미소가 떠올랐다. 이야기의 결말을 예측했겠지만 아무 말도 하지는 않았다.

"그래서 이건 못 찾겠다는 결론을 내리고 우리는 수영장 가장자리에 모였어. 주머니에 돈을 가져본 적이 거의 없었던 그 시절의 내게 100엔은 큰돈이었어. 이거 큰일이라고 겁을 먹었지. 아버지는 팔짱을 끼고 심각한 얼굴로 우리를 뚫어져라 보더니 '만약 보물을 전부 찾아내면 너희에게 아이스크림을 사주려 했는데'라고 했어. 우리는 조금 술렁거렸지. 아이스크림을 위해 다시 한번, 수영장 물을 빼내더라도 반드시 찾고 말겠다는 마음으로 옥신각신했어. ……아니, 이건 정확한 표현이 아니네."

"한 명, 소극적인 녀석이 있었겠지?"

나는 웃었다.

"뭐, 딱 보이지? 다만 한 명이 아니라 두 명이었어. 나는 그중 누군가가 100엔짜리 동전을 찾았지만 그걸 아버지에게 돌려주고 싶지 않아서 숨겼다고 생각했어. 셋 다 짧은 수영복 바지만 걸치고 손에는 아무것도 쥐고 있지 않았어. 그래도 누군가가 보물을 숨기고 있어……. 어때, 마쓰쿠라는 그게 누군지 알 것 같은데?"

그 말을 들은 마쓰쿠라는 어깨를 움츠렸다.

"확성기라는 별명처럼 복선은 확실하게 깔아놨다는 건가?"

그러더니 딱히 거들먹거리지 않고 말했다.

"안경이겠지. 소극적이고 말수가 적다고 했지? 아이스크림이라는 포상을 눈앞에서 흔들어도 아무 말도 안 했던 것 아니야? 못 했겠지. 100엔짜리 동전은, 입안에 있었을 테니."

나는 두어 번 손뼉을 쳤다.

"훌륭해."

"네 이야기가 공정했으니까."

그리 공정하려고 애쓴 건 아니었지만 좋게 평가해주다니 영광이다. 안경이라고 별명을 붙인 친척은 보물찾기로 동전을 찾았지만 그것을 우리 아버지에게 돌려주는 게 아까워 자기가 차지하려고 입안에 감추었다. 안경네 집은 비교적 유복했지만 집의 재정 상태와 초등학교 2학년이 자유롭게 쓸 수 있는 돈의 소지 여부는 별개의 문제였으리라.

"그 안경은……."

문득 마쓰쿠라가 물었다.

"스스로 동전을 내놨어?"

누가 마쓰쿠라 아니랄까 봐 얄궂은 질문을 한다.

"아니. 내가 입안에 있지 않느냐고 지적해서 내놓게 했어."

"그랬군."

잠시 침묵이 깔렸다.

"모처럼 아버지가 배려하셨는데 망쳐버렸네."

"그랬지."

수영장에서 돌아온 뒤에 아버지는 내게 이렇게 말했다. 동전을 감춘 아이를 찾아낸 건 잘했다. 상황을 잘 관찰하고 직접 생각한 결과다. 훌륭하구나. 지로는 똑똑하구나, 아버지는 기쁘다.

하지만 그건 좋지 않았어. 다른 친척 아이들도 있는 자리에서 돈을 숨긴 건 너라고 단정하는 건 좋지 않아. 지로, 사람에게는 마음이라는 게 있단다. 달리 방법이 없다면 어쩔 수 없지만, 그럴 필요도 없는데 남들 앞에서 망신을 주는 말을 하면 가엾잖니. 이제는 너하고 함께 놀아주지 않을 거야.

초등학생이었던 나는 아버지의 말을 제대로 이해하지 못했다. 나쁜 건 동전을 감춘 안경이고 나는 그것을 밝혀낸 정의의 영웅이었을 텐데, 어째서 내가 혼나야 하는지 도저히 이해가 가지 않아서 한동안 토라져 있었던 기억이 있다.

생각해보면 그때 아버지는 100엔짜리 동전을 전부 찾아내면 아이스크림을 사준다고 함으로써 안경에게 자백의 기회를 주었던 것이다. 다시 한번 수영장을 살피게 되면 안경은 동전을 도로 뱉어서 금방 찾아냈다는 표정으로 높이 치켜들었을 것이다. 우리는 기분 좋게 아이스크림을 먹었을 테고 여름의 하루는 즐거운 추억으로 끝났을 것이다. 아버지는 나중에 안경을 조용히 혼냈으리라.

그날 아버지는 내게 옳다는 게 무엇인지 가르쳐주었다. 어린 나는 그것을 이해하지 못했고, 아마 지금도 충분히 이해하지는 못하고 있다.

마쓰쿠라가 옛날이야기를 들려달라고 해서 이 수영장 이야기를 떠올렸을 때, 나는 그저 여름날의 추억을 이야기할 생각이었다. 그런데 마쓰쿠라는 아버지의 작전도, 내가 아버지의 작전을 망쳐버린 것도 눈치채버렸다. 하고 싶은 말만 하기란 어려운 일이다. 말하고 싶지 않은 내용까지 전달되고 만다. 하고 싶은 말은 대개 왜곡되고 마는데.

나는 쓴웃음을 짓고 손뼉을 탁 쳤다.

"그렇게 오래오래 행복하게 살았답니다. 내 옛날이야기는 이걸로 끝이야."

이제 네 차례라는 뜻을 담아 말했다.

마쓰쿠라는 물론 그런 숨은 뜻을 알아차렸다. 자기가 말을 꺼내놓고 조금 귀찮다는 표정을 짓더니 한참 천장을 노려보았다.

마쓰쿠라는 작게 한숨을 쉬더니 뭔가 결심한 것처럼 이렇게 입을 열었다.

"옛날 옛적에."

"구체적으로는 육 년 전, 어느 곳에 자영업자가 살았습니다."

의외로 최근 이야기였다.

"장사는 잘되었던 모양이지만 기약 없는 일이라 장래가 불안했는지 자영업자는 수입에서 조금씩 떼서 현금 풀을 마련했답니다. 우연이네, 나도 풀pool 얘기야."

"그러네."

"어느 날, 자영업자의 이웃이 집을 비운 사이 도둑을 맞았습니다. 피해는 몇백 엔 정도였지만 어쨌거나 주변에 흉흉한 이야기로 소문이 났고, 자택에 현금을 가지고 있던 자영업자는 왠지 불길한 생각이 들었습니다. 빈집털이는 서너 건 이어졌고, 자영업자가 불안해졌을 때 경찰이 집에 찾아와 자영업자에게 수상한 사람을 보지 못했냐고 물으며 겸사겸사 만약 거액의 현금을 가지고 있다면 어디 안전한 곳에 옮기는 게 낫다고 말했습니다. 자영업자는 확실히 일리 있는 말이라고 생각해 집에 있던 현금을 모아 어디로 옮겨두었습니다."

마쓰쿠라의 목소리는 탁하고 무거웠다. 흔한 일은 아니지만 으름장을 놓듯 굵은 목소리로 말할 때는 같은 고등학교 2학년인가 싶을 정도로 박력이 있다. 그 목소리로 이야기하는 높임말은 이상하게 듣기 좋았다.

"며칠 후, 자영업자의 이웃집을 털었던 도둑이 잡혔습니다. 정체를 안 자영업자는 깜짝 놀랐습니다. 그는 바로 그 경찰관이었던 것입니다. 원래 보물을 숨겨둔 장소는 의심에 사로잡혀 다른 곳에 숨기려 할 때 들키는 법입니다. 도둑은 자영업자가 소액을 모으고 있다는 사실을 어디서 주워듣고, 좀도둑질로 불안을 부채질해 경찰관으로 위장하고 동요하게 만들어서 자영업자가 돈을 옮기도록 만들었던 것이었지요."

"꽤 똑똑한 도둑이잖아?"

"안 붙잡혔다면 말이지."

마쓰쿠라는 평소 목소리로 돌아와 희미하게 웃었다.

"자영업자는 감시당하고 있었던 거야. 도둑은 잔꾀는 잘 부렸지만 시시한 일로 붙잡혔어. 책사가 제 꾀에 빠졌다고 하면 듣기엔 좋지만 그저 마무리가 어설픈 얼빠진 녀석이야."

"시시한 일?"

"글쎄……. 계속해도 돼?"

손짓으로 뒷이야기를 재촉하자 마쓰쿠라는 연극적으로 고개를 숙이더니 헛기침까지 덧붙였다.

"자, 도둑은 붙잡혔지만 문제는 돈입니다. 도둑에게 속았다는 것을 안 자영업자는 돈을 도로 찾아오려 했지만 운명이란 참으로 기구해서, 돈을 되찾아오기 전에 자영업자는 어느 날 갑자기…… 뭐라고 해야 할까…… 뭐, 그거야, 별님이 되고 말았습니다."

뭐라고 해야 할지 모르겠다.

마쓰쿠라의 가족에 대해서는 기껏해야 시몬이라는 특이한 이름을 지어준 게 아버지라는 말을 들었을 뿐, 그 밖에는 거의 아무것도 모른다. 물론 그게 부자연스럽다는 건 아니다. 특별히 의도해서 피한 건 아니지만 초등학교에 입학하고 나서 고등학교 2학년이 된 지금까지 학교에서 가족 이야기를 자세히 한 적은 거의 없다. 가족 이야기는 학교라는 작은 공간에 어울리는 화제가 아니다.

내가 아까 이야기에 아버지를 등장시킨 것도 아버지에 대해 이야기하고 싶어서 그런 게 아니라 단순히 찾지 못한 100엔짜리 동전이라는 옛날이야기를 할 때 꼭 필요했기 때문이다. 하지만 마쓰쿠라는 삼인칭이라는 형태를 취하기는 했지만 누가 봐도 가족 이야기다. 별안간 털어놓은 가족 사정에 나는 도저히 할말을 찾지 못했다.

"그런 표정 짓지 마."

마쓰쿠라는 태연한 얼굴로 웃었다.

"아버지 이야기는 오래전에 끝난 일이야. 근데 옛날이야기는 아직 끝나지 않았어."

천장을 올려다보더니 어딘가 체념한 말투로 이야기를 이어 나갔다.

"……남은 아들은 아버지가 숨긴 돈을 찾고 싶었습니다. 그대로 두면 누군가가 우연히 찾지 말라는 보장이 없었기 때문입니다. 그로부터 육 년, 온갖 장소를 찾아보고, 짜낼 수 있는 모든 지혜를 짜냈습니다. 그 탓인지 남들 꿍꿍이속에는 눈치가 빨라졌습니다. 최근 들어 한 푼 득도 되지 않는 남의 고민에 어울리는 특이한 녀석하고 알게 되면서 뜻하지 않게 남의 문제를 해결하는 일도 생겼습니다."

커튼이 걷혀 있는 창문으로 냉기가 스며 들어왔다.

"하지만…… 그래도 보물은 찾을 수 없었습니다. 십중팔구 벌써 누군가 훔쳐갔겠지만 그렇다는 증거도 없어서 포기하지도 못하고 지금까지도 때때로…… 견딜 수 없이 초조해지곤 합니다."

마쓰쿠라는 어깨를 으쓱하더니 끝을 맺었다.

"그렇게 오래오래 행복하게 살았답니다."

"아니, 행복하지는 않잖아."

첫마디로 그렇게 말하자 마쓰쿠라는 소리 죽여 큭큭 웃었다.

"모처럼 열연을 펼쳤는데 감상이 쌀쌀맞네. 손뼉 정도는 쳐도 되는데."

"미완의 대작에 누가 박수를 보내?"

"그런 말을 해도 이 이야기는 여기서 끝이야."

"테마가 보물찾기라고 한 건 마쓰쿠라 너야. 보물찾기 이야기는 설사 그 보물이 시대에 뒤처진 고물이거나 주머니에 담기엔 너무 큰 것이라도……."

"크레용으로 그린 '우리 할아버지' 그림이라도?"

"그래, 크레용으로 그린 '우리 할아버지'라도 찾아내야 끝나는 거야."

마쓰쿠라는 머리 뒤에 깍지를 끼고 슬그머니 웃었다.

"말은 그래도 솔직히 두 손 들었어. 산에 묻었는지, 강바닥에 숨겼는지, 본인만 아는 곳에 숨겼겠지. 그렇지 않으면 아까 말한 것처럼 이미 도둑맞았거나."

"단서는?"

"육 년을 찾았어. 전부 확인했어."

마쓰쿠라는 깍지 낀 손을 풀어 위로 치켜들었다.

"두 손 들었어. 그야 잊을 수 있는 건 아니지만 실제로 아버지의 보물은 옛날이야기야. 다 지나간 일이니 이렇게 네게도 말할 수 있는 거지."

말은 그래도 마쓰쿠라가 엄두도 못 내는 문제가 있다니 어쩐지 믿기지 않았다. 아무래도 고등학교 2학년쯤 되면 모든 현안에 적절한 해결책이 있다고 생각할 만큼 어리지는 않지만, 그래도 마쓰쿠라 시몬이 그렇게 체념할 일은 없을 것 같았기 때문이다.

무엇보다…….

"네가 실패했다면 내가 어찌해볼 수 있는 문제가 아니겠지만……."

마쓰쿠라는 갑자기 진지한 표정을 지었다.

"아니, 넌 똑똑해. 네가 스스로 생각하는 것보다 훨씬 똑똑해."

"왜 그래, 갑자기."

저도 모르게 웃고 있었는지, 마쓰쿠라가 눈썹을 찌푸렸다.

"농담하는 게 아니야. 이렇게 말하면 뭐하지만 나는 비교적 속셈이 있는 이야기를 잘 알아차려. 그래서 득을 본 적도 있고, 위험한 일을 피한 적도 있어. 그래서 네가 남의 고민을 진지하게 듣고, 몹쓸 꿍꿍이가 있을 게 뻔한 이야기에 홀랑 넘어가는 모습을 보는 건 별로 기분 좋은 일이 아니었어."

"그렇게 잘 속아넘어가나……."

"아니, 평범할 거야. 나도 옆에서 들었으니 제삼자 입장에서 깨달았을 뿐이지, 작정하고 속이려 들면 항상 꿰뚫어 볼 자신은 없어. 하지만 너는…… 잘 표현하지 못하겠는데, 남 이야기를 진실로 받아들이면서도 의심할 수 있어. 무슨 뜻인지 알아?"

도통 모르겠다. 칭찬 같지는 않은데 그마저도 기분 탓일지 모른다.

"그래…… 이런 표현은 어때?"

마쓰쿠라가 낮은 목소리로 말했다.

"나에게 의심이란 성악설이야. 내게 웃는 얼굴로 다가오는 사람은 이 녀석이고 저 녀석이고 다 거짓말쟁이라서 진심을 꿰뚫어 보려면 나도 계책이 필요해. 하지만 너는 그렇지 않아. 성선설이라고 하면 말이 과하지만 상대가 하는 말의 겉가지에 거짓말은 있어도, 그 거짓말의 근저에 뭔가 합당한 이유가 있다고 믿는 구석이 있어."

"내가 사람이 너무 좋다는 거야?"

"아니야."

마쓰쿠라가 문득 창문 쪽을 보았다.

"좋은 녀석이라는 거야."

이상한 말이다.

마쓰쿠라는 나를 좋은 녀석이라고 했다. 마치 자기는 다르다는 것처럼. 하지만 내가 볼 때는 이 녀석도 상당하다. 마쓰쿠라는 우라가미 선배 때나, 우에다 일, 게다가 하세가와 선배의 이야기를 바탕으로 나를 평가하는 모양인데, 정말 깨닫지 못한 걸까? 모든 일에서 마쓰쿠라는 그의 주관으로 볼 때는 그저 거짓말에 휘둘리고 있을 뿐인 나와 함께 어떻게든 해결을 이끌어내려고 탐구하지 않았나. 나는 그저 남의 부탁을 거절하지 못했을 뿐이다. 좋은 녀석은 마쓰쿠라다.

그런 말을 입에 담지는 않았다. 대신 이렇게 말했다.

"그러니까 마쓰쿠라 네 의견으로는 우리는 문제에 대해 각기 다른 방식으로 접근할 수 있다는 뜻이 되네."

화제를 다른 방향으로 돌리자 마쓰쿠라는 별로 유쾌해 보이지는 않았지만 잠시 생각하다가 대답했다.

"뭐, 그런 셈이 되나."

"그럼 네가 벽에 부딪힌 그 보물찾기에서도 뭔가 새로운 사실을 알아낼 수 있을지도 모른다는 뜻이지."

"그건……."

마쓰쿠라는 웬일로 우물거리더니 고개를 돌려버렸다.

"그런 기대를 안 해본 건 아니지만."

"결정났네."

마쓰쿠라는 여전히 떨떠름한 태도였다.

"마음은 고맙지만 어려워. 어쨌거나 단서가……."

나는 그렇게 말하려는 마쓰쿠라를 손짓으로 막고 벽시계를 가리켰다. 이미 6시가 넘어서 도서실 폐실 시간은 물론이고 하교 시간도 지났다.

"타임아웃이야. 내일 하자."

마쓰쿠라는 벌렸던 입을 다물더니 지독히 무뚝뚝한 목소리로 짧게 대답했다.

"어."

3

우리가 도서 당번으로 카운터에 앉는 건 일주일에 한 번뿐이고 그날은 당번표로 정해진다. 다음 당번은 다음주 월요일이라 이튿날 방과후 우리는 일단 어디서 이야기할지 정해야 했다.

"학교는 싫어."

마쓰쿠라의 주장은 지당하다. 도서실이든 교실이든, 학교에서는 필연적으로 아는 사람과 마주칠 수밖에 없고 애초에 교내에서 보물찾기 이야기라니 왠지 켕겼다.

"어디 좋은 곳 알아?"

"모르는 건 아니지만……."

마쓰쿠라가 안내한 곳은 역 앞 구석진 곳, 불 꺼진 네온 간판이 늘어서 있고 환기팬과 실외기가 나직하게 웅웅 돌아가는 좁은 골목이었다. 근처에 이런 장소가 있는 줄도 몰랐던 나는 물웅덩이를 피해 조심스럽게 걸었지만 마쓰쿠라는 태도도 당당하고 걸음걸이에도 망설임이 없다. 복합 빌딩 1층에 있는 낡고 작은 갈색 문 앞에 멈춰 서더니 이렇게 물었다.

"여기면 돼?"

눈으로 찾아봤지만 간판도 보이지 않았다.

"뭐가……. 여기, 술집이잖아. 주점 아냐?"

쓴웃음이 돌아왔다.

"바라고 해줘. 괜찮아, 6시까지는 카페야."

마쓰쿠라는 대답도 듣지 않고 문을 밀어 열더니 장신을 숙여 어두운 가게 안으로 들어갔다. 나도 그 뒤를 따랐다.

가게 안은 보기보다는 넓었다. 벽면 선반에는 술병이 쭉 진열되어 있고, 카운터는 전등 불빛을 어둡게 반사하고 있다. 색색의 꽃이 담긴 꽃병 너머에서 하얀 머리카락이 희끗희끗 섞인 마른 남자가 작은 목소리로 인사했다.

"어서 오세요."

실내에는 담배 냄새가 배어 있었다. 박스석은 두 개 있었는데 둘 다 2인용이었다. 마쓰쿠라는 입구에서 먼 박스석을 골라 작은 의자에 주저 없이 앉았다.

"왜 그래, 호리카와. 앉아."

전에 세련된 미용실에 갔을 때는 꿔다 놓은 보릿자루 같았던 마쓰쿠라가 바에서 이토록 태연하게 굴다니, 그 차이를 이해할 수 없었다. 마쓰쿠라에게는 미안하지만 아무래도 불안해서 나는 조심스레 의자에 앉은 뒤에도 가게 안을 두리번거렸다.

"커피면 돼?"

"……어."

"걱정 마, 평범한 가격이야."

이런 곳에서 파는 커피는 비싸지 않을까 걱정한 속마음을 대번에 꿰뚫어 보았다. 마쓰쿠라는 카운터에 있는 남자에게 고개를 돌리더니 쾌활하게 말했다.

"사노 아저씨, 커피 두 잔 부탁해요."

"뭐야, 아는 사람이야?"

"그야 당연하지. 알지도 못하는데 고등학생이 들어올 만한 가게는 아니잖아."

당연하다는 듯이 말했지만 이 녀석이라면 또 모를 일이다.

나를 포함해 학생들은 어차피 학교가 세상의 전부이지만 마쓰쿠라에게는 이 녀석은 조금 다른 세상도 보고 있는 것 아닌가 싶은 구석이 있다.

"사노 아저씨는 아버지 지인이야. 어렸을 때부터 신세를 졌어."

힐끔 보니 점주는 내 시선을 알아차리고 작게 묵례했다.

"여기라면 방해할 사람도 없어. 못된 작당에는 안성맞춤이지."

"딱히 나쁜 짓을 꾸밀 생각은 없어. 냉큼 얘기나 해."

"아니, 커피가 나오면 하자."

이윽고 데미타스 잔으로 커피가 나왔다. 점주는 쟁반을 들고 카운터로 돌아가더니 주류 선반 구석에 눈에 띄지 않게 놓인 컴포넌트를 조작했다. 어딘지 모르게 탁한 소리로 기타 음색과 굵고 달콤한 남자의 노랫소리가 흘러나왔다.

"잉크 스포츠인가."

그렇게 중얼거리자 마쓰쿠라가 눈을 휘둥그레 떴다.

"호리카와…… 너, 몇 살이야?"

"너도 알고 있잖아."

서로 한 모금씩 마셨다. 커피 맛은 평가할 줄 모른다. 평범한 커피 같았다.

"문제는……."

마쓰쿠라가 잔을 내려놓고 말을 꺼냈다.

"아버지가 돌아가신 뒤에 바로 이사했다는 사실이야. 아버지 물품들은 가지고 왔지만 간소하게 살았던 사람이라 옷을 빼면 소지품은 적었어. 그 적은 물품은 육 년 동안 몇 번이나 조사했고, 단서로 보이는 건 전부 추적해봤지만 아무것도 나오지 않았어."

아무리 그래도 보물찾기 이야기다. 점주가 들으면 어쩌나 걱정했는데, 마쓰쿠라의 목소리는 다소 작았고 음악에 묻혀서 카운터 안쪽까지는 닿지 않을 것 같았다. 어쩌면 음악을 튼 것 자체가 남의 귀를 걱정하지 않고 대화하라는 가게 쪽의 배려일지도 모른다.

"다만, 네 말대로 네 관찰안은 나하고 조금 달라. 게다가 애초에 내가 아버지하고 너무 가까워서 눈이 멀거나 착각하고 있는 일이 있을지도 몰라. 네 시점이 그걸 바로잡아줄지도."

"그렇게 기대하면 부담스러운데, 밑져야 본전이라고 생각해줘."

"이렇게 말하면 미안하지만 그럴 생각이야. 마음 편히 들어."

마쓰쿠라는 통학용 가방을 열더니 자그마한 메모장을 꺼냈다. 포스트잇이 붙어 있는 페이지에 반듯한 글씨로 리스트가 적혀 있었다.

"아버지의 소지품 리스트야. 볼펜이나 타이핀 같은 소품은 적지 않았지만 그런 것도 전부 조사했다는 건 미리 말해둘게."

어둑한 조명 아래서 나는 리스트에 시선을 집중했다.

- 지갑(내용물 : 운전면허증, 신용카드, 현금카드, 보험증, 진찰권)
- 휴대용 오디오 플레이어(내용물 없음)
- 휴대전화
- 문고본(북커버 포장. 미즈카미 쓰토무, 엔도 슈사쿠, 미우라 아야코 외)
- 키홀더(집 열쇠, 자동차 열쇠)
- 머그컵, 찻잔
- 수첩

"문고본이란 건 뭐야?"

"거기 적어둔 작가의 책은 『기아 해협』, 『바다와 독약』, 『이류지대泥流地帶』……. 대표작들이야. 의외다 싶은 책은 없어.

소설은 그 밖에도 몇 권 있었고 논픽션 작품도 있었지만 페이지를 낱낱이 뒤져봐도 아무것도 없었어. 낡았다는 것 말고는 서점에서 파는 책하고 똑같아."

"휴대전화는?"

"연락처는 가족하고 친척뿐이고, 나머지는 근처 중화요릿집이나 이발소 같은 곳이었어."

당연히 조사했나. 하지만 오히려 그 점이 마음에 걸렸다.

"전부 사적인 연락처네. 우리 아버지라면 업무 관련 연락처도 들어 있을 것 같은데……."

마쓰쿠라가 끄덕였다.

"그 점은 나도 이상했어. 업무용 전화를 따로 썼나 했지만 찾아낸 휴대전화는 하나뿐이었어."

"찾아본 거지?"

"꼼꼼히."

그렇다면 업무용 휴대전화는 존재하지 않거나 우리가 찾는 보물과 마찬가지로 찾기 힘든 곳에 있다는 뜻이다.

"물어봐도 될지 모르겠는데, 아버지가 하셨다는 자영업은 뭐였어? 가게를 하셨던 거야?"

그러자 마쓰쿠라는 복잡한 표정을 지었다.

"어렸을 때는 세일즈맨이라고 했어."

“자영 세일즈맨? 그런 게 있어?”

“나한테 물어봐도 소용없어. 있지 않을까? 우리하고는 자주 놀아주었지만 외박도 잦았어.”

세일즈맨이라고 해도 파는 물건은 천차만별이다. 스타킹을 팔았을지도 모르고 고미술품을 다루었을지도 모른다. 어쨌거나 마쓰쿠라가 모른다면 가족에게 물려줄 만한 가게는 차리지 않고 장사를 했으리라.

아버지가 무슨 일을 했는지 마쓰쿠라가 자세히 알지 못하는 건 이상하지 않았다. 나도 아버지가 무슨 일을 하는지 자세히 말해보라고 하면 정확히 설명할 수 있을 것 같지 않다. 하물며 육 년 전에 아버지가 돌아가셨다면 그때 마쓰쿠라는 초등학생이었다.

휴대전화에 단서가 없다면 주목해야 할 점은 한 가지다.

“당연하지만…… 수첩이 신경쓰이네.”

“뭐, 그렇지.”

마쓰쿠라는 다시 통학용 가방을 열었다.

“그럴 줄 알고 가져왔어.”

검은 수첩을 테이블 위에 올려놓았다.

표지는 가죽처럼 가공된 나일론제로, 썩 고급품 같지는 않았다. 표지 위쪽에 육 년 전 서력이, 아래쪽 구석에 낯선 마크가 금박으로 찍혀 있는 것 외에는 아무것도 적혀 있지 않았다. 크기는 신서판 정도로 두껍지는 않았다.

손을 뻗으려다가 도로 거두었다.

"봐도 돼?"

마쓰쿠라가 어이없다는 표정으로 쳐다보았다.

"여기까지 와서 안 된다고 할 것 같아?"

"일단, 예의상."

"정중하네. 마음껏 봐. 뭐, 내 건 아니지만."

수첩은 겉보기처럼 가벼웠다.

대부분의 페이지가 백지였고, 군데군데 갈겨쓴 메모가 있다. 첫 번째는 1월 2일로 "고가 인사"라고 적혀 있었다.

"고가에는 외갓집이 있어. 새해 인사를 하러 갔어."

우리집도 부모님 고향은 멀지만 연초에는 가지 않았다.

"역시 이런 건 가는 게 낫나?"

"내가 알아?"

단호하게도 대답한다. 뭐, 맞는 말이다.

"아버지는 불편해 보였어. 그쪽에 있는 동안 담배도 꾹 참고."

"애처롭네……."

그렇게 말하며 페이지를 넘겼다. 2월, 3월에는 아무 메모도 없었다. 다음으로 메모가 발견된 건 4월 페이지였다. 메모 글자를 손가락으로 짚어가며 소리 내어 읽었다.

"4월 3일, 가미코치."

지난 육 년 동안, 기회만 되면 되짚었으리라. 마쓰쿠라는 금방 대답했다.

"하이킹이야. 아직 눈이 남아 있었어. 남동생은 들떠 있었지만 솔직히 나는 추웠던 기억밖에 없어."

"5월 21일, 클리닉."

"정신과 같은 거 말고, 치과 쪽이야. 그때부터 한 열흘 간격으로 다녔어."

페이지를 넘기자 확실히 정기적으로 네 번 정도 다녔다.

문득 깨닫고 마쓰쿠라의 메모장을 보았다. 분명 지갑에는 진찰권이 들어 있었다.

"지갑 속 진찰권은 이 치과 거야?"

"맞아. 집 근처에 있던, 돌팔이 치과 진찰권이야. 그리고 일본적십자 진찰권도 있었어."

치과 통원과 현금 은닉 사이의 관계는…… 있을 리 없나. 치과에 현금을 맡겼을지 모른다고 상상해볼 수도 있지만 그렇다면 이 가게 주인 사노 씨에게 맡겼을 가능성이 훨씬 높다.

"8월 1일, 아타미."

"해수욕을 하러 갔어. 사람이 많았지. 그리고 바닷가 매점에서 산 옥수수가 맛있었어. 고글이 없어서 눈이 따가워서 헤엄은 많이 못 쳤어."

"8월 16일, 고가. 8월 17일부터 18일, 나스."

"오본■ 휴일에 맞춰 집에서 텐트를 가져가서 캠핑을 했어. 남동생이 차멀미가 심해서 고생했어. 뭐, 즐거웠지. 바비큐도 처음 해봤고."

그 뒤로는 공백이 이어졌다.

봄방학에 한 번, 여름방학에 두 번, 가족끼리 놀러갔다는 것은 솔직히 말해 부러웠다. 기껏해야 근처 시민 수영장에 가는 게 고작이었던 나는 캠핑이나 해수욕을 해본 기억이 없다.

그건 그렇고 수첩도 사적인 메모뿐이었다. 그렇다면 휴대전화와 마찬가지로 역시 업무용 수첩도 따로 있었을지 모른다. 당연히 짐작했겠지만 일단 확인해보자.

"업무용 수첩이 있었던 것 아니야?"

"찾아봤지만 없었어."

역시 그런가.

■ 양력 8월 15일을 중심으로 지내는 일본 최대의 명절.

공백이 이어지는 페이지를 넘기자 11월 30일 자리에 볼펜 끝으로 찍은 듯한 자국이 나 있었다. 한 페이지를 더 넘기자 12월 12일에도 같은 자국이 있었다.

“마쓰쿠라. 이 작은 점은 뭔지 알아?”

마쓰쿠라가 몸을 내밀어 수첩을 들여다보더니 바로 작게 뭐야, 하고 중얼거렸다.

“그건 아무것도 아니야.”

“뭔가 의미가 있지? 비밀이야?”

“그렇게 대단한 게 아니야. 나하고 남동생 생일이야.”

말문이 막혔다.

휴일마다 아이들을 산으로 바다로 데려갔던 아버지다. 생일에도 뭔가 생각했을지 모른다. 하지만 수첩의 예정은 비어 있었다.

“아버지…… 기일을 물어봐도 될까?”

마쓰쿠라는 무표정하게 대답했다.

“8월 19일에, 떠나버렸어.”

그렇다면 마쓰쿠라의 육 년 전 생일에는 아버지가 안 계셨다는 뜻이다.

잉크 스포츠의 노랫소리와 피아노 연주가 흘렀다. 카운터 안쪽에 있던 사노 씨는 어느새 자리를 비웠다. 커피를 마시고

숨을 골랐다. 마쓰쿠라가 내 손에서 수첩을 받아 몇 페이지 넘기더니 더 볼 것도 없다는 듯이 테이블에 내려놓았다.

"뭐 좀 알아냈어?"

알아냈다고 하기에는 너무 빈약한 사항이지만 한 가지 깨달은 사실은 있었다.

"아웃도어 레저를 꽤 많이 다녔네."

"뭐, 그랬지."

시큰둥한 대답이다. 보면 알 만한 소리를 했으니 그럴 만도 하다. 하지만 내가 주목한 건 그다음이다.

"외가가 고가. 고가 시는 이바라키 현에 있어."

"맞아."

"하이킹이 가미코치, 나가노 현. 아타미는 시즈오카 현이고 나스는 도치기 현이지? 아타미나 고가는 전철로도 갈 수 있겠지만……. 여기, 어떻게 갔어?"

마쓰쿠라가 조금 감탄하는 표정을 지었다.

"자동차야. 가미코치는 자가용으로는 들어갈 수 없어서 근처에 차를 세워두고 버스를 탔지만 그 외에는 항상 아버지의 차로 갔어."

이 동네는 버스와 전철이 잘 다녀서 자가용이 없어도 생활할 수 있다. 차가 없는 가정도 많을 것이다. 하지만 수첩에 적

흰 행선지만 보면 마쓰쿠라가에는 차가 있을 것 같았다.

"그 차는 지금 어떤 상태야?"

"고물이 다 되었지만 아직 어머니가 쓰고 계셔."

"그 차는 아버지 차였지? 뭔가 단서가 있지 않을까?"

마쓰쿠라는 의자 등받이에 몸을 깊숙이 묻고 테이블 위에서 리드미컬하게 손가락을 퉁겼다.

"당연히 조사했지. 몇 번이나 조사했어. 아무것도 안 나왔어."

"……그래."

자동차 안은 하나의 방, 크기에 따라서는 집 한 채에도 필적한다. 마쓰쿠라의 아버지가 일에 사용했던 휴대전화나 수첩이 차 안에 있지 않을까 싶었지만 역시 내가 알아차릴 만한 일은 마쓰쿠라도 알고 있었다. 육 년 동안 찾아다녔다는 말은 빈말이 아니었다. 그렇게 생각하며 반쯤 포기하고 눈을 내리깐 채로, 그래도 미련을 버리지 못하고 물었다.

"그 자동차는 어떤 차였어?"

마쓰쿠라가 그건 상관없지 않느냐고 말하고 싶은 눈치로 눈살을 찌푸렸다.

"평범한 차야. 코롤라."

무심코 고개를 들었다.

"코롤라?"

"그래. 평범한 4도어 자동차. 그게 왜?"

그 질문에는 대답하지 않고 나는 다시 수첩을 펼쳤다. 고가, 가미코치, 아타미, 나스, 각각의 장소에서 마쓰쿠라는 무엇을 했다고 했지?

고가에서는 외갓집에 인사. 가미코치에서는 하이킹, 아타미에서는 해수욕, 나스에서는 캠핑이다.

그리고 아까 마쓰쿠라는 남동생이 차멀미를 심하게 해서 고생했다고 했다. 나스에 갔을 때만.

"단순한 착각이면 미안한데."

"뭐야."

"이것도 이미 조사했을지 모르지만."

"뭔데, 말을 해."

수첩을 덮어 테이블 위에 돌려놓았다.

"나스에 캠핑하러 갔을 때는 평소와 다른 차를 타지 않았어?"

순간 마쓰쿠라의 표정이 굳었다.

"용케 알았네."

역시.

"그래. 고가에 있는 외할아버지 댁에 갔다가 나스로 갔던 그때는 밴을 탔어. 어떻게 알았어?"

"별건 아니야. 아까 집에서 텐트를 가지고 가서 캠핑을 했다고 했지? 바비큐를 했다고도 했어. 보통 4도어 차량에 그런 캠핑 도구를 실을 공간이 있나 싶었던 것뿐이야."

마쓰쿠라가 이 가게에 들어와 처음으로 웃었다.

"실으려고 하면 실을 수야 있겠지만 듣고 보니 당연한 의심이네. 그때는 아버지가 렌터카를 빌려서 커다란 밴을 타고 갔어. 솔직히 네가 물을 때까지 잊고 있었어. 하지만……."

하고 싶은 말은 안다. 육 년 전, 마쓰쿠라의 아버지가 가족끼리 캠핑을 하려고 밴을 빌렸다는 사실을 알아냈어도 보물찾기의 단서로는 이어지지 않는다. 하지만 내 궁금증은 아직 끝나지 않았다. 손을 저어 마쓰쿠라를 막았다.

"더 있어?"

"일단은. 이것도 작은 위화감 정도지만 극히 일반적으로 말하면 탈것은 크기가 클수록 멀미를 하지 않아. 그런데 네 남동생은 가미코치에 갔을 때는 신나게 뛰어놀았는데 나스에 갔을 때는 지독한 차멀미에 시달렸어. 단순히 몸이 안 좋았다거나 잠이 부족했을 수도 있지만…… 마쓰쿠라, 뭐 짐작 가는 거 없어?"

마쓰쿠라는 고개를 갸웃거리며 손가락을 꺾어 이마를 툭툭 두드렸다.

"아니, 분명 뭔가 있었어. 레이몬은 그때, 집에서 나갈 때부터 징징거렸어. 나도 싫었고. 뭐가 싫었는지……."

"레이몬? 남동생 이름이야?"

"그 일 때문에 아버지하고 어머니는 조금 언쟁을 벌였어. 그 일이, 뭐지……?"

"야, 마쓰쿠라, 한자는 어떻게 써?"

마쓰쿠라가 사납게 노려보았다.

"정신 사나워! 예의 할 때 '예礼' 자에 나하고 같은 '문門'이야! 좀 조용히 해!"

나는 입을 다물었다.

마쓰쿠라는 나를 성선설이니 뭐니 높이 평가해줬지만 나는 그리 대단한 사람이 아니다. 이게 정답인가 싶으면 상황도 생각하지 않고 떠벌리는 버릇이 어렸을 때부터 사라지지 않고 남아 있다. 그 때문에 친척하고 보물찾기를 했던 수영장에서는 안경에게 망신을 주었고, 자살한 3학년 선배가 마지막으로 읽은 책을 찾던 하세가와 선배의 역정을 샀다. 지금도 딱히 마쓰쿠라의 남동생 이름을 어떻게 쓰는지 지금 당장 궁금했던 건 아니었는데.

"레이몬이 차멀미를 한 이유, 뭔가 있었어……. 젠장, 뭐였지? 애초에 그런 걸 안다고…….”

중얼거리던 마쓰쿠라의 시선이 테이블 위 한 점에 쏟아졌다.

작고 둥글며 바닥은 붉고 가장자리는 은색, 그것은 재떨이였다. 가게에 한 걸음 들어왔을 때부터 담배 연기가 자욱했을 정도니 당연히 자리마다 있었다.

“이거다.”

마쓰쿠라는 만족감이 번지는 목소리로 말했다.

“담배야. 그 밴은 담배 냄새가 지독했어. 레이몬은 냄새에 민감해. 그래서 바로 기분이 나빠져서 계속 창을 열고 있었어. 생각났어, 호리카와!”

손바닥으로 테이블을 내리치며, 마쓰쿠라가 눈을 번득였다.

“그래, 그게 문제야. 동생이 냄새에 약한 걸 아버지는 알고 있었어. 그런데…….”

“흡연이 가능한 밴을 빌린 건 이상해.”

“아아, 그래. 아버지는 분명 금연 차량을 빌렸을 거야. 그게 정말 렌터카였다면!”

아까 마쓰쿠라는 내 시점이 마쓰쿠라의 착각을 바로잡아줄지도 모른다고 했다. 착각은 정말로 있었다.

“그 밴은 아버지의 차였어. 코롤라가 아직도 남아 있으니, 밴도 어쩌면…….”

“가능성은 있어. 그리고 이것도 가능성일 뿐이지만 세일즈맨이었던 너희 아버지가 그 밴을 평소에 이동 사무실처럼 사용했다면.”

언제나 냉정하고 무슨 말을 해도 빈정거리는 투가 가시지 않던 마쓰쿠라가 어스름한 불빛 아래에서 뺨을 붉히고 소리쳤다.

“그래, 업무용 휴대전화나 수첩도 있을지 몰라! 호리카와, 역시 넌 굉장해!”

나는 이야기를 듣고 마음에 걸리는 점을 지적했을 뿐이다. 답을 이끌어낸 건 거의 마쓰쿠라였는데. 그렇게 생각은 했지만 나도 무심코 뺨이 누그러졌다.

“밴이 남아 있다면 짐작 가는 구석은?”

“있어……. 있어. 그러니까…….”

마쓰쿠라가 입을 열려는 순간, 그때까지 작은 가게를 가득 채웠던 음악이 뚝 멈췄다. 돌아보니 사노 씨가 카운터로 돌아와 손목시계를 가리키고 있었다. 주머니에서 휴대전화를 꺼내 시간을 보니 6시가 넘었다.

“미안하네. 저녁 장사를 준비해야 해.”

작고 탁한 목소리로 그렇게 알렸다.

우리의 흥분은 단숨에 수그러들었다. 물론 그것은 꺼진 불처럼 식은 게 아니라 숯불처럼 고요하면서 뜨거운 열기로 바뀐 것이었다. 마쓰쿠라의 육 년에 걸친 착각은 깨졌다. 보물에 이르는 새로운 단서를 찾아낼 수 있을지도 모른다!

오늘은 문 닫을 시간이다. 해도 저물었다.

"내일이야."

힘찬 마쓰쿠라의 말에, 나도 끄덕였다.

"내일."

4

다음날은 수업이 끝나고 일단 각자 집으로 돌아가기로 했다. 마쓰쿠라에 따르면 이유는 이러했다.

"행선지는 주택가야. 교복을 입고 어슬렁거리면 일이 복잡해질지도 몰라."

그렇게 따지면 술집 골목 쪽이 교복을 입고 들어가기에는 더 부적합한 장소였을 테지만 뭐, 말하는 뜻은 알겠다.

"알겠어. 어디서 합류해?"

"역 앞 서점 어때?"

“자전거 가져가는 게 나아?”

“그러네……. 아니, 걸어가는 게 나으려나. 자전거를 둘 장소가 있다는 보장이 없으니까. 늦게 돌아올지도 몰라.”

베이지색 면바지와 남색 셔츠에 회색 니트를 겹쳐 입고 밤의 추위도 견뎌낼 수 있도록 목도리를 둘렀다. 면바지 오른쪽 주머니에 교통카드와 약간의 현금을, 왼쪽 주머니에는 비상용으로 작은 회중전등을 넣고 약속한 서점으로 향했다.

아직 퇴근으로 붐비는 시간은 아니라 역에는 전철로 통학하는 학생들의 모습이 눈에 띄었다. 환하게 켜진 가로등 불빛 속, 역 앞 버스 로터리에서 버스가 드문드문 출발했다.

마쓰쿠라와 사복으로 만난 적은 전에도 몇 번 있었다. 한번은 함께 밤의 거리에서 이발을 한 적도 있다. 그때마다 생각하지만 마쓰쿠라는 옷에 그리 신경쓰는 것 같지 않은데, 사복 차림이 더 멋지다. 오늘도 하얀 민무늬 셔츠에 카디건과 청바지라는 편하기 그지없는 차림인데 냅색을 왼쪽 어깨에 걸치고 서점 앞에서 나른하게 서 있는 모습이 제법 그럴싸했다. 서로 살짝 손만 올리고 대화 한마디 없이 마쓰쿠라가 앞장서고 나는 뒤를 따라갔다.

어쩌다 일이 이렇게 되었을까? 올 사월에 별생각 없이 들어간 도서위원회에서 마쓰쿠라를 만난 뒤로 몇 가지 특이한 일을 경험했다. 그리고 아무 일도 없을 때는 비교적 평범하게 맡은 일을 하는 도서위원으로서 도서실을 운영하며 시시한 잡담에 열을 올렸다. 마음이 맞는 건지 안 맞는 건지 여전히 잘 모르겠지만 제법 허심탄회한 이야기도 나눌 수 있게 된 한편으로 어쩐지 다가갈 수 없는 벽, 아니, 깊은 골을 느낀 것도 사실이라 서로의 집에 놀러가는 일은 없다.

그런데 설마 방과후에 마쓰쿠라네 보물을 찾게 될 줄이야. 재미있다고 생각하는 한편, 대체 어디까지 가게 될지 예측할 수 없다는 것도 알고 있었다. 마쓰쿠라는 망설이지 않고 걸어가더니…… 갑자기 우뚝 멈춰 섰다. 교본처럼 완벽한 우향우 자세로 몸을 돌리더니 태연히 말했다.

"실수했다. 버스로 가야 해."

역시 이 녀석은 잘 모르겠다.

역 앞 로터리에서 버스에 올라타 4차선 도로가 2차선으로 바뀐 다음 네 번째 버스 정류장에서 내렸다. 처음 타보는 버스 노선이니 당연히 처음 내려보는 버스 정류장이다. 집에는 돌아갈 수 있을까 싶어 반대편 차선 버스 정류장에서 시간표를 보니 상행 버스는 밤에도 한 시간에 다섯 대 정도 다니는 것 같았다. 뭐, 여차하면 걸어서 돌아가지 못할 거리도 아니고 방향 감각에는 다소 자신이 있다.

하늘은 황혼녘을 지나 밤에 가까웠다. 도로변에는 전기용품점과 우체국, 약국 간판이 보였지만 가게가 아닌 가정집이 더 많았다. 때때로 지나가는 자동차가 아스팔트를 긁는 소리 외에는 아무것도 들리지 않았다.

"그립다."

마쓰쿠라가 그렇게 중얼거리더니 주머니에 손을 넣고 걸음을 뗐다. 그 한마디로 충분히 알 수 있었다. 아버지가 돌아가신 뒤로 마쓰쿠라네 집은 이사했다고 했다. 전에는 이 부근에 살았으리라.

마쓰쿠라는 주변을 확인하며 천천히 걸었다. 아는 장소라 해도 오랜만이니 바뀐 건물도 있으리라. 기억과 경치를 대조해보기라도 하는지 걸음이 느리다.

"이쪽이야."

갑자기 자신감이 붙은 것처럼 그렇게 말하더니 걸음이 빨라졌다.

버스가 다니는 길에서 조금 벗어나자 블록 담장이나 산울타리 안쪽으로 민가가 늘어서 있는 게 완전히 주택가였다. 길에는 중앙선도 없고 인적도 거의 없어, 마쓰쿠라의 스니커가 내는 발소리마저 들릴 만큼 고요했다. 마쓰쿠라는 오 분 정도 걸어가다가 불빛 없는 집 앞에서 멈췄다. 평범한 블록 담장이 중간에 끊겨서 주차 공간을 이루고 있다. 지붕은 함석이고 벽은 크림색, 조금 녹슨 붉은 우체통이 보였다.

"여기는?"

"내가 옛날에 살던 집."

크지도 작지도 않은 집이다. 네 가족이 살기에 적당했으리라. 여기에 살던 시절의 마쓰쿠라는 지금보다 구김살 없이 웃지 않았을까, 근거는 없지만 그런 생각이 들었다. 주차 공간은 약간 좁아 보였다.

"여기에는 코롤라를 세워뒀겠네."

마쓰쿠라는 말없이 끄덕이고 걸음을 뗐다.

"지금은 남의 집이야. 외출한 모양이지만 돌아오면 귀찮아져. 가자."

아까 그 집에는 한 대 분의 주차 공간밖에 없었다. 코롤라를 거기에 세웠다면 밴은 어디에 있었을까? 걸어가면서 마쓰쿠라가 주머니에서 열쇠를 꺼냈다.

"이게 아버지가 갖고 있던 열쇠야."

작은 가죽 장식이 달려 있는 키홀더에는 두 개의 열쇠가 붙어 있었다. 어제 마쓰쿠라가 보여준 메모장에 적혀 있던, 집과 자동차 열쇠이리라.

“이 열쇠로 집에 있는 코롤라 문을 열 수 있는지 시험해봤어.”

“호오.”

“안 열렸어. 이건 코롤라 열쇠가 아니야. 같은 토요타 차라 몰랐어.”

마쓰쿠라가 허공에 키홀더를 던져 올렸다가 홱 낚아채며 슬쩍 웃었다.

“육 년 동안 뭘 했던 걸까?”

“너무 가까워서 보이지 않는 것도 있어, 어쩔 수 없지.”

“어쩔 수 없나.”

다시 한번 열쇠를 던졌다가 붙잡는다.

“뭐, 나도 그 정도라는 뜻이겠지.”

마쓰쿠라는 열쇠를 주머니에 도로 넣더니 나를 보지도 않고 덧붙였다.

“네 덕분이야.”

“천만에.”

그렇게 가볍게 고개를 숙였다.

지금 마쓰쿠라가 육 년 전에 살았던 집 근처를 걷고 있다는 건 알았다. 그렇다면 우리가 찾는 밴은 어디에 있을까?

조금 떨어진 곳에 음수대와 벤치밖에 없는 손바닥만 한 공원이 있었다. 당연히 공원의 존재를 알고 있었을 마쓰쿠라는 딱히 반색도 하지 않고 벤치에 걸터앉았다.

"그 밴이 아버지 소유라고 쳐, 보다시피 우리집에는 둘 곳이 없었어. 애초에 집에 뒀다면 아무리 그래도 잊지는 않았겠지……."

아직도 신경쓰는 모양이다. 자존심 센 녀석이다.

"하지만 캠핑하러 갔을 때, 아버지가 멀리 차를 가지러 간 기억은 없어. 돌아올 때도 그랬고. 캠프장에서 먹으려 했는데 미처 다 못 먹은 옥수수가 있어서 집에 돌아와서 바로 삶았거든. 그리고 돌아온 아버지와 갓 삶은 옥수수를 먹었어."

"기억력이 굉장하네."

"실은 일기를 봤어."

"일기를 써?"

"여름방학 숙제 말이야, 너도 알 거 아냐?"

내가 다녔던 초등학교에서는 숙제에 일기는 없었다. 성실하게 일기를 쓰는 마쓰쿠라도 별로 상상이 되지 않지만 뭐, 뜻밖의 과거가 도움이 되었다.

"여름이라 물도 금방 끓었고, 옥수수 삶는 시간은 고작 오 분이야. 접시니 뭐니 준비하는 시간을 고려해도 기껏해야 십 분, 길게 잡아도 십오 분. 그사이 아버지는 밴을 주차하고 돌아왔어.”

“다시 말해 밴은 집을 중심으로 도보 십오 분 거리 안에 주차되어 있었다는 말이네.”

“실제로는 집에서 주차장까지 차로 이동하는 시간이 걸리니 조금 더 좁은 범위라고 볼 수 있어. 그걸 감안한 게…….”

마쓰쿠라가 냅색을 열어 접힌 종이를 꺼냈다.

“이거야.”

복사한 지도였다. 들여다보니 마쓰쿠라가 살았던 옛날 집을 중심으로 A4 두 장에 걸쳐 근처 지도를 복사한 것으로 합계 일곱 군데에 붉은색 체크 표시가 있었다.

“도보 십 분 거리에 있는 주차장을 뽑아봤어.”

“오호라.”

타당한 방법이긴 한데 의문도 남는다.

“마쓰쿠라, 이건 물어도 될 문제인지 판단이 서지 않는데…….”

“뭔데?”

“우리가 찾는 건 네 아버지의 밴이야. 궁금한 건 그러니까, 어머니는 그게 어떻게 됐는지 모르셔?”

마쓰쿠라는 지극히 당연하다는 표정으로 끄덕였다.

“그래. 그건 물어도 될 문제가 아니야.”

"……그래."

"뭐, 간단히 말해 내가 아버지의 돈을 찾고 있다는 걸 어머니에게 알리고 싶지 않아. 기대하게 만들기 싫거든. 그렇지 않다면 어제도 사노 아저씨 가게에서 얘기할 게 아니라 집으로 불렀겠지."

맞는 말이다. 만약 마쓰쿠라가 집으로 불렀다면 아버지의 소지품 리스트가 아니라 소지품 자체를 보면서 이야기할 수 있었으리라. 그렇게 하지 않은 데에는 이유가 있다고 알아차렸어야 했다.

지금 이야기로 마쓰쿠라의 어머니에 대해 몇 가지 상상해 볼 수 있다. 하지만 나는 그에 대해 생각하기를 그만두었다. 지난번 우라가미 선배에 대해 뭔가 말하려 했을 때 마쓰쿠라는 억측이라고 했다. 그때 이상으로 여기에서 마쓰쿠라의 어머니에 대해 어떤 생각을 해도 억측이 될 것이다. 애초에 생각할 필요도 없다. 어쨌거나 마쓰쿠라의 어머니에게는 아무 이야기도 들을 수 없다는 사실만 알면 보물찾기에는 충분하다.

그렇다면 남은 일은 샅샅이 뒤지는 것뿐이다.

"알았어, 가자. 분담할까?"

마쓰쿠라는 잠시 고민했다.

"함께 가자. 이 주변을 아는 건 나뿐이야. 게다가 경찰한테

들켰을 때 나는 아버지 차를 찾고 있다고 말할 수 있지만 너 혼자서는 변명할 수 없으니까."

듣고 보니 맞는 말이다. 이런 깊은 생각은 내게 없는 부분이다.

구름 없는 밤이었다. 싸늘한 바람 속에서 달이 밝았다.

처음으로 찾아간 주차장에 있던 밝은 회색 밴을 보자마자 마쓰쿠라가 불쑥 말했다.

"눈에 익어."

"색이? 형태가?"

"색이. 형태는 솔직히 세세한 것까지는 기억 안 나."

우리가 찾는 밴은 밝은 회색인가. 더 빨리 물어봤어야 했는데.

"어디 보자, 빙고일까?"

마쓰쿠라는 가벼운 태도로 열쇠를 꺼내 열쇠 구멍에 꽂았다.

"무선 키가 아닌가 보네."

"아니, 무선 키야."

"그럼 무선으로 시험해보면 되잖아."

마쓰쿠라는 노골적으로 어이없다는 표정을 지었다.

"그래서 반응이 없으면 이 밴은 아니구나 그럴 거야? 육 년을 방치했으니 기계가 오작동할지도 모르니 열쇠로 시험해보지 않겠어?"

하긴 그런가. 아무래도 오늘은 마쓰쿠라에게 선수를 빼앗기는 날인가 보다. 나는 내 머리를 살짝 쥐어박았다. 마쓰쿠라는 열쇠를 빼고 어깨를 움츠렸다.

"안 돼, 안 돌아가."

비슷하기만 할 뿐, 우리가 찾는 밴은 아니었다. 다음 장소로 가기로 했다.

육 년 전까지 이 부근에 살았어도 그때는 특별히 의식하지 않았을 주차장을 찾아다니는 것은 쉬운 일이 아닌지 마쓰쿠라는 때때로 지도를 확인했다. 길 양쪽에 늘어선 집들은 저마다 개성적이었지만 그만큼 거리 풍경으로는 개성이 없는 느낌이었다. 전봇대에 붙은 고양이 실종 포스터를 보며 제발 고양이가 무사히 돌아오길 기도하며 마쓰쿠라에게 물었다.

"밴이 꼭 월 단위 계약 주차장에 있다는 보장은 없지?"

"물론이야."

당연하다는 대답이었다. 마쓰쿠라는 지도를 접으며 말을 이었다.

"차는 월 단위 계약 주차장에만 세울 수 있는 게 아니야.

누군가의 집이나 맨션에서 사용하지 않는 주차장을 빌리는 경우도 생각해볼 수 있어. 불법으로 야외 주차를 했다면 찾을 길이 없어."

"그것도 그렇지만 육 년 전 밴이 남아 있다는 보장이 없잖아."

"없지."

뒤에서 다가오는 엔진 소리에 함께 도로 옆으로 피했다. 우리를 추월해 가는 경차 조수석에 대파가 튀어나온 커다란 쇼핑 봉투가 놓여 있었다.

"네 덕분에 뜻밖의 단서를 찾았지만 그래도 역시 보물찾기는 아직 옛날이야기에서 벗어나지 못했어. 찾을 수 있다는 보장은 처음부터 없어."

밑져야 본전이라는 상황은 그대로라는 뜻이다. 하지만 내가 하고 싶은 말은 그런 게 아니다. 반론하려고 입을 열었다가 그만두었다. 보물찾기는 애초에 아무런 보장도 없는 일이니까. 낮은 가능성을 거론해봤자 소용없는 짓이다.

"좋아, 여기야. 두 번째 주차장."

주차장에는 자동차가 한 대도 없었다. 전부 나가서 아직 돌아오지 않은 모양이다.

"결론이 빨라서 좋네."

"꽝을 뽑아놓고 좋아해서 어쩌려고?"

"세 번째는……."

"조금 떨어져 있어."

주차장에 자동판매기가 설치되어 있었다. 별생각 없이 상품을 보는데 대부분 뜨거운 음료였다. 그런 계절인가 하는데 마쓰쿠라가 옆으로 다가왔다.

"조금 쌀쌀하네. 손난로 대신 사줄게."

손난로 대신이라는 건 좋은 생각이지만 얻어 마실 이유가 없다. 나는 주머니에서 동전을 꺼내 자동판매기에 150엔을 넣었다.

"보물을 찾으면 사줘."

하지만 딱히 음료수를 살 생각은 아니었기 때문에 무엇을 살지 고민되었다.

"그럼 하다못해 내가 정해주지."

"오, 맡기마."

"이거다."

마쓰쿠라는 '신상품!' 마크가 붙은 '홍녹차 라테' 단추를 눌렀다.

"그럴 줄 알았어."

평소에는 냉정한 판단력을 갖춘 마쓰쿠라가 유독 음료수

선택에 관해서는 왜 이토록 도전 정신이 강한지 이해가 가지 않는다. 어째선지 계속 쥐고 있을 수 없을 정도로 뜨거운 홍녹차 라테의 상품 설명에 따르면…….

"홍차와 녹차의 기적 같은 결혼식! 이란다."

"외면당한 우유가 불쌍하군. 분명 스토커야."

"중매쟁이나 주례나, 얼마든지 평화로운 발상을 할 수 있잖아. 아니, 이거 어쩔 거야?"

"개인적인 보물찾기에 어울려준 답례야."

"답례가 어째서 이런 형태가 되는 거야, 넌."

"고마워, 호리카와. 감사하고 있어."

"그런 말은 상황과 장소를 조금 더 가려서 해."

네 번째 주차장으로 갈 때쯤 홍녹차 라테는 완전히 식어버렸고, 밴은 찾지 못할 거라는 생각이 지배적으로 커졌다.

"그거, 맛은 어때?"

"홍차에 녹차를 섞어서 우유로 나눈 맛이야."

"맛있어?"

"직접 마셔봐."

솔직히 다음에 또 사 먹을지도 모르겠다고 생각했지만 화나니까 말해주지 않을 테다.

우리가 찾아간 주차장은 타일을 바른 작은 빌라 옆에 있었는데 지금까지 확인한 세 군데보다 조금 넓었다. 삼면이 콘크리트 담으로 둘러싸여 있고 조명은 입구 부근에 작은 가로등 하나 말고는 자동판매기나 가정집에서 새어 나오는 빛과 달빛뿐이라 어두웠지만 자동차가 세 대 주차되어 있다는 것, 그중 한 대가 밴이지만 색은 크림색이라는 것은 알 수 있었다. 저건 꽝이라고 생각했는데 마쓰쿠라는 뚫어져라 밴을 쳐다보았다.

"저걸지도 몰라."

"밝은 회색이라며? 색이 달라."

"아니……."

마쓰쿠라는 드물게 민망한 기색으로 말을 흐렸다.

"희끄무레한 색이었다는 것밖에 기억 안 나. 저 차여도 이상하지 않아."

그렇게 불확실하다니. 하지만 육 년 전에 한 번 탔을 뿐인 자동차 색을 정확히 기억하라는 게 더 가혹하다.

지금까지 둘러본 주차장 세 곳에도 자동판매기가 놓여 있었다. 여기도 예외가 아니라서 자동판매기 옆에는 쓰레기통도 있었다. 남은 홍녹차 라테를 쭉 들이켜고 빈 캔을 버린 다음, 누가 먼저랄 것 없이 밴으로 다가갔다.

저 밴이 마쓰쿠라의 아버지 차라는 예감이 있었던 건 아니다. 하지만 우리 걸음은 마음속 기대를 부채질하듯 느릿했다. 가까이 다가가자 밴이 지저분한 게 보였다. 차체에 흙먼지가 한 겹 덮여 있다는 사실은 멀리서도 알았지만 가까이서 보니 앞유리에도 오물이 들러붙어 있었다.

"야."

말을 걸자 조금 굳은 목소리로 대답이 돌아왔다.

"그래, 알아. 저래서야 운전할 수 없어."

차체는 아무리 더러워도 상관없다는 무심한 운전자라도 앞유리만큼은 닦는다. 그렇지 않으면 앞이 보이지 않아 운전하기 힘들고, 세정액을 뿌리고 와이퍼를 움직이기만 하면 되니 수고도 들지 않는다. 이 크림색 밴의 앞유리가 지저분하다는 사실은 오랫동안 아무도 운전하지 않았다는 것을 뜻한다. ……가령, 육 년 정도.

몇 걸음 앞에 선 마쓰쿠라가 금속음을 내며 주머니에서 열쇠를 꺼내 어깨 너머로 돌아보며 농담을 던졌다.

"정말 맞으면 어쩌지?"

나도 웃었다.

운전석 쪽 열쇠 구멍에 열쇠를 꽂았다.

찰칵, 시원한 소리가 밤의 주차장에 울려 퍼졌다.

5

눈앞의 광경을 믿을 수가 없었다. 문이 열린 것이다.

우뚝 선 마쓰쿠라가 뭔가 말하길 기다렸지만 언제나 수상쩍은 자신감으로 넘쳤던 학우는 등을 돌린 채로 이쪽을 돌아보지도 않았다. 참다못해 내가 먼저 불렀다.

"어이, 마쓰쿠라."

마쓰쿠라는 손잡이를 잡고 나서야 겨우 나를 쳐다보았다.

"열려."

"찾은 거야?"

적잖이 흥분한 나와 달리 마쓰쿠라는 역시 마쓰쿠라답게 어디까지나 차분했다.

"아니, 잠깐. 혹시 모르니까."

다시 한번 열쇠를 돌렸다가 재차 손잡이를 쥐자 이번에는 딱딱한 소리가 울렸다. 열리지 않았다. 마쓰쿠라는 열쇠가 망가져 운전석 쪽 문이 항상 열려 있었을 가능성을 의심한 것이리라. 하지만 그 의혹은 풀렸다. 틀림없다, 이 크림색 밴은 마쓰쿠라의 아버지가 몰았고, 마쓰쿠라네 가족이 육 년 전 나스에 캠핑하러 갈 때 타고 갔던 바로 그 차다.

찾을 수 있을 리 없었다. 사복으로 갈아입어 추위에 대비하고, 마쓰쿠라를 따라 낯선 주택가에 와서 주차장을 돌면서도 여전히 나는 밴을 찾아낼 가능성을 조금도 믿지 않았다. 모든 것은 옛날이야기고 이야기를 끝내기 위해 여기에 왔는데, 설마 정말로 찾아내다니.

마쓰쿠라가 중얼거렸다.

"이거 놀랍네."

도저히 기쁨이 넘치는 것 같지 않은, 어딘가 아연한 말투다.

"그런가. 이런 색이었나."

문을 벌컥 열었다. 운전석에 얼굴을 처박더니 잠시 후 웃음기가 묻어나는 목소리로 말했다.

"담배 냄새가 나."

밴에는 운전석 쪽과 조수석 쪽 두 개의 문 말고도 뒷자리용으로 커다란 슬라이딩 도어가 있었다. 마쓰쿠라는 그 문도 열고 내게 손짓했다.

"이리 와. 보물찾기를 시작하자."

그렇다. 마쓰쿠라의 최종 목표는 밴이 아니라 어디까지나 아버지가 남긴 보물이다. 여기까지는 잘 풀렸지만 과연 새로운 단서를 얻을 수 있을까? 마쓰쿠라가 조수석에 올라탔고 나는 슬라이딩 도어 쪽으로 뒷자리에 탔다. 확실히 육 년 세

월이 지났는데도 담배 냄새는 또렷이 남아 있었다.

뒷자리에는 벤치처럼 긴 좌석만 하나 있고, 그 뒤쪽은 짐칸이었다. 발밑에는 사탕 포장지 같은 게 떨어져 있고 좌석을 만져보자 손에 모래알 같은 감촉이 느껴졌다. 캠핑에서 돌아온 후 차량 내부를 청소할 기회는 없었으리라.

"솔직히 안심했어."

마쓰쿠라가 글러브 박스 안을 들여다보며 말했다.

"밴을 찾아서?"

"아니. 냄새가 그리 지독하지 않아서."

"미안하지만 꽤 지독해."

"뭐, 그렇지만 육 년 전 도시락이 썩어 있을지도 모른다고 생각했거든. 허용 범위라는 뜻으로 받아들여줘. 그나저나…… 어둡네."

수색을 하려면 거리와 달에서 비치는 빛만으로는 부족하다.

"차 안 라이트가 안 켜져?"

"글쎄. 육 년을 방치했으니 배터리가 남아 있을지. 전기 장비는 별로 건드리고 싶지 않아."

지금이다. 지금이 기회다. 나는 최대한 으스대는 표정으로 주머니에서 회중전등을 꺼냈다.

"실은 이럴 줄 알고……."

마쓰쿠라가 돌아보았다. 그 손에는 내 것보다 큼직한 회중전등이 있었다.

"왜 그래, 호리카와?"

"아니, 아무것도 아니야."

나란히 회중전등 스위치를 켜자 날카로운 불빛이 차 안을 비추었다. 둘 다 말없이 빛을 턱밑에 대고 얼굴을 비췄다가 동시에 그만두었다.

한참 동안 우리는 말없이 밴 안을 탐색했다. 업무용 휴대전화나 수첩이 나올지도 모른다고 생각했지만 만약 이 밴 안에 보물에 대한 단서가 있다면 그게 어떤 형태의 물건인지 알지 못한다. 어쩌면 차 안에 현금을 숨겨놓았을 가능성도 제로는 아니다. 뒷자리 위, 아래, 운전석과 조수석 시트 밑을 확인하고 휴대용 티슈, 과자 봉지, 10엔짜리 동전, 텐트 조립 설명서, 성냥, 매미 허물까지 발견했다.

마쓰쿠라는 글러브 박스에 든 내용물을 일단 전부 운전석에 쏟았다. 슬쩍 보니 지도, 연막탄, 위급 시 유리를 깰 탈출용 망치 따위였다. 그밖에도 이것저것 들어 있었던 모양이지만 아직까지 마쓰쿠라가 쾌재를 부를 만한 단서는 나오지 않은 것 같았다.

짐칸을 수색하기로 했다.

잡다한 물건으로 가득했지만 텐트나 바비큐 풍로, 낚싯대처럼 큰 물건은 없어 보였다. 예비 타이어가 자리를 꽤 차지하고 있다. 밴 내벽에 작은 후크가 달려 있었는데 거기에는 옷걸이에 건 우비와 바람막이가 걸려 있었다. 작은 아이스박스도 있어, 나는 조심스레 얼굴을 가져갔지만 특별히 고약한 냄새는 나지 않았다.

우비 주머니를 뒤졌지만 아무것도 나오지 않았다. 바람막이도 마찬가지로 조사하려고 만져보니 표면의 폴리우레탄이 삭았는지 몹시 끈적거렸다. 이쪽 주머니에는 뭔가 작은 물건이 들어 있어 고생해가며 꺼내보니 죽은 공벌레였다.

육 년 전 아이스박스를 여는 데는 조금 용기가 필요했다. 얼굴을 조금 멀리하고 살며시 덮개를 열었다.

"……주스인가."

내용물은 캔 주스 하나뿐이었다. 사과주스라니 지극히 정상적인 선택이다. 초등학생 마쓰쿠라는 이상한 음료수에 도전 정신을 자극받지 않았던 걸까? 캔 밑바닥을 보니 서툰 매직 글씨로 "레이몬"이라고 적혀 있었다. 마쓰쿠라의 남동생 이름이다.

조수석을 돌아보며 캔을 흔들었다.

"마쓰쿠라. 네 동생 주스가 나왔어."

어둠 속에서 마쓰쿠라의 표정은 보이지 않았지만 목소리는 웃음기를 머금고 있었다.

"보물이네. 가지고 돌아갈까? 어떻게 동생 건 줄 알았어?"

"이름이 적혀 있어. 시몬에 레이몬이라니, 둘 다 서양식이네."

이번에는 씁쓸한 목소리가 돌아왔다.

"그렇지? 누가 들어도 사이몬에 레이몬드야."

"아니야? 분명 모리 오가이를 본받아 서양식으로 지은 줄 알았는데."

마쓰쿠라가 손길을 멈추지 않고 대답했다.

"어찌 생각이나 했으랴! 그런데 실은 아니야. 아버지 이름에서 딴 거야."

"아버지 이름에서?"

"그래. 아버지하고 나하고 레이몬, 셋이서 5분의 3이라고."

"무슨 말이야?"

"아니……."

마쓰쿠라는 갑자기 말을 흐렸다. 마치 가벼운 입을 후회하듯이.

"아무것도 아니야. 서두르자, 누가 오면 귀찮아."

그후로는 말없이 손을 움직였다.

짐칸도 거의 다 뒤졌지만 휴대전화도 수첩도, 그 외에 뭔가 단서가 될 만한 것도 나오지 않았다. 뭐, 밴을 찾아낸 것만으로도 기적인데 단서까지 얻을 수 있다고 생각하는 게 안일했는지도 모른다.

회중전등 불빛으로 짐칸을 다시 한번 구석구석 비췄다. 다 확인하고 더 볼 건 없다고 생각했을 때, 짐칸 한복판에 떨어져 있는 책이 보였다. 아까부터 짐칸을 몇 번이나 살펴봤는데 전혀 시야에 들어오지 않았다. 방금 바닥에서 솟아났다고 해도 믿을 만큼 책은 뜬금없이 그곳에 있었다.

문고본이다. 종이 북커버에 싸여 있어 표지는 보이지 않았다. 손에 들고 펼쳐보려다가 망설였다. 만약 내 방에 누가 놀러와서 침대에 나뒹구는 책을 멋대로 만지면 유쾌하지 않을 것이다. 나는 마쓰쿠라를 불렀다.

"책이 있어. 북커버에 싸여 있어."

짧은 침묵 후에 어딘가 딱딱한 목소리가 돌아왔다.

"이쪽은 묘한 걸 발견했어."

"묘한 거?"

"기다려, 지금 그쪽으로 갈게."

마쓰쿠라는 일단 밴에서 내려 슬라이딩 도어를 통해 뒷자리로 들어왔다. 나도 짐칸에서 뒷자리로 넘어가서 마쓰쿠라 옆으로 갔다. 켕기는 짓은 아무것도 하지 않았는데 회중전등 불빛이 너무 밖으로 새어 나가지 않도록 조심하면서 우리는 뒷자리에 나란히 앉았다.

먼저 내가 중간에 문고본을 내려놓았다.

"짐칸에 있었어. 내가 보기는 미안하니 마쓰쿠라 네가 봐."

어둠 속에서 마쓰쿠라가 웃었다.

"책이 얽히면 섬세해지네."

"책이 얽히지 않으면 섬세하지 않은 것처럼 말하네."

"반대가 반드시 참은 아니다. 어디 봐."

마쓰쿠라는 문고본을 손에 들지 않고 시트 위에 펼쳐서 회중전등을 비추었다. 그러더니 바로 기대가 어긋났다는 듯이 외쳤다.

"마쓰모토 세이초, 『제로의 초점』. 언젠가 읽고 싶은 훌륭한 책이야. 하지만 평범한 책이네."

그렇게 말하면서 마쓰쿠라는 페이지를 팔락팔락 넘겼다.

"무슨 얼룩이 있어……. 커피인가?"

보니까 확실히 페이지 왼쪽 아랫부분에 얼룩이 있었다. 커피인지 아닌지는 모르겠지만 뭔가 음료수를 쏟은 듯 종이도

쭈글쭈글했다. 페이지를 계속 넘겨보니 눈에 띄는 점이 있었다.

"잠깐. 다시 뒤로 넘겨봐."

"아아. 나도 봤어."

몇 페이지 돌아가자 복선인 듯한 문장에 연필로 줄이 그어져 있었다. 그밖에는 없나 찾아보니 전반부에 집중적으로 수십 군데나 있었다.

"이 책만 유독 열심히 읽었나 보네."

내가 그렇게 말하자 마쓰쿠라가 고개를 갸웃거렸다.

"조금 마음에 걸리는데. 아버지가 갖고 있던 책은 전부 확인했지만 메모는 한 군데도 없었어."

"미스터리니까. 추리해보려고 했던 것 아닐까?"

"뭐, 그렇겠지만."

"혹시 너희 아버지 책이 아닌가?"

"아니. 이 북커버는 틀림없이 아버지가 직접 만든 거야."

석연치 않은 기색으로 마쓰쿠라는 얼굴 앞에 책을 들어 펼쳤다. 그리고 눈썹을 찌푸리더니 화가 난다는 듯이 책을 덮었다.

"왜 그래?"

"너무해. 등장인물에 표시를 해놨어."

아아. 그것이 무엇을 뜻하는 표시인지는 바로 알았다.

"범인이야?"

"아마도. 봐버렸어. 이건 함정이야, 젠장."

진심으로 억울한 것 같았다. 마쓰쿠라와는 독서 취향에 대해 별로 이야기한 적이 없지만 비교적 편하게 읽는 이미지가 있었다. 미스터리를 스포일러당했다고 이렇게 화를 내다니 뜻밖이었다.

"화를 내도 어쩔 수 없잖아. 자기 책에 뭘 쓰든 자유 아니야?"

"그래? 아무리 자기 책이라고 해도 보통 미스터리 범인을 적어두나?"

"심정은 이해하지만……."

"왠지 실망스러워. 아버지가 책을 이렇게 다루었다니. 집에 있는 책은 좀더 곱게 다뤘는데."

나는 마쓰쿠라의 손에서 문고본을 받아 북커버를 만져보았다. 얇고 거친 황토색 종이로, 책에 딱 맞게 싸여 있다. 문고본은 출판사에 따라 사이즈가 약간씩 다른데, 이 북커버는 그 미묘한 차이에 일 밀리미터도 어긋나지 않게 만들어져 어지간한 일로는 벗겨지지 않을 것 같다.

"아니, 이거, 헌책 아니야?"

그렇게 말해봤지만 마쓰쿠라는 바로 반박했다.

"아버지를 변호해주는 건 기뻐. 나도 처음에는 그렇게 생각했지만 이런 상태면 헌책으로도 팔 수 없어. 희귀본이라면 다소 문제가 있어도 팔릴지 모르지만 세이초면 그럴 리도 없고."

확실히 그건 그렇다.

"책은 됐지?"

마쓰쿠라는 여전히 화가 묻어나는 목소리로 말했지만 작게 한숨을 쉬더니 입가에 평소의 대범한 미소를 되찾았다.

"그럼 다음은 이쪽 얘기야. 이건 기대해도 좋아."

시트 위에 어두운 은색으로 빛나는 물건을 내려놓았다. 열쇠다.

전부 금속이었는데, 열쇠 구멍에 넣는 부분에 V 자 모양으로 홈이 몇 개 나 있는 타입의 열쇠다. 나는 열쇠 종류를 잘 모르지만 이 열쇠가 그리 새 물건이 아니라는 건 알 수 있었다.

"운전석 선바이저 뒤에 있었어. 뭘 숨기기엔 평범한 장소지."

"즉 숨겼던 건 아니란 뜻인가."

"역시, 호리카와. 나도 그렇게 생각했어."

"어디 열쇠일까?"

당연한 의문을 입에 담자 마쓰쿠라는 씨익 웃더니 시트에 놓인 열쇠를 뒤집었다. 열쇠 머리에 펜으로 숫자가 적혀 있었다.

"502……."

"그래."

마쓰쿠라는 열쇠에 손을 얹었다.

"502호 열쇠야. 참고로 아까 본 대로 내가 살던 집은 단독주택이고, 당연히 502호가 아니야. 지금 사는 곳은 임대지만 그것도 502호가 아니고, 애초에 이사한 건 아버지가 떠난 후야."

나는 작은 열쇠를 쳐다보았다. 마쓰쿠라가 어울리지 않게 열띤 목소리로 말을 이었다.

"그럼 502호는 뭘까? 호리카와 네가 어제 말한 것처럼 아버지의 소지품에는 업무 관련 물건이 부자연스러울 정도로 적었어. 고정 점포는 없어도 어딘가에 일터는 있었을 거야. 이게 바로 그 일터의 열쇠 아닐까? 보물은 분명 거기 있을 거야. 이건…… 진짜 열쇠야."

열쇠가 있는 이상 마쓰쿠라의 아버지가 502호라는 공간과 관련 있는 건 사실이리라. 하지만 나는 마쓰쿠라만큼 흥분되지는 않았다.

가족도 존재를 몰랐던 502호가 일터라는 추정은 일단 성립될 것이다. 하지만 다른 가능성도 다양하게 생각해볼 수 있지 않을까? 가령…… 거기서 또 다른 가정을 꾸렸다거나. 하지만 나는 그 상상을 입에 담지는 않았다. 그런 말을 하면 나를 책이 얽히지 않으면 섬세하지 못한 녀석으로 여기는 마쓰쿠라의 말을 뒷받침하는 꼴이 된다.

게다가 무엇보다 502호에 대해서는 그 용도보다 큰 수수께끼가 남아 있다.

"그래서 502호가 어디에 있는지 짐작은 가?"

마쓰쿠라는 조금도 동요하는 기색 없이 희미하게 미소까지 지으며 대답했다.

"전혀."

"전혀라니…… 전국에 502호가 얼마나 많은 줄 알아?"

"상상도 안 돼. 페르미 추정이라도 해볼까?"

열쇠가 있어도 502호가 어디 있는지 모르면 아무 의미도 있다. 그런데 마쓰쿠라는 보물은 벌써 찾은 거나 마찬가지라는 표정이다.

있을 수 있는 가능성은 한 가지뿐이다. 나는 물었다.

"마쓰쿠라, 나한테 거짓말한 거 없어?"

"거짓말?"

회중전등이 만들어낸 둥그런 불빛 속에서 마쓰쿠라의 눈이 살짝 날카로워졌다.

마쓰쿠라가 느긋한 이유는 502호가 어디 있는지 짐작 가는 바가 없다는 그의 말이 거짓말이기 때문이라고 생각할 수밖에 없다. 이 열쇠를 어디에서 사용하면 될지 알고 있기에 마쓰쿠라는 흥분을 감추지 못하는 게 아닐까?

대답은 좀처럼 돌아오지 않았다. 아마 실제로 침묵은 겨우 몇 초에 지나지 않았으리라. 그런데 나는 견디지 못하고 그만 별일 아니라고 둘러댈 뻔했다.

"무슨 생각을 했는지 모르겠지만……."

마쓰쿠라는 그렇게 말하더니 나를 똑바로 쳐다보았다.

"호리카와, 나는 그리 좋은 사람이 아니야. 거짓말 정도는 해. 지금까지 네게 거짓말을 한 적도 있었을 거야."

"……."

"하지만 이 보물찾기에 한해서, 나는 네게 거짓말을 하지 않았어. 앞으로도 거짓말은 안 해."

낮고 무거운 목소리였다. 늘 어딘가 빈정거리는 태도가 묻어나는 눈도, 지금은 속내를 감출 기색조차 없어 보였다.

사람은 거짓말을 할 줄 안다. 목소리나 눈으로 거짓말을 하는 것도 딱히 어려운 일이라고 생각하지는 않는다. 마쓰쿠라가 직접 그러지 않았나. 나는 거짓말에 잘 속아넘어간다고. 하지만 지금 내게 마쓰쿠라를 의심할 이유는 없었다. 나는 이 특이한 학우가 진실을 이야기하고 있다고 믿었다.

그렇다면 내가 해야 할 말은 하나다.

"그래? 미안."

마쓰쿠라의 말투에 장난스러운 기색이 돌아왔다.

"아아…… 알겠다. 그렇군, 502호가 어디 있는지 내가 안다고 생각했군? 보물을 독차지하려 한다고 말이야."

나도 솔직히 대답했다.

"앞부분은 맞아. 독차지 어쩌고는 생각도 못 했어. 다시 묻겠는데, 어디서 쓸 수 있는지도 모를 열쇠를 찾았다고 기뻐할 만한 무슨 이유가 있어?"

마쓰쿠라가 정말 뜻밖이라는 듯이 눈을 크게 떴다.

"기뻐했어? 내가?"

"기뻐하지는 않았을지도 모르지만 적어도 흥분은 한 것처럼 보였어."

"아아, 뭐…… 그런가. 그랬을지도."

그렇게 말하더니 마쓰쿠라는 눈을 살짝 내리떴다.

"단순한 이야기야. 너하고 난 보물을 찾은 기간이 달라. 네게 502호의 열쇠는 용도도 모를 고물이라도, 내게는 육 년 만에 찾아낸 단서야. 뭘 찾아야 할지, 찾을 게 있는지조차 몰랐던 상태에서 502호를 찾는다는 명백한 목표가 생겼어. 그야 태도도 달라지겠지."

이해가 가는 한편으로 이건 옛날이야기라고 했던 마쓰쿠라가 지금도 이토록 보물찾기에 진심이었을 줄은 몰랐다.

"네가 옳아. 호들갑을 떤 내가 이상했어. 커다란 발견이라고 생각했지만…… 달리 단서가 없으면 실마리는 여기서 끊긴다고 생각해야 할지도 모르겠네."

마쓰쿠라는 살짝 웃었다.

"하지만 발견에 흥분한 걸 거짓말 때문이라고 생각하다니…… 야, 호리카와, 아무리 나라도 조금 서운하다."

6

밴에서 나오자 가을밤 공기가 가슴을 찔렀다. 별들은 거리의 불빛에 가려서 하늘에 보이는 건 달과 몇 개의 행성뿐이다. 초등학생 마쓰쿠라가 나스에서 보았던 별하늘은 어땠을까 문득 궁금해졌다.

"이쪽이야."

마쓰쿠라가 그렇게 말하며 걸음을 뗐다.

밤의 주택가에 인기척은 있지만 그 모습은 보이지 않았다. 앞에도 뒤에도 우리 둘뿐, 우리는 걸어갔다. 버스 정류장과는 다른 방향으로 향하고 있다는 건 알았지만 나는 아무 말도 하지 않았다. 만약 단순히 길을 잃은 거라면 나중에 되돌아가면 된다.

크림색 밴에서는 더이상 단서를 찾을 수 없었다. 가져온 건 작은 열쇠와 낡은 책 한 권, 문은 마쓰쿠라가 원래대로 잠갔다. 아무 말도 하지 않고 걸어가면서 마쓰쿠라는 이곳에 올 때처럼 열쇠를 위로 던졌다가 받는 손장난을 계속하고 있었다. 다만 던지는 열쇠는 자동차 키가 아니라 아까 찾은 502호 열쇠였다. 아무 짝에도 소용없는, 하지만 유일한 단서를 만지작거리는 마쓰쿠라를 보고 있자니 조금 불안해졌다.

완만하게 휘거나 대각선으로 엉켜 있어 방향 감각을 어지럽히는 길을 헤매지도 않고 나아가니 별안간 탁 트인 공간이 나왔다. 그래봤자 기껏해야 십오 제곱미터 정도일까. 아스팔트로 포장된 공간의 한복판에 밤눈에도 선명한 녹색 펜스가 둘러쳐져 있다. 펜스 안쪽은 달그림자가 뜬 검은 물이었다.

"이건?"

그렇게 묻자 마쓰쿠라는 조금 당혹스러운 표정으로 돌아보았다.

"몰라. 저수지 아닐까? 아니면 수해 대비 조정지일지도 몰라. 용건이 있었던 건 아니야. 좋아했던 장소라 와보고 싶었을 뿐이야. 하지만 지금 보니……."

가로등도 없는 어두운 공간을 둘러보며 조금 씁쓸한 표정으로 말했다.

"좁네. 이렇게 좁았나?"

연못 둘레로 길이 나 있어 마쓰쿠라는 펜스를 따라 걸음을 뗐다. 펜스에 붙은 금속판에 "위험! 착한 아이는 절대 들어가지 않아요"라고 적혀 있다. '위험'이라는 글자만 붉은색이었는지 색이 거의 날아가고 없었다.

"이 경고문이 싫었어."

마쓰쿠라가 주머니에 손을 넣고 소리 없이 웃었다.

"출입 금지라면 그렇게 쓰면 돼. 아이가 읽을 수 있도록 쓰고 싶으면 들어가지 말라고 써야지. 그런데 착한 아이는 들어가지 않는대. 착한 아이가 아니면 들어가도 된다고 해석할 만큼 맥락을 못 읽는 건 아니지만, 아니꼽지 않아, 호리카와?"

"뭐, 이해해."

"너무 싫어서 장난을 쳤어. 아직 남아 있으려나……?"

마쓰쿠라는 그렇게 말하며 잡초가 난 펜스 가장자리에 몸을 웅크렸다. 이윽고 들뜬 목소리로 외쳤다.

"있다! 이것 봐."

시키는 대로 마쓰쿠라 옆에 웅크리자 철망을 덮은 피복 일부가 뭔가로 긁은 것처럼 벗겨져 있었다. 마쓰쿠라는 딱히 자랑스러워하는 기색도 없이 말했다.

"줄로 끊으려 했는데 안 끊어지더라. 니퍼로 할걸."

"들어가고 싶었어?"

"그래, 그런 마음도 있었어. 하지만 역시 저 경고문이 싫어서 그랬어. 저렇게 사람을 시험하는 듯한 글을 쓰려면 연못에는 자유롭게 접근하게 해줘야 한다고 생각했거든. 펜스로 에워싸놓고 착한 아이는 들어가지 않는다고 말하다니 불공평하잖아. 뭐, 초등학생이었으니 논리가 없는 건 넘어가줘."

불공평하거나 위선적인 일에 혐오감을 느끼는 경우는 나도 없지 않다. 하지만 그렇다고 해서 줄로 철망을 끊으려 하지는 않는다. 기물손괴를 시도하는 마쓰쿠라는 잘못했고, 불만을 마음속에 쌓아두기만 하는 내가 사회적으로 옳다. 하지만 나는 마쓰쿠라가 부러웠다.

마쓰쿠라가 일어나더니 다시 열쇠를 던지며 손장난을 했다.

"옛날이야기는 끝난 모양이네."

나도 천천히 일어섰다.

“그럴지도 몰라.”

“마지막에 보물의 열쇠를 찾고 끝나다니, 뭐 그럭저럭 틀을 갖췄네. 이 열쇠에 맞는 열쇠 구멍이 어딘가에 있습니다, 하지만 그것은 어디에 있는지 아무도 몰랐습니다, 끝. 그런 거지.”

“열쇠 구멍을 찾을 거야?”

“평생토록? 어디선가 읽어본 이야기네.”

“호시 신이치 아니야?”

“맞다. ……나는 사양하겠어.”

마쓰쿠라는 한층 높이 열쇠를 던져 손에 받나 싶더니 갑자기 팔을 휘둘렀다. 몇 초 후, 첨벙 하는 물소리와 함께 수면에 물결이 퍼져나갔다.

저도 모르게 떨리는 목소리로 외쳤다.

“마쓰쿠라!”

고요한 주택가에 미안할 만큼 내 목소리는 크게 울려 퍼졌다. 마쓰쿠라는 조금 허둥거리며 좌우를 살피더니 민망한 얼굴로 손을 펼쳤다. 그 손바닥에 있는 502라고 적힌 열쇠를 보고 나는 한숨을 쉬었다.

“미안, 장난이었어.”

“깜짝 놀랐잖아. 뭘 던진 거야?”

"돌멩이야. 아까 주웠어. 정말 미안해, 그렇게 놀랄 줄은 몰랐어."

펜스 옆에 웅크렸을 때 주웠나. 옛날이야기를 하면서 이렇게 고약한 장난을 준비하고 있었을 줄이야. 정말이지, 방심할 수 없는 녀석이다. 마쓰쿠라는 열쇠를 주머니에 넣더니 하늘을 올려다보며 얼버무리듯 어색한 태도로 말했다.

"호시 신이치도 아버지가 갖고 있었어. 『봇코짱』."

"어제는 못 들었는데."

"전부 말하긴 귀찮으니까. 메모에 적지 않은 책에 단서가 없었다는 건 보증할게."

분명 어제 마쓰쿠라는 아버지가 남긴 책을 샅샅이 뒤졌지만 아무것도 없었다고 했다.

역시 조금 마음에 걸린다.

"마쓰쿠라."

"응?"

"너희 아버지는 자기 책에는 직접 커버를 씌우고, 메모도 하지 않았지? 낡았다는 것만 빼면 서점에서 파는 책하고 차이가 없다고 어제 그랬잖아."

마쓰쿠라는 짜증스러운 기색으로 대답했다.

"그렇긴 해."

"아까 그 세이초, 가져왔지? 좀 보여줄래?"

별로 내키지 않는 기색이었지만 그래도 마쓰쿠라는 냅색에서 문고본을 꺼내주었다. 어둠에 적응한 눈에는 달빛만으로도 충분히 보였다. 북커버는 곱게 씌워져 있지만 종이는 쭈글쭈글하고, 페이지에는 음료수 얼룩이 있고, 메모도 많고, 그것도 모자라 범인 이름에 표시도 되어 있다.

마쓰쿠라는 이 정도로 상태가 나쁜 책은 헌책방에서도 팔리지 않을 거라고 했고, 확실히 그 말에는 일리가 있다. 하지만 마쓰쿠라의 아버지가 책을 이 정도로 함부로 다루었다는 것도 순순히 받아들이기 어렵다. 역시 고운 북커버가 마음에 걸린다. 예민하게 느껴질 정도로 손이 가는 이 행동과 책을 함부로 다루는 성격이 등호로 연결되지 않는다.

문득 어떤 생각이 떠올랐다.

"북커버 벗겨봐도 돼?"

"마음대로 해."

시큰둥한 대답에 재차 확인했다.

"이걸 벗기려 하면 북커버가 찢어질지도 몰라. 그래도 괜찮아?"

아버지가 손수 만든 것 아니냐는 뜻을 담아 물었지만 마쓰쿠라는 손을 휘휘 저을 뿐이었다. 그렇다면, 하고 손을 댔다.

신중하게 잡아당겼지만 역시 좀처럼 벗겨지지 않는다. 예상대로 결국 조금 찢고 말았다.

북커버를 벗기자 표지가 드러났다. 『제로의 초점』, 마쓰모토 세이초, 그리고…….

마쓰쿠라의 눈빛이 바뀌었다.

"호리카와, 예상했던 거야?"

"아니, 설마……. 혹시나 하긴 했지만."

문고본 표지에는 필름이 붙어 있었다. 후미쿠라 마을 도서관이라고 적힌 스티커가 붙어 있고, 그 스티커 위에 유성펜으로 사선이 그어져 있다. 마쓰쿠라가 외쳤다.

"제적본除籍本이었나!"

도서관의 책은 다양한 사람들이 빌려간다.

마쓰쿠라와 나는 학교 도서실 도서위원이고, 그 작은 도서실의 이용자조차도 천차만별이다. 책을 사랑하는 사람, 무료라는 점을 특별히 좋아하는 사람, 단순히 에어컨이 시원하고 조용한 공간을 찾는 사람……. 그리고 책을 다루는 방법도 여러 가지다.

도서실 책은 특히 더 정중하게 다뤄서 피지가 묻지 않도록 손을 씻고 나서 페이지를 넘기는 학생도 있었고, 압화를 만들고 싶으니 백과사전을 빌려달라는 학생도 있었다. 물웅덩이에 떨어뜨리기라도 했는지 진흙이 들러붙은 책이 돌아온 적도 있다. 도서실 책은 자기 물건이 아니기 때문에 일부러 더 그러는 것처럼 험하게 다루는 이용자가 있는 것도 슬프지만 사실이다.

밴에서 찾은 『제로의 초점』은 일부러 그랬나 싶을 정도로 상태가 나빴다. 무엇보다 범인의 이름에 표시가 되어 있다는 게 기묘하다. 마쓰쿠라의 말대로 자기 책이니까 괜찮다고 범인의 정보를 메모해두는 건 이상하다. 이미 읽은 책에 어째서 그런 짓을 할까?

물론 책을 읽는 방법은 자유니, 책을 다 읽고 범인 이름에 표시를 하는 취미를 가진 사람이 있어도 이상하지는 않다. 하지만 나는 그 표시가 잠재적인 누군가에 대한 심술이 아닐까 생각해보았다. 밴에서 찾은 『제로의 초점』은 불특정 다수가 읽는 책이었다……. 즉 도서관 책일지도 모른다고 생각했던 것이다.

도서관 서가는 유한해서 너무 오래된 책이나 손쓸 수 없을 정도로 상한 책은 처분한다. 그것을 제적除籍이라고 하며, 도서관에 따라서는 이렇게 제적된 책을 이용자가 가져가기도 한다.

마쓰쿠라는 새삼 문고본을 요리조리 뜯어보았다.

"천지인이 없네. 있으면 바로 알았을 텐데."

"도서관마다 장비하는 방식이 다르니까."

"후미쿠라 마을 도서관. 처음 들어보는 동네야."

"나도 몰라."

그렇게 대답했을 때 마쓰쿠라는 벌써 휴대전화로 검색하고 있었다. 모르는 것은 그 자리에서 검색, 마쓰쿠라도 제법 현대 소년이다.

"나왔어. 군마 현에 있어. 옛날에는 육상 운재로 번영했지만 철도가 지나지 않아 지금은 인구 만 명이 채 못 되는 과소 도시라고 하는군."

마쓰쿠라의 아버지는 문고본을 함부로 다루었던 게 아니다. 오히려 함부로 다뤄져서 도서관에서 처분당할 뻔한 책을 주워 딱 맞는 크기의 북커버를 직접 제작해서 씌우고 들고 다녔던 것이다. 짐칸에 놓여 있던 점을 고려하면 보물처럼 아꼈던 건 아니었겠지만 마쓰쿠라가 아버지에게 실망한 것은 성급한 일이었다. 그것을 설명할 수 있어 만족스러웠다.

하지만 마쓰쿠라는 아버지의 설욕에는 관심이 없는지 조용히 입을 다물고 있었다. 오른손에 문고본을, 왼손에 휴대전화를 움켜쥔 채로 번득거리는 눈은 초점이 없었다. 겨울을 앞둔

바람이 불어들어도 옷깃을 여미지도, 몸을 떨지도 않고 가만히 무언가를 고민하고 있었다.

"왜 그래, 마쓰쿠라?"

"아버지는……."

마쓰쿠라는 내게 대답한다기보다 스스로에게 말하듯 중얼거렸다.

"이 책을 어디에서 입수했을까? 헌책방에서 제적본을 파는 경우도 없지는 않지만 이렇게 상태가 심한 책은 그럴 리 없어. 그렇다면 답은 뻔해, 이 마을 도서관에서 손에 넣은 거야. 단순히 지나가다가 도서관에 들렀을까? 아니…… 아버지는 모르는 마을에서 도서관에 들를 정도로 책을 좋아하지는 않았어. 문고판으로 나온 베스트셀러밖에 없는 장서를 보면 대충 짐작이 가. 안목은 있었어, 센스도 좋았고. 하지만 도서관을 보면 일단 들어가볼 정도로 책을 좋아하지는 않았어. 그런데 제적본을 가지고 있었지. 다시 말해……."

마쓰쿠라가 무슨 생각을 하는지 그제야 알았다. 마쓰쿠라는 아직 보물찾기를 포기하지 않았다!

"그래, 그런 거야, 마쓰쿠라! 너희 아버지는 후미쿠라 정에 머물렀던 거야. 오래 지냈으니 도서관에도 가볼 생각을 한 거지. 거기서 책을 손에 넣었어."

마쓰쿠라가 상기된 얼굴로 나를 보며 작게 끄덕였다.

"그래. 머물렀겠지. 어디에?"

"비즈니스호텔이나……."

"내 생각은 달라."

마쓰쿠라가 손으로 가만히 주머니를 눌렀다. 거기에는 열쇠가 들어있다.

"그렇구나, 502호!"

후미쿠라 정에는 철도가 지나지 않는다. 교통수단은 주로 자동차라는 뜻이다. 그리고 마쓰쿠라의 썼던 밴에 후미쿠라 정에 장기 체재했다는 사실을 나타내는 증거가 있고, 나아가 어디에 써야 할지 모를 열쇠도 있었다.

"그런 작은 마을에 오 층 넘는 건물이 있을까?"

"아니, 있어. 있을 거야. 후미쿠라 정인지는 모르겠지만 아버지를 따라 놀러갔을 때, 농지 한복판에 맨션이 우뚝 솟아 있는 곳은 몇 번이나 봤어. 아버지 말이, 땅을 어떻게 활용할지 고민하다가 주위에서 권하면 마구 건물을 짓는다고 그랬어."

마쓰쿠라가 휴대전화에 얼굴을 들이대고 재빨리 검색했다.

"봐, 있어, 호리카와!"

화면에는 부동산 정보가 표시되어 있었다. 그랜드힐 후미쿠라, 철근 콘크리트…… 오 층 건물.

"이것뿐이라는 보장은 없어. 더 있을지도 몰라. 하지만 이 동네에 맨션이 백 개 천 개 있을 리는 없어. 이거라면 전부 조사해볼 수 있어. 후미쿠라 정 502호를 전부 찾아볼 거야! 이번에야말로, 이번에야말로 나는……."

그렇게 한꺼번에 쏟아내던 마쓰쿠라가 별안간 입을 다물었다. 사람의 감정이란 게 이렇게나 순식간에 억누를 수 있는 걸까 싶을 정도로, 다음 순간 마쓰쿠라의 말은 차가웠다.

"하지만 그래……. 머네. 함께 가달라고는 말 못 하겠어."

확실히 자동차가 아니면 갈 수 없는 마을에 어떻게 갈지 상상도 할 수 없었다. 하지만 설사 이동 수단을 확보하더라도 나는 이 이상 마쓰쿠라와 어울릴 생각은 없었다.

이미 올라탄 배였지만, 배가 생각보다 훨씬 멀리 와버렸다.

"그래, 안 갈 거야, 마쓰쿠라. 나는 안 가."

마쓰쿠라는 나를 지그시 바라보았다.

"호리카와, 여기까지 올 수 있었던 건 네 덕분이야. 나 혼자서는 줄곧 아버지 소지품을 바라만 보고 있었겠지. 그런데……."

"말하지 마. 잘될 거라 생각하진 않았잖아, 둘 다."

너무 잘 풀렸다. 운이 따라서 단서를 줄줄이 찾을 수 있었다. 내 발상을 마쓰쿠라가 심화했고, 마쓰쿠라의 착각을 내가 바로잡아가며 우리는 성공했다. 정말 보물이 나올지도 모른다.

나와버릴지도 모른다.

나는 눈치챘다. 보물이 없다면 단순히 즐거운 옛날이야기에 열을 올린 것에 지나지 않는다. 고등학교 2학년 가을, 보물찾기를 한 적도 있었다고, 언젠가 그리운 추억을 떠올리겠지. 하지만 만약, 만약에 정말 보물이 나온다면? 더는 옛날이야기가 아니다.

정말 나온다면 그것은 개념상의 보물이 아니라, 마쓰쿠라의 아버지가 남긴 동산動産이다. 아마도 현금 다발이리라. 백만 엔일지, 오백만 엔일지, 천만 엔일지, 더 클지도 모를 현금을 앞에 두고 나는 다행이네, 마쓰쿠라, 즐거운 수수께끼 풀이였어, 그럼 나는 이만 실례하겠다고 말할 수 있을까? 반으로 나누거나, 그게 안 되면 적어도 10분의 1 정도는 내놓으라고 말하지 않을 수 있을까? 만약 내가 아무 말 없이 마쓰쿠라를 축복한다 해도 우리는 지금처럼 변함없이 도서위원으로 둘이서 나란히 있을 수 있을까?

우리는 보물찾기가 실패로 끝나고, 역시 불가능했다고 캔커피로 건배라도 하는 장면만 상상했다. 성공에 대비하지 않았던 것이다. 보물이 나온다면 그 자리에 나는 있어서는 안 된다.

"여기서부터는……."

내가 말했다.

"마쓰쿠라 시몬의 이야기야. 내 이야기가 아니라. 나는 우리 도서실에서 완결을 기다릴게."

아마도 나는 옛날이야기의 결말을 알게 되지 못할 것이다. 마쓰쿠라가 돈을 찾아도, 찾지 못해도 그것은 마쓰쿠라 가족의 문제이고 가족의 문제는 학교라는 작은 공간에 어울리는 화제가 아니다.

차가운 바람이 저수지에 물결을 일으켰다. 흘러온 조각구름이 달을 가려, 달빛을 잃은 내 눈에는 마쓰쿠라가 보이지 않았다.

"고마워, 호리카와. 그리고…… 미안했어."

어두운 밤 속에서, 그런 짧은 말이 들려왔다.

친구여, 알려 하지 마오

1

평소 금요일은 조금 늦게까지 깨어 있고, 토요일 아침은 조금 늦잠을 자는데 오늘은 일찍 일어났다. 밥과 계란프라이로 아침을 때우고 연녹색 셔츠에 바람막이를 걸치고 토트백에 지갑과 휴대전화를 넣고 9시 반에는 집에서 나와 자전거에 올라탔다.

역 앞 복합 빌딩에 몇 가지 공공시설이 들어가 있는데 최상층과 바로 그 아래층이 도서관이다. 교통편은 좋지만 자전거 보관소가 좁고, 특히 오늘은 휴일이라 이용자가 늘어날 테니 늦게 가면 허망하게 되돌아와야 할 수도 있다. 버스로 가면 자전거를 세울 걱정은 하지 않아도 되지만 왕복 버스비가 적잖이 드니 역시 자전거로 이른 시간에 가는 게 낫다.

하늘이 드높은 날이었다. 비늘구름을 동쪽으로 밀어내는 아침 바람은 쌀쌀함마저 상쾌하지만 저기압이 다가오고 있어 오후부터는 비가 내린다고 했다. 가급적 비가 오기 전에 돌아가고 싶다고 생각하니 페달을 밟는 발에도 힘이 들어갔다.

역 앞 로터리에서 복합 빌딩을 올려다보았다. 유명한 건축가가 디자인했다는 이 빌딩은 개방적인 공간이라는 콘셉트로 유리를 많이 써서 시야가 훤하다. 전면 유리를 바른 벽면에서는 햇빛이 찬란히 쏟아진다. 덕분에 도서관 책이 굉장히 효율적으로 바랜다고 마쓰쿠라가 그랬다. 그걸 알다니, 마쓰쿠라는 이곳에 자주 오는 걸까?

나는 우라가미 선배의 부탁으로 암호를 풀 때 일본 십진분류법을 조사하려고 왔던 게 마지막이다. 중학생 때는 이따금 왔지만 올해 봄부터 도서위원이 되어 학교 도서실에 가면서 자연히 외부 도서관에는 발길이 멀어졌다. 하지만 오늘 용건은 도서관이 아니면 처리할 수 없다.

자전거 보관소는 빌딩 지하에 있다. 이용 요금은 100엔, 복합 빌딩 내 시설을 이용하면 무료라는 시스템이지만 기억하기로 도서관 이용으로는 할인 서비스를 받지 못한다. 중학생 때는 부당하다고 느꼈지만 도서위원을 지낸 지금이라면 이유를 알고도 남는다. 도서관에는 책을 빌리러 오는 사람도 있고, 자료를 조사하러 오는 사람도 있고, 그저 신문을 읽으러 오는 사람도 있을 테고, 이런 공공도서관이라면 분명 에어컨 바람을 찾아 오는 사람도 있을 테니 도서관을 이용한다는 말이 무엇을 가리키는지 선을 긋기 어렵다. 그런 이유로, 돌아갈 때 주민표라도 뽑아 가지 않으면 나는 자전거 보관 요금을 내야 한다.

세워둔 자전거를 보면서 생각했다.

마쓰쿠라의 보물찾기에는 명백히 이상한 점이 있었다. 어젯밤, 어떻게 생각해도 불가능한 일이 일어났다. 마쓰쿠라의 방식으로는 절대로 잘 풀릴 리 없는 일이 잘 풀려버렸다.

그 이유를 알기 위해 나는 토요일 아침부터 도서관을 찾았다.

개방적인 디자인의 빌딩은 엘리베이터도 개방적이라 유리 상자 속에서 밖을 보면서 올라간다. 고소공포증을 가진 애서가에게는 세상에서 가장 가기 힘든 도서관일지도 모른다. 눈 밑에 펼쳐진 거리 한쪽에 주차장이 있어 색색의 자동차가 보였다.

불가능한 일이란 마쓰쿠라의 아버지가 쓰던 밴을 찾은 일이다. 특히 마쓰쿠라가 조사한 월 단위 계약 주차장에서는 절대 나올 리 없었다. 하천 부지나 소유자를 모를 공터, 빈집 주차 공간, 그런 곳에 불법으로 방치된 밴을 찾을 가능성은 제로가 아니라고 생각했지만 월 단위 계약 주차장에서는 절대 찾을 수 있을 리 없었다.

당연하다. 월 단위 계약 주차장을 빌리려면 요금이 든다. 구체적으로는 그 주차장은 한 달 7500엔에 빌려준다고 인터넷에 나와 있었다. 마쓰쿠라의 아버지가 육 년 전에 사망했다면 주차장 요금은 누가 무엇을 위해 냈을까? 마쓰쿠라의 어머니든 누구든 가장 먼저 계약을 해지했을 텐데.

그런데 실제로 밴은 월 단위 계약 주차장에서 발견되었다. 나는 처음에 당황했고, 곤혹스러웠지만 이어서 조금 진정하고 정당화하려 했다. 어쩌면 어떤 실수로 주차장 주인이 마쓰쿠라가와 연락이 끊긴 건지도 모른다. 요금은 계속 체납되었고, 남의 밴을 멋대로 처분할 수도 없어 난처했을지도 모른다……. 하지만 밴은 흙먼지를 뒤집어쓰고 있었지만 딱히 주차장 주인의 경고장 같은 건 붙어 있지 않았다. 이것을 어떻게 해석해야 할까?

뻔하다.

주차장 요금을, 지금도 누군가 계속 내고 있는 것이다.

밴은 계약에 따라 매달 요금 대신 합법적으로 그 장소에 방치되어 있다. 주차장 주인이 땅을 차지하고 있는 밴을 자비로운 마음으로 육 년 동안 봐주고 있다는 거의 있을 수 없는 가능성을 제외하면 누군가 지금도 요금을 계속 내고 있다고 생각할 수밖에 없다. 그리고 아마 몇 번 계약을 갱신하기도 했을 것이다.

누가, 무슨 목적으로 주차장을 계속 빌리고 있나?

누가라는 질문에 먼저 떠오른 것은 마쓰쿠라의 어머니였다. 남편과 사별한 뒤, 남편이 사용했던 밴을 상속해 주차 요금을 계속 내고 있다. 하지만, 어째서?

지금도 밴을 사용하고 있다면 이해할 수 있다. 하지만 밴의 앞유리는 앞을 볼 수 있는 상태가 아니었고 짐칸에는 육 년 전 캠핑에 사용했을 물품들이 그대로 쌓여 있어, 도저히 누가 사용하는 것 같지 않았다. 거기서 나는 생각을 수정했다.

지금 사용하고 있는 게 아니라 가까운 미래에 사용할 예정이라면? 아니, 그렇다고 해도 밴은 매각하거나 폐차했다가 필요해지면 새로 차를 사는 게 육 년 동안 주차장 요금을 계속 내는 것보다 합리적이다. 분명 자동차는 소유하고만 있어도 세금을 내야 하니, 타지도 않는 차는 더더욱 처분하는 게 낫다. 그렇다면 밴을 처분할 수 없는 이유가, 뭔가 있었을까?

있었다.

열쇠다. 502호 열쇠. 그 열쇠가 밴 선바이저 뒤에 남아 있었기 때문이다. 열쇠가 제삼자의 손에 넘어가거나 자동차 해체 공장에서 찌그러지면 곤란하니, 밴을 처분하지 않았다.

하지만 열쇠 하나 때문이라면 회수해버리면 그만 아닌가? 밴 때문에 주차장을 계속 빌리는 사람은 어째서 열쇠를 밴에서 되찾고, 밴을 처분하고 주차장 사용 계약을 해지하지 않았을까?

이렇게 생각하면 주차장을 계속 빌린 게 마쓰쿠라의 어머니일 가능성은 의심스러워진다. 마쓰쿠라의 어머니는 일을 하신다고 했으니 뭔가 문제가 있어서 거동이 불편해 열쇠를 회수하지 못했을 리는 없다. 계약을 갱신할 때 계약서 내용을 확인한다고 생각하면 어디에 밴이 있는지 모른다는 것도 말이 안 된다. 즉 요금을 내는 건 마쓰쿠라의 어머니가 아니다.

누가, 무슨 목적으로.

……이런 질문에 답이 있을까?

나는 있다고 생각했다. 어젯밤, 주차장에서 밴을 발견한 뒤로 줄곧 생각하다가 한 가지 가능성에 도달했다.

엘리베이터가 멈추고 문이 열렸다. 휴대전화로 시간을 보니 개관 시간에서 이 분이 지났다.

햇빛을 가득 머금도록 설계된 도서관은 모든 창에 블라인드가 내려와 있었다. 널찍한 관내는 그래도 빛으로 가득했고 개관 직후인데 아이들이 떠드는 소리가 들렸다. 열람용 책상에서는 학생으로 보이는 남녀가 노트를 펼쳐놓고 벌써 공부를 시작했고, 오늘 신문이나 새로 들어온 잡지를 꽂아놓은 코너는 어르신들이 거의 모든 의자를 차지했다. 흰색을 기조로 한 내부 인테리어가 도서관치고는 조금 가벼운 느낌이 들지만 서가에 늘어선 압도적인 양의 책들 덕분인지 그리 신경쓰이지는 않는다. 바닥에는 회색 카펫이 깔려 있었다.

도서관에 들어가면 바로 왼편에 카운터가 있다. 카운터에는 "대출", "반납"이라고 적힌 팻말이 걸려 있고 구석 쪽에 "검색을 도와드립니다"라고 적힌 종이가 붙어 있었다. 어디서 저렇게 동그란 안경을 팔까 싶을 정도로 동그란 안경을 쓴 여성이 노트북을 앞에 두고 앉아 있다. 지금 막 개관했는데 더이상 아무도 오지 않을 거라고 확신한 것처럼 얼굴에서 긴장이 풀린 그 여성에게 다가갔다.

"실례합니다."

그렇게 말을 걸자 딱히 놀라는 기색도 없이 평범한 대답이 돌아왔다.

"예, 무슨 일이신가요?"

"과거 신문 기사를 검색하고 싶은데, 가능한가요?"

"과거라는 건 얼마나 과거인데요?"

"육 년 전요."

"위층으로 가시면 계단 오른편 안쪽에 과거 신문 코너가 있습니다. 담당자에게 말씀하시면 과거 기사를 검색할 수도 있고요."

인사를 하고 고개를 숙였다.

플로어 중앙에 설치된 유리 계단을 올라 들은 대로 오른편 안쪽으로 들어가니 인기척이 점점 사라졌다. 벽 쪽에 서가가 없는 작은 공간이 있고 거기에 최근 신문과 축쇄판, 그리고 약간 낡아 보이는 컴퓨터가 놓여 있었다. 신문 코너라는 건 여기를 말하는 거겠지. 담당자라는 사람이 보이지 않아 조금 찾았는데 곧 초로의 남성을 발견하고 구두로 컴퓨터 사용 허가를 받았다.

회전의자에 앉아 컴퓨터를 마주하고 과거 기사를 검색하는 화면을 띄웠다. 문제는 여기서 어떤 단어를 검색할 것인가.

마쓰쿠라는 내게 보물찾기에 한해서는 거짓말을 하지 않았다고 단언했다. 나는 그 말을 믿는다. 그렇다면 마쓰쿠라는 내게 무슨 이야기를 했을까? 어젯밤 노트에 적어보았다.

① 현금을 모아두는 자영업자가 있었다.

② 이웃에서 절도 사건이 다발해 경찰이 조심하라고 경고하러 왔다.

③ 자영업자가 현금을 옮겼다.

④ 경찰이 절도로 체포되었고, 가짜 경찰임이 판명되었다.

⑤ 자영업자는 옮겨둔 현금을 자택으로 되찾아오기 전에 사망했다.

⑥ 아들이 현금의 행방을 찾고 있다.

그후 판명된 사실은 이러하다.

⑦ 마쓰쿠라의 아버지는 밴을 소유하고 있었다.

⑧ 밴은 월 단위 계약 주차장에 주차되어 있었다.

⑨ 밴 안에 열쇠가 있었다.

마쓰쿠라가 한 이야기에 거짓이 없다면 자영업자가 죽었다는 것도 사실이라고 생각해볼 수 있다. 죽은 자는 주차장을 빌릴 수 없고, 요금을 계속 낼 수도 없다. 그렇다면 누구라면 그게 가능할까?

누구라면, 밴에서 열쇠를 회수하는 일이 불가능해질까?

나는 컴퓨터에 마쓰쿠라의 아버지 이름을 입력해볼 생각이다. 마쓰쿠라라는 성으로만 검색하면 결과가 막대할 것이다. 그의 이름을 알고 싶다.

마쓰쿠라 시몬과 레이몬 형제의 이름은 영어권 이름, 사이몬과 레이몬드에서 유래한 게 아니라고 했다. '몬門'이라는 글자는 할아버지에게서 따왔고, 또한 형제의 이름은 아버지의 이름에서 따왔다고 했다. 그리고 마쓰쿠라는 아버지와 그와 남동생 셋이서 '5분의 3'이라고 했다.

'몬'이라는 글자는 마쓰쿠라의 아버지 이름과는 상관이 없다. 그렇다면 당연히 상관있는 것은 '시詩'와 '레이礼'가 된다.

시詩와 예礼를 포함한 다섯 가지로 완성되는 무언가가 이 세상에 있을까?

학교 수업도 성실히 들을 가치가 있다. 나는 그것을 세계사 시간에 배워서 알고 있었다. 시경, 예기라고 적으면 이해하기 쉽다. 『시경詩經』, 『예기礼記』, 『서경書經』, 『역경易經』, 그리고 또 하나. 유교의 주요 경전인 오경五經이 마쓰쿠라 시몬의 이름의 유래가 아닐까?

『서경』과 『역경』은 사람 이름에는 약간 쓰기 어렵다. 나는 컴퓨터 검색창에 이렇게 입력했다.

'마쓰쿠라 하루아키松倉春秋 절도 체포'

문자열에 '문예춘추文藝春秋'를 포함하는 기사가 잔뜩 나와서 검색 조건에 '– 문예'를 덧붙였다. 하지만 대충 눈에 들어오는 범위에서는 찾는 정보가 보이지 않았다. 내 착각일까 싶었지만 혹시나 싶어 '마쓰쿠라'를 삭제해보았다.

육 년 전 기사가, 대번에 표시되었다.

다카사키 경찰서와 현경 수사3과는 19일, 주거침입과 절도 혐의로 도쿄 도 기타하지오지 시 나가미, 자칭 컨설턴트업 오쿠치 하루아키奧知春秋(39)를 용의자로 체포했다. 6월 2일 오후 2시경, 다카사키 시내 민가에 침입해 현금 오백 엔을 훔친 혐의. 다카사키 경찰서에 따르면 본인의 소행이라고 혐의를 시인했다고 한다.

수사3과는 5월부터 6월에 걸쳐 다발한 유사 사건 외에 6월 18일에 다카사키 시내 민가에서 귀금속류(칠백만 엔 상당)가 도난당한 사건과의 관련성도 시야에 넣고 신중하게 수사를 진행하고 있다. 또한 같은 시기에 다카사키 시내에서 목격된 경찰관을 사칭하는 남성에 대해서도 오쿠치 용의자가 사정을 알고 있다고 보고 조사할 방침이다.

예상은 했던 일인데, 목구멍에서 묘한 소리가 나오는 것을 참을 수 없었다.

마쓰쿠라는 분명 거짓말을 하지 않았다. 가짜 경찰이 자영업자를 속이고, 가짜 경찰이 체포된 사건은 정말로 있었다. 하지만 그 녀석이 모든 것을 이해하기 쉽게 설명한 것은 아니었다. 거짓말은 하지 않았지만 내가 당연히 착각하도록 유도했다.

마쓰쿠라의 아버지는, 사망한 자영업자가 아니다.

체포된 가짜 경찰 쪽이었다.

2

마쓰쿠라의 부모가 사실혼 관계가 아닐 경우의 이야기지만 마쓰쿠라의 어머니는 남편과 헤어져 결혼 전 성으로 돌아왔다고 추측할 수 있다. 그에 따라 오쿠치 시몬 역시 마쓰쿠라 시몬으로 이름이 바뀌었던 게 아닐까?

'오쿠치 하루아키 판결'로 검색하자 사전에 경찰로 위장해 피해자를 유도한 계획적인 범행임을 지적하며 직업적인 범행으로 간주, 주거침입, 상습 특수절도 등으로 징역 팔 년의 실형 판결이 나 있었다. 검찰, 변호 측 둘 다 항소는 하지 않았던 모양이다.

마쓰쿠라의 아버지는 수감되었다. 저금만 있으면 형무소 안에서도 변호사를 통해 주차장 계약을 갱신할 수 있을 테고 자동차 세금을 낼 수도 있겠지만, 스스로 월 단위 계약 주차장에 가서 502호 열쇠를 회수할 수는 없다. 이로써 아무도 타지 않는 밴이 육 년 동안 방치된 이유는 알아냈다.

마쓰쿠라는 아버지의 정보만 교묘하게 유도했던 게 아니었다.

방과후 도서실에서 마쓰쿠라는 가짜 경찰의 꼬임에 넘어간 자영업자가 현금을 옮겼고 그것을 도둑맞기 전에 가짜 경찰이 체포된 것처럼 말했지만 실제로는 달랐다. 돈은 도둑맞았던 것이다. 분명 그때, 마쓰쿠라는 "자영업자는 돈을 도로 찾아오려 했다"고 말했다. 돈을 도둑맞은 자영업자가 그것을 되찾고 싶다고 생각하는 건 당연하니 완전한 거짓말이라고 할 수는 없지만 이것은 상당히 해석하기 미묘한 표현이다.

마쓰쿠라가 찾던 보물은 아버지의 장물이다. 신문에 적혀 있던 칠백만 엔 상당의 귀금속류일까?

"어째서……?"

그렇게 중얼거렸을 때였다.

"역시 찾아냈나. 불길한 예감이 들었어, 호리카와."

뒤에서 누가 갑자기 말을 걸어왔다. 화들짝 놀라 뒤를 돌아봤지만 얼굴을 보기 전부터 목소리로 알고 있었다. 천이 부드러워 보이는 셔츠를 입고 검은 바지 주머니에 손을 찔러 넣은 마쓰쿠라 시몬이 서 있었다.

마쓰쿠라가 보고 있는 것은 내가 방금 전까지 조작했던 컴퓨터였다. 모니터에는 오쿠치 하루아키의 판결을 보도한 기사가 표시되어 있다. 내가 무엇을 하고 있었는지, 무엇을 알아냈는지, 일목요연하리라.

"어째서 여기에!"

떳떳하지 못한 마음에 철렁해서 저도 모르게 소리를 지르자 마쓰쿠라는 평소처럼 어깨를 움츠렸다.

"어려울 게 뭐 있어? 넌 내 이야기를 의심했어. 조사를 한다면 신문, 그렇다면 먼저 도서관이지. 하지만 이 도서관은 자전거 보관소가 좁아서 자전거로 가려면 아침 일찍 가야 안전해. 버스로 오면 몇 시든 괜찮지만 뭐, 돈이 드니까."

완벽하게 간파당했다. 순간 아연했지만 그래서 오히려 진정할 수 있었다. 나는 모니터를 가리키며 짧게 물었다.

"사실이야?"

마쓰쿠라가 대답했다.

"그래, 사실이야."

신문이 틀렸다고 생각한 것은 아니다. 하지만 마쓰쿠라의 입으로 이렇게 단박에 긍정하니 역시 조금 충격이었다. 마쓰쿠라는 모니터로 다가가 쓱 훑어보더니 작게 한숨을 쉬었다.

"몰랐으면 했어. 네가 단서를 찾을 때마다 흥분한 건 사실이지만, 동시에 어쩌면 들키는 게 아닐까 겁이 났어. 그래도 설마 이 기사를 찾아내다니. 우습게 본 건 아니지만 호리카와, 역시 대단해. 어디서 눈치챘어?"

"주차장 요금으로."

"주차장……? 아아!"

마쓰쿠라는 눈을 감고 고개를 젖혔다.

"그야 그렇겠지. 당연해. 누가 주차장 계약을 했는지 생각해보면 그다음은 뻔하지. 응? 내가 아버지 이름을 말했던가?"

"아니, 안 했어. 시몬하고 레이몬하고 아버지, 셋이서 5분의 3이라는 말만 했지."

"설마 그것만으로 아버지 이름을? 대단해."

마쓰쿠라는 입가를 가리고 살짝 고개를 숙이더니 쿡쿡 웃었다.

"나도 내 이름이 사서오경에 유래한다는 걸 고등학교 들어서야 알았는데. 졌다, 두 손 들었어."

실제로 두 손을 들고 말하고는 한바탕 웃어젖힌 마쓰쿠라가 갑자기 진지한 표정으로 돌아왔다.

"거짓말은 하지 않았지만 그게 변명이 된다고 생각하지는 않아. 전부 말하지 않아서 미안했어. 네게는 알 권리가 있다고 생각하고 찾았어. 만나서 다행이야."

마쓰쿠라는 내 질문에 대답하려고 여기에 왔다는 건가?

"나를 막고 싶었던 게 아니고?"

"막을 수 있다면 그러고 싶었지만. 불가능하잖아, 그런 건."

하긴, 내가 멋대로 궁금해하는 것을 마쓰쿠라가 막을 수는 없나.

대답해준다면 묻고 싶은 건 얼마든지 있었다. 나는 먼저 모니터를 가리켰다.

"기사로는 모르겠어. 실제로 어떤 사건이었어?"

"정말 얘기한 그대로인데……. 옛날이야기에서 자영업자라고 불렀던 건 인바 주로라는 영감님이야. 도쿄를 중심으로 수상한 장사를 해서, 태어난 고향인 다카사키에 호화 저택을 짓고 살았지. 그 영감님이 수입 일부를 호화 저택에 모아두고 있었어. 그런데 무슨 연유인지 아버지가 그 정보를 주워듣고 인바를 겁줘서 재산을 감쪽같이 훔쳐낸 것까지는 좋았는데, 불안을 부채질하려고 되풀이한 작은 절도 하나로 꼬리를 밟

혀서 그대로 붙잡혔어. 아버지는 인바의 돈에 대해서는 끝까지 숨겼지만 계획성이 지극히 악질적이라고 결국 징역 팔 년을 선고받았지. 나도 초등학생이었고, 경찰은 어떤 사건이었는지 알려주지 않았고, 어머니는 아버지 이야기를 꺼려서 수감된 곳도 가르쳐주지 않았어. 가석방이 기각된 건 알려줬지만 그 정도밖에 몰라."

끝까지 숨겼다는 게 믿기지 않는다.

"돈을 숨겨도 민사에서 배상청구로 결국 빼앗기는 것 아니야?"

도둑맞은 돈이 나오지 않아도 피해액과 같은 액수의 배상을 요구해 절도범을 고소할 수는 있을 텐데. 그렇게 되면 절도범에게 승산이 있을 리 없고 저금을 차압당하면 역시 주차장 요금을 낼 수 없다.

마쓰쿠라가 살짝 웃었다.

"상당히 예리하네. 그게 이 이야기의 묘미야. 모르는 것도 당연하지만 사실은……."

잠깐, 지금 마쓰쿠라는 수입의 일부를 자택에 모아놨다고 했다. 그렇다면…….

"아아, 도둑맞은 게 비밀 재산이라서 피해자는 돈 얘기를 할 수 없었던 건가?"

마쓰쿠라가 조금 떨떠름한 표정을 지었다.

"네 나쁜 점이야. 남이 신나게 말하고 있을 때는 잠자코 듣는 것도 매너잖아."

"말하고 싶었어? 미안."

마쓰쿠라는 머리를 긁적였다.

"뭐, 그런 거지. 겉으로 드러나면 탈세로 자기도 체포될지 모를 돈이었던 모양이야. 그래서 아버지의 죄목에 인바의 돈을 훔쳤다는 내용은 포함되어 있지 않아. 보석류는 돌려주었지만 현금에 비하면 덤 같은 수준이었다더군."

신문에 의하면 인바 이외의 피해자로부터 훔친 것은 오백엔 정도였다. 귀금속을 돌려주고 현금을 변상해도 원래 있던 저금은 고스란히 남았으리라. 이로써 주차장 요금을 낼 수 있었던 이유는 거의 알았지만 마쓰쿠라의 이야기에는 역시 거짓말은 아니더라도 모호하게 감춘 부분이 아직 남아 있다. 가령 피해자가 숨기고 재판에서도 다뤄지지 않았던 인바의 비밀 재산의 존재를, 어떻게 마쓰쿠라가 알고 있을까?

"마쓰쿠라……."

입을 열다가 나는 말을 삼켰다. 이건 묻지 말자. 아버지나 어머니, 누군가가 흘렸으리란 것은 충분히 짐작할 수 있지 않나. 마쓰쿠라의 어머니는 오쿠치라는 성을 숨기고 수감된 남편에 대해 말하기 싫어했다니 죄를 저지른 남편을 아이들로부터 멀리하려 했다는 것도 대강 알 수 있다. 하지만 그런 이야기를 마쓰쿠라에게 세세히 듣고 싶은가? 묘한 이야기에 휘말린 책임으로 물어야 할 건 묻겠지만 필요 이상으로 깊이 파고들기는 싫다.

"뭐야?"

"아니, 됐어. 그보다……."

그보다 달리 확인해야 할 점이 있었다. 대단히 중요한 문제다.

"인바 주로는 왜 죽은 거야?"

"아니, 기억은 안 나는데……. 아마 암이었을 거야. 아흔이 넘었을 테니."

대답에 당혹감이 묻어났다.

"절도 사건하고 그 사람의 죽음은 상관없는 거지?"

죄목에 상해나 살인이 포함되어 있지 않았으니 나도 십중팔구 둘은 관계가 없을 거라고 생각했지만 확인하지 않을 수 없었다. 마쓰쿠라는 조금 질렸다는 표정으로 말했다.

"뭐야, 그런 생각을 하고 있었어? 아버지는 인바는커녕 누구한테도 손가락 하나 대지 않았어. 그야 돈을 도둑맞은 충격이 인바의 수명을 깎아먹었다고 하면 부정할 길이 없지만, 사건은 육 년 전이고 인바가 죽은 건 나흘 전이야."

나흘 전이라면…….

학교 도서실에서 옛날이야기를 한 게 사흘 전이다. 그렇다, 그날은 분명 마쓰쿠라가 도서위원 일을 내팽개치고 신문만 읽고 있었다.

"신문에 부고가 실려 있었어?"

무언이 긍정의 증거였다.

사건 피해자가 사망했다는 것을 안 마쓰쿠라는 무슨 생각을 했을까? 지금이라면 알 수 있다, 마쓰쿠라는 그날, 부고란을 뚫어져라 쳐다보았다. 그리고 도서실을 닫을 시간이 다가오자 태연히 내게 옛날이야기나 하자고 부추겼다.

만약 그날, 옛날이야기를 하지 않았더라면 나는 마쓰쿠라의 아버지에 대해 알 길이 없었다. 그것은 분명 마쓰쿠라도 바랐던 일이었으리라.

"왜 나한테 말했어?"

그렇게 묻자 마쓰쿠라는 살짝 눈길을 떨어뜨렸다.

"이유가 뭘까. 잘 모르겠어. 줄곧 혼자서 찾았는데 어째서 네게는 도움을 구했는지. 그 돈을 찾기 위해서라면 무슨 짓이든 할 작정이었지만 동시에 누구에게도 들키기 싫었어. 네게 말한 건……."

생각을 정리하는 듯한 침묵이 있었다.

"너라면 믿을 만하다고 생각했으니까. 어차피 아무것도 나오지 않을 테니 말해도 상관없다고 생각했으니까. 어느 쪽일까, 아마 둘 다겠지. 지금도 멍청한 짓을 했다는 마음과 네게는 말해서 다행이라고 생각하는 마음이 반반이라 어느 쪽이 더 강하다고 말 못 하겠어. 하지만 네게는 폐만 끼쳤어. 미안해."

폐……. 확실히 몰랐다고는 해도 도둑맞은 돈에 관여했다면 엄청난 폐가 될 뻔했다. 다만 실제로는 아직 돈을 찾지 못했고, 모르는 사이에 내가 무슨 죄를 저지른 것도 아니다.

"사과할 필요 없어, 폐라고 생각하지 않아. 깜짝 놀랐지만 즐거웠던 건 사실이야."

순간 마쓰쿠라가 표정을 훌쩍 누그러뜨렸다. 마쓰쿠라도 조금은 즐거웠으리라.

책으로 가득한 공간의 일부를 잘라낸 듯한 작은 공간에서 나는 회전의자에 앉아 있었고 마쓰쿠라는 주머니에 여전히 한 손을 꽂고 서 있었다. 토요일의 도서관은 붐빌 텐데 책이 소리를 흡수하는지 우리가 있는 곳은 조용했다. 창문에 내려온 블라인드는 햇빛을 완전히 가려주지는 못해서 새어 들어오는 빛이 회색 카펫에 떨어졌다.

많은 것을 알게 되었다. 그리고 나는 마지막으로 한 가지 더 알고 싶었다.

"그런데 마쓰쿠라, 난 이것도 궁금한데."

마쓰쿠라는 말없이 뒷말을 채근했다.

"비밀 재산은 칠백만 엔에 상당하는 귀금속이 덤으로 보일 만 한 금액이라고 했지. 그걸 찾으면 어쩔 셈이야?"

칠백만 엔이 덤으로 보인다면 얼마나 큰 금액일까? 수천만, 아니면 억 이상?

마쓰쿠라는 꼼짝도 하지 않고 내 앞에 서 있었다. 아무것도 하지 않는 연기를 하라고 명령받은 연극부 신입 부원처럼, 그저 우두커니 서 있었다.

침묵은 짧았다. 마쓰쿠라가 말했다.

"인바의 유족에게 돌려줄 거야."

나는 아무 말도 하지 않았다. 컴퓨터 책상에 한쪽 팔꿈치를 얹고 밑에서 마쓰쿠라를 올려다보았다. 마쓰쿠라는 내가 잘 속는다고 했지만 아무리 그래도 그 말에 속지는 않는다.

기분 탓인지 마쓰쿠라의 얼굴이 붉어진 것 같았다. 시선을 피하더니 스스로를 부끄러워하듯 힘없이 웃었다.

"아니, 거짓말은 하지 않기로 했지."

언제나 당당하게 웃고, 어딘가 속을 알 수 없는 마쓰쿠라 시몬은 거기에 없었다. 몸을 살짝 돌리고 시선을 두리번거리며 할말을 찾는 마쓰쿠라는 평범한 고등학교 2학년이었다.

"쓸 생각은 없어. 그건 정말이야. 하지만……."

속삭임이 귀에 닿았다.

"아버지가 사라진 후로 어머니는 아침부터 밤까지 일하셔. 항상 속을 게워내면서. 그래서야 몸이 버틸 리 없어. 나도 이래 보여도 밤에는 아르바이트를 하고 있는데 녹록하진 않아."

녹록하다는 게 체력 이야기는 아니리라.

학교 사무실 앞에서 마쓰쿠라와 마주쳤을 때를 떠올렸다. 그때 마쓰쿠라는 연체된 학비를 내고 있었다. 사무실에는 우라가미 선배도 있었고, 나는 우라가미 선배가 그런 짓을 한 건 공립 고등학교의 학비를 낼 수 없을 정도로 절박했던 게 아닐까 억측했다.

같은 억측은 마쓰쿠라에게도 성립한다. 그래서 그때 마쓰쿠라는 내 말을 막았던 걸까? 아니면 이 역시 억측일까?

"그 돈을 찾아도 쓸 생각은 없어. 당연하지. 하지만 내년에는 동생이 입시를 치르고, 나도 대학에 가고 싶어. 이 줄타기에서 벗어나려면 좋은 대학의 간판이 필요해. 어머니가 쓰러지면 입원도 시켜주고 싶어. 엄청난 거금은 필요 없지만 백만, 십만이라도 있으면 얼마나 마음이 놓일까. 수중에 돈이 있다는 사실에서 오는 안도감, 없다는 사실에서 오는 불안감은 호리카와, 너는 모를지도 몰라."

"하지만 항상 좋은 셔츠를 입고, 버스 요금도 음료수값도 미용실값도 아끼지 않았잖아?"

"돈이 없으면 숨죽이고 살라 이건가?"

그런 뜻은 아니었다. 뺨이 확 달아올랐다. 마쓰쿠라가 슬그머니 웃었다.

"그런 약점을 누가 보여준대? 우에다 기억하지? 형이 조금 말썽꾼일 뿐인데 요코세가 그 1학년을 불러서 무슨 말을 했는지. 요코세가 시비를 걸 때 교무실에서 누구 하나라도 우에다를 감싸줬을까? 약점이란 건 그런 거야. 그때는 조금 심술맞은 소리도 했지만 나는 그 녀석을 동정해. 약점 하나로 세상은 변해……. 그래, 네게는 아버지의 가르침을 한 가지 알려줄 수도 있어."

마쓰쿠라는 손가락을 하나 세우고 속삭였다.

"절박할 때일수록 좋은 셔츠를 입어라. 알겠어?"

……모르겠다. 지금의 나는 모르겠다.

하지만 마쓰쿠라 시몬이 항상 당당하게 행동하는 이유는 어쩐지 알 것 같았다. 마쓰쿠라가 육 년 동안 '보물'을 계속 찾았던 건 낭만적인 이유가 아니었다. 찾아야 할 이유가 있었던 것이다. 그렇다면…….

"앞으로도 찾을 거야? 후미쿠라 정에 갈 셈이야?"

"물론."

일언지하에 대답이 돌아왔다. 나도 바로 말했다.

"다시 생각해. 그 돈은……."

"도둑질한 거라고?"

말문이 막혔다. 마쓰쿠라는 내 망설임을 꿰뚫어 본 것처럼 웃었다.

"너를 끌어들인 건 나니까 설명은 했어. 네가 물러나도 상관없고, 솔직히 물러나줘서 고마웠어. 앞으로 내가 어떻게 할지는 네가 고민할 일이 아니야. 걱정하지 마, 그 돈은 그냥 부적이야. 나는 부적이 갖고 싶은 것뿐이야."

거짓말을 한다는 생각은 없을 것이다. 즉, 스스로도 그렇게 믿고 있는 것이다. 나는 마쓰쿠라가 말하는 불안함이 뭔지 모른다. 하지만 절대 손을 대서는 안 될 돈이라면 얼마가 있다 한들 안심할 수 있을 리 없다. 자기가 쓸 수 없는 돈이라도 가까이 있는 것만으로 괜찮다면, 은행에서 살면 마음이 편해질까? 그럴 리 없다. 마쓰쿠라의 말은 뒤죽박죽이다.

"그래서 일절 손을 대지 않고 보관하다가, 생활이 안정되면 고스란히 돌려주겠다는 거야? 그럴 수 있을 것 같아?"

도둑맞은 돈이라는 걸 알면서 한 푼이라도 쓰면 공범으로 의심받을지도 모른다. 아니, 돈을 수중에 두고 돌려주지 않은 것만으로도 위태롭다.

"그럴 수 있든 없든 너하고 상관없잖아?"

"상관있어……. 있어, 마쓰쿠라."

나만 앉아 있다는 게 참을 수 없어 천천히 일어섰다.

"나는 돈은 잘 몰라. 내가 값싼 옷을 입고도 당당하게 돌아다닐 수 있는 건 네 표현에 따르면 절박하지 않기 때문이겠지. 쓸 생각이 없는 돈이라도 부적이 되어준다는 건 믿기 어렵지만, 어쩌면 그런 일도 있을 수 있을지 몰라. 요컨대 나는 아무것도 모르고, 아무 말도 할 자격이 없을지도 몰라."

이렇게 마주서니 마쓰쿠라가 머리 절반쯤 키가 더 컸다. 넓은 어깨는 수영 학원에서 단련해서 그렇다고 들었는데, 거기는 몇 살 때까지 다녔을까?

"하지만 나도 혹시 오늘 아버지가 돌아가시면 내일부터 어찌될지 몰라. 내년에는 지금은 상상도 할 수 없는 더러운 일을 하며 살고 있을지도 몰라. 그러니까 상관있어."

"황당하군. 그런 건 가정이야. 나는 오늘 이야기를 하고 있는 거야."

“내가 훔친 돈에 손을 대지 말라고 해도 그냥 번지르르한 소리처럼 들리겠지. 하지만 마쓰쿠라, 너 하세가와 선배에게 뭐라고 했지?”

자살한 친구가 마지막으로 읽은 책을 찾기 위해 대출 이력을 보여달라고 다그쳤던 하세가와 선배에게 마쓰쿠라는 정면에서 거절했다. 비딱한 자세였지만 당당하게.

“나는 기억해. 넌 이렇게 말했어……. 아무리 훌륭한 규칙이라도 언젠가 어기게 된다. 그렇다면 지킬 수 있을 때는 지키고 싶다고. 맞아, 나도 언젠가 이상론은 거들떠보지도 않게 될 날이 오겠지. 그래도 마쓰쿠라, 조금만 더 지켜줄 수 없을까? 보수가 좋은 아르바이트를 찾는다거나, 장학금을 받는다거나, 뭔가, 뭔가 다른 방법은 없을까?”

이가 갈린다. 그런 거야 마쓰쿠라가 이미 생각했을 게 뻔하지 않은가. 나는 마쓰쿠라에게 아무것도 해줄 수 없는데, 마쓰쿠라에게서 거미줄을 빼앗으려 하고 있다. 하지만 나는 도저히 그 거미줄이 극락에서 내려준 동아줄이라고 생각할 수 없었다.

“네 사정을 전부 알지도 못하는데 이런 말을 하는 건 위선이라는 걸 나도 알아. 경멸당해도 싸. 하지만, 어떻게든, 조금 더…….”

젠장, 뭐라고 말하면 좋을까. 마쓰쿠라 시몬, 나는 네가 돌이킬 수 없는 길을 선택하길 바라지 않아!

생각을 제대로 정리하지 못한 채로 간신히 말을 쥐어짰다.

"조금만 더, 평범한 도서위원으로 있어줄 수 없어?"

마쓰쿠라는 대답하지 않았다.

주머니에서 손을 빼고 머리카락을 쓸어 올리며 천장을 올려다보더니 작게 숨을 토했다.

그리고 힘없이 웃었다.

"호리카와, 넌 좋은 녀석이야."

다시 주머니에 오른손을 넣는다.

"훌륭하게 언질을 잡혔네. 그래, 처음으로 그래보고 싶어졌어."

마쓰쿠라는 발밑을 바라보며 나와 눈을 마주치지 않았다.

"이야기는 끝났어. 미안하지만 지금 한 말은 아무한테도 하지 말아줘. 이상한 소문이 나면 학교를 그만둬야 하니까."

물론이다. 마쓰쿠라가 못을 박을 필요도 없이 입다물고 있을 셈이었다.

"그럼."

마쓰쿠라는 왼손을 슬쩍 흔들며 등을 돌리고 걸음을 뗐다. 회색 카펫에 흡수되어 발소리는 들리지 않았다. 나는 그 뒷모습에 대고 말했다.

"그래, 또 보자, 마쓰쿠라. 월요일에 또 도서실에서 만나."

걸음을 멈추고 어깨 너머로 돌아보는 마쓰쿠라의 입가에는 쓴웃음이 어려 있었다. 아무 말 없이 다시 한번 손을 흔들더니 마쓰쿠라는 도서관 서가 사이로 사라졌다.

비는 예보보다 일찍 내리기 시작한 것 같았다. 정신을 차리고 보니 창을 때리는 빗소리가 도서관을 조용히 채우고 있었다.

3

마쓰쿠라가 주말을 어떻게 보냈는지 나는 모른다.

후미쿠라 정에 있는 맨션을 하나하나 찾아다녔는지, 열심히 아르바이트를 했는지, 입시에 대비해 공부를 했는지. 어쩌면 뭔가 좋은 책을 찾아 페이지를 넘기고 있었을지도 모른다.

나는 도서관에서 인바 주로라는 이름을 검색해, 그가 경영하던 부동산 개발 회사가 몇 차례나 민사소송을 당한 것 외에 불기소로 끝나긴 했지만 본인도 협박으로 체포된 적이 있다는 사실, 몇 번 소득 은폐가 탄로나 추징 과세를 받았다는 사실을 알게 되었다. 그렇다고 해서 마쓰쿠라의 아버지가 악덕

상인에게서 더러운 돈을 훔치는 의적이라고 생각한 건 아니지만, 비겁하게도 아주 조금 안도하고 말았다.

월요일 방과후, 도서실에 새 책이 몇 권 들어왔다. 분류 기호 448, 천문지리학 책이 한 권, 361로 시작하는 사회학 책이 한 권, 그리고 913으로 시작하는 일본 소설이 한 권. 나는 이용자가 드문 학교 도서실에서 책들에 하자가 없는지 페이지를 넘기며 확인하고, 천지에 도장을 찍고, 책등에 분류표를 붙이고 보호 필름을 씌워 신착 도서 선반에 전시했다. 이용자에게 책을 빌려주고, 연체한 학생에게 독촉장을 쓰고, 도서실 소식 초안을 짰다. 새로 들여올 책 후보 목록을 뽑고, 이용자가 책상에 두고 간 지우개 찌꺼기를 버리고, 반납 도서를 책장에 돌려놓았다.

손이 비자 카운터에 턱을 괴고 창을 때리는 겨울바람 소리를 들었다.

그러면서 나는 친구를 기다리고 있었다.

언제까지 기다리게 할 셈이야, 여기 일이 다 끝나버렸잖아. 그렇게 슬쩍 화를 내면서.

김선영
한국 외국어 대학교 일본어과를 졸업했다. 다양한 매체에서 전문 번역가로 활동했으며 특히 일본 미스터리 문학에서 왕성한 활동을 하고 있다. 옮긴 책으로는 '소시민' 시리즈, 『야경』, 『엠브리오 기담』, 『쌍두의 악마』, 『인형은 왜 살해되는가』, 『살아 있는 시체의 죽음』, 『손가락 없는 환상곡』, 『고백』, 『클라인의 항아리』, 『열쇠 없는 꿈을 꾸다』, 『완전연애』, 『경관의 피』, 『흑사관 살인 사건』 등 다수의 작품이 있다.

책과 열쇠의 계절

1판 1쇄 2019년 12월 16일
1판 2쇄 2019년 12월 30일

지은이 요네자와 호노부
옮긴이 김선영
펴낸이 염현숙

책임편집 임지호 | **편집** 이송
표지디자인 최윤미 | **본문조판** 이주영
저작권 한문숙 김지영 | **마케팅** 정민호 정진아 함유지 김혜연 박지영 김수현
홍보 김희숙 김상만 오혜림 지문희 우상희
제작 강신은 김동욱 임현식 | **제작처** 한영문화사(인쇄) 경일제책(제본)

펴낸곳 (주)문학동네
출판등록 1993년 10월 22일 제406-2003-000045호
임프린트 엘릭시르

주소 10881 경기도 파주시 회동길 210
문의 031-955-1901(편집) 031-955-8896(마케팅) 031-955-8855(팩스)
전자우편 editor@elmys.co.kr | **홈페이지** www.elmys.co.kr

ISBN 978-89-546-5869-0 03830

엘릭시르는 출판그룹 문학동네의 임프린트입니다.